기린의 심장

기린의 심장

이상욱 소설

교유서가

차례

어느 시인의 죽음

우주선의 기본 형태는 타원이었다. 타원 끄트머리엔 동그란 포신(砲身)이 붙어 있었고, 그 밑으로 독(dock)이 긴 직사각형 모양으로 뚫려 있었다. 이 우주선이 처음 나타났을 때 한 초등학생이 정밀한 스케치를 남겼는데 바로 아래 그림이다.

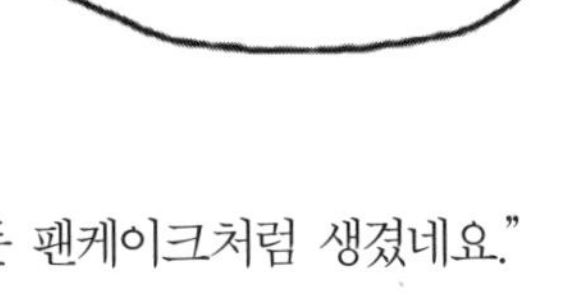

"우리 손녀가 만든 팬케이크처럼 생겼네요."

스케치를 슬쩍 쳐다본 어느 노부인이 말했다. 주변 사람들이 일제히 웃음을 터뜨렸다.

그 순간 포신에서 붉은 빔이 발사되었다. 빔에 닿은 것은 그것이 무엇이든 오리지널과 전혀 다른 무엇이 되었다.

144번 버스는 승객들과 함께 998마리의 잠자리가 되었고, 에펠탑은 728톤의 분뇨가 되어 파리를 악취에 잠기게 했다. 그뿐인가. 1000마리의 기러기가 되어버린 자유의 여신상, 34마리의 돼지로 변해버린 F-5 전투기, 옆집 여자의 팬티를 벗기다 34마리의 개구리로 변한 제임스, 한 송이 설익은 바나나로 다시 태어난 한국의 민주주의까지, 역사 자체가 전쟁이라고까지 평가받던 인류 문명은 팬케이크를 닮은 정체불명의 우주선으로 인해 한순간 병신으로 전락했다. 팬케이크를 향해 날아가던 핵미사일이 전장 3킬로미터에 달하는 장어가 되어 지상으로 추락하는 순간, 미(美) 대통령은 참담한 표정으로 입술을 깨물었다. 비린내가 동부를 덮쳤다.

그 가공할 공격은 사흘 뒤 아무런 징후도 없이 멈췄다. 사람들은 곧장 거울 앞으로 달려갔다.

―우리는 우주를 떠돌며 귀하게 살아가는 '가브'다.

지구인들은 인종과 국적에 상관없이 하늘에서 들려오는 가브의 언어를 이해할 수 있었다. 그것은 인류가 처음 경험하는 공포였다. 이성과 지성을 포함해 아직 밝혀지지 않은 다수의 인식들이 붕괴 직전까지 몰렸다.

—쫄지 마라. 더이상의 공격은 없다. 너희도 부질없는 저항을 멈춰라.

친절한 목소리였다.

"당신들이 원하는 게 뭡니까?"

질문한 건 하야시라는 일본인이었다. 그는 질문의 대가로 민들레가 되었다.

—빠뜨리지 않고 꼼꼼히 먹어봤다. 미토콘드리아, 짚신벌레, 고래, 코끼리, 새우, 청국장, 보드카, 햄버거, 라자냐, +드라이버, BMW 시리즈, 월석(月石), 아스팔트와 AK 소총까지. 질량을 가진 것 중 우리가 먹어보지 않은 건 맹세컨대 단 하나도 없다.

갑자기 목소리가 기침을 했다. 전 인류가 비명을 지르며 납작 엎드렸다. 하지만 아무 일도 벌어지지 않았다.

—미안하다, 감기에 걸려서. 어쨌든 우리가 지금까지 먹어본 것 중 너희가 제일 맛있었다. 너희의 부드러운 고기는 최고급 스테이크이며, 내장으로 만든 찌개는 해장에 무척 좋다. 정말이지—이 대목에서 가브는 침을 삼켰다—한 번이라도 너희를 먹어본 '가브'는 내 말을 이해할 수 있을 거다. 우리는 한 번의 축제를 위해 너희를 멸종시키는 게 옳은 일인지 고민했다. 이렇게 훌륭한 식재료는 생일이나 결혼기념일처럼 특별한 날에만 먹자는 의견이 있었고 우리는 동의했다. 최고의 식재료들이여. 스스로 자부심을 가져도 좋다. 모든 '가브'의 마

음을 담아 경의를 표한다.

전 세계가 대략 10초 동안 침묵에 잠겼다.

궁지에 몰린 인간이 으레 그러듯, 지도자들도 잘만 하면 이 난국을 말로 때울 수 있을 거라 믿었다. '가브'는 지구인의 회담 요청에 흔쾌히 응해주었다. 두 대표단이 UN 본부에서 만났다.

—쉽게 말하면, 길러 먹으란 소린가?

'가브'족(族) 대표의 직설에 각국 대표들은 불편한 표정을 감추지 못했다. 하지만 대표들의 대표였던 미국인 M. 프리드먼은 대표들의 대표다운 표정과 대표다운 목소리로 지구를 대표하는 언어인 영어를 유창하게 구사하며 대표들의 입장을 전했다.

"그렇습니다. 우리는 그걸 양식이라 부릅니다. 저희도 다른 종족을 같은 방식으로 식량화했습니다. 식욕을 죄라고 할 자격이 우리에겐 없습니다. 하지만 우리는 각자의 문명을 이룩한 존재로서 교류할 수 있다고 믿습니다."

—그렇다. 내가 여기 온 것 자체가 인류를 존중한다는 증거다.

"저희 역시 '가브'족이 이룩한 높은 수준의 문명을 존경합니다. 서로의 우호를 위해 이것이 최선이라고 생각합니다. 남은 건 당신들의 선택뿐입니다."

'가브' 대표는 특유의 긴 손가락으로 콧구멍을 후비며 생각에 잠겼다. 각국 대표들은 서로의 손을 잡은 채, 간절한 눈으로, 콧구멍에서 나온 정체불명의 이물질을 뚫어지게 쳐다봤다.

—싫다.

이물질을 손가락으로 튕기며 '가브' 대표가 말을 이었다.

—최근 사룟값이 너무 올랐다.

대표들은 자신의 귀를 의심했다.

—더이상 할말이 없다면 회담을 마치도록 하자. 오늘은 우리 엄마 생일이라 시간이 없다. 다섯 마리만 가져가겠다.

'가브' 대표는 주머니에서 작은 막대기를 꺼내 팔레스타인 대표를 지목했다. 푸른빛이 스포트라이트처럼 팔레스타인 대표 위로 쏟아졌다. 그는 공중으로 떠올라 순식간에 사라졌다. 누군가의 날카로운 비명을 시작으로, 겁에 질린 사람들이 소리를 지르며 회담장을 빠져나가려고 아우성쳤다. '가브' 대표가 뾰족한 이빨을 드러내며 흐뭇하게 웃었다. 두번째로 지목당한 건, 건물 입구에서 화환을 걸어준 열한 살 소년이었다. 소년은 울부짖으며 엄마를 불렀다. 그 광경을 지켜보던 흑인 경호원이 성호를 긋고 주기도문을 외웠다.

그 아수라장 속에서 단 한 사람만이 이성을 잃고 달려드는 사람들을 힘차게 거슬렀다. 바로 대표들의 대표인 M. 프리드먼이었다. 그는 아이의 발이 지상에서 1미터가량 떠올랐을 때 '가브' 대표 손에서 공간이동장치를 낚아챘다. 모두가 기절할 만큼 놀랐지만, 그래도 '가브' 대표 만큼은 아니었다.

—이 썹새끼가……

'가브' 대표는 얼굴을 흉악하게 일그러뜨리며 뾰족한 이빨을 드러냈다. 땀에 흠뻑 젖은 M. 프리드먼은 남아 있는 모든 용기를 짜내 입을 열었다.

"우리가 더 맛있는 인간을 공급할 수 있습니다."

1980년이었다.

그해, 미합중국 40대 대통령으로 레이건이 당선되었다.

*

학교는 도심 한복판에 자리하고 있었다. 모던한 디자인과 화려한 색상으로 꾸며졌고, 좁은 운동장엔 푸른 인조 잔디가 말끔하게 깔려 있었다. 학교는 그 뒤로 우뚝 솟은 고층 빌딩과 묘한 조화를 이뤘다.

대수는 가방에서 구겨진 종이를 꺼냈다. 불우한 가정환경, 성적 비관, 따돌림, 두 번의 자살 시도. 서류는 너무 흔해서 지루하기까지 한 이야기를 전했다. 학군 좋기로 유명한 이 지역에서도 명문으로 통하는 학교였다. 대수는 서류와 학교를 번갈아 쳐다봤다.

교정에 들어서자 울타리를 따라 심어진 포플러가 눈에 들어왔다. 서늘한 바람에 푸른 잎사귀가 서걱거렸다. 몇몇 학생들이 바지런한 걸음으로 대수를 지나쳤다. 하나같이 뭔가에 쫓기는 듯 불안해 보였다. 대수는 종종걸음으로 그를 지나치는 한 여학생의 뒷모습을 삐딱한 눈으로 지켜봤다.

"이대수라고 합니다."

교장은 머리를 뒤로 쭉 빼고 명함을 바라봤다. 치켜뜬 눈으로 대수를 쳐다보고, 다시 명함을 확인했다.

"한국 미래유지사업부 시민안전관리처 산하 청소년 관리청이라…… 많이 복잡해졌네요."

교장은 돋보기를 벗으며 미소를 지었다.

"우리 학교엔 무슨 일입니까?"

"이용천이라는 학생을 만나러 왔습니다."

교장은 손가락으로 책상을 두드리며, 용천…… 용천이라, 하고 중얼거리다가 수화기를 들어 주임 선생을 호출했다. 잠시 후 깡마른 40대 남자가 황급히 들어왔다.

"찾으셨습니까?"

"이용천이란 학생이 누구죠?"

주임도 용천을 기억하지 못하기는 마찬가지였다. 그는 잠시 기다려달라고 말한 뒤 서류 뭉치를 들고 돌아왔다.

"3학년 2반 학생입니다."

"등수는요?"

"반에서 35등, 전교 379등입니다."

"뭐 특기생이나 그런 건 아니고?"

"그렇습니다."

"그럼 됐네. 여기 이대수씨, 안내하세요."

교장은 의자를 돌리며 신문을 펼쳤다. 주임은 깍듯이 인사한 뒤 대수에게 따라오라고 말했다.

복도는 학생들로 북적거렸다. 모두 짜증스러운 얼굴로 스마트폰을 만지작거릴 뿐, 아무도 교실에 들어가지 않았다.

"학생들이 왜 교실에 들어가지 않죠?"

"학교 방침입니다."

"교실에 들어가지 않는 게 방침인가요?"

"상관없는 일엔 신경 끄셨으면 합니다." 주임은 날카로운 눈으로 대수를 노려봤다. 대수는 헛기침을 했다.

안내받은 곳은 상담실 팻말이 걸린 작은 방이었다. 문을 열자 퀴퀴한 냄새가 코를 찔렀다. 가구는 테이블 하나와 의자 두 개가 전부였고, 창문은 철창으로 막혀 있었다. 벽에는 푸시킨의 「삶이 그대를 속일지라도」가 인쇄되어 액자에 걸려 있었다. 대수는 환기를 하려고 창문을 열려 했지만 잘되지 않았다. 그사이, 주임이 인사도 없이 사라졌다.

얼마 후 문이 열리며 작고 까무잡잡한 아이가 들어왔다. 덥수룩한 머리와 움츠린 어깨가 아이를 더 작아 보이게 했다. 대수는 웃으며 앉으라고 말했다. 아이는 눈치를 살피며 조심스럽게 자리에 앉았다.

"반갑다. 네가 용천이구나."

용천은 고개만 까닥할 뿐 입을 열지 않았다. 용천은 대수가 내민 명함을 꼼꼼히 읽었다. 고개를 갸웃거리던 아이가 명함을 책상 위에 올려놓았다.

"아저씬 누구세요?"

"명함에 적힌 곳에서 일하는 사람이야."

"여기가 뭐하는 곳인데요?"

"용천이 같은 학생을 도와주는 곳이지. 자세한 설명은 천천히 하고……"

대수는 서류를 넘기며 할말을 찾았다. 등에서 식은땀이 흘렀다. 도대체 무슨 말을 해야 할지 감이 오지 않았다. 서류에서 그 글자를 찾지 못했다면 아마 한참을 더 헤맸을 것이다.

"시…… 취미로 시를 쓰는구나."

"아니요."

"아니라고? 여기 적혀 있는데."

"시를 쓰는 건 맞지만 취미는 아니에요."

"그게 무슨 뜻이지?"

"보통은 취미에 인생을 걸지 않으니까요."

용천의 표정이 너무 진지해서 대수는 그만 웃을 뻔했다.

"인생을 걸다니, 그럼 저기 푸시킨도 잘 알겠구나."

"내 말을 믿지 않는군요."

의외의 모습이었다. 사냥감을 발견한 맹수처럼, 아이는 푸시킨의 대표작과 인생, 그를 죽음에 이르게 한 결투에 대해 상세히 설명했다. 그 작은 입에서 '위로'라는 단어가 나왔다.

"위로라고?"

"시인의 의무죠. 이 학교에선 특히 더 필요해요."

"어째서 그렇지?"

"독특한 규칙이 있거든요. 등교권(登校權)이라는 건데, 등수에 따라 교실로 들어가는 거예요."

대수가 미간을 찌푸리자 아이가 한숨을 쉬었다.

"1등이 교실로 들어가야 2등이 들어갈 수 있어요. 그뒤에 3등, 4등이 들어갈 수 있죠. 30등도 마찬가지예요. 교실로 들어가려면 29등이 먼저 들어가야 하죠."

"만일 1등이 등교하지 못하면?"

"반 전체가 기다려야 해요. 가끔 그런 일이 생겨요. 그래서 1등은 누가 시키지 않아도 일찍 등교해요. 선생님들은 그걸 '1등의 의무'라고 부르죠."

대수는 용천을 물끄러미 바라봤다. 위로에 대한 이야기를 더 듣고 싶다고 하자 용천이 말을 이었다.

"아저씨는 학생들이 왜 왕따를 만드는지 아세요?"

"생각해본 적이 없구나."

"두려움 때문이에요. 언제 순위가 떨어질지 모르니까, 절대적인 약자를 만들어 자신을 위로하는 거죠."

"그 역할을 자청한다는 거니?"

"시로는 아무도 위로할 수 없으니까요."

공기가 무겁게 가라앉았다. 대수는 손가락으로 서류 모서리를 만지작거렸다. 문득 '대상과의 교감은 절대 금지'라는 강사의 말이 떠올랐다. 강사는 교육하는 동안 이 말을 수없이 강조했다.

대수는 겨우 입을 열어 '가브'가 처음 나타났을 때의 상황과 그들의 요구, 수차례에 걸친 회담 결과를 기계적으로 설명했다.

"아저씨 말은 이상해요. 자유의 여신상이나 에펠탑은 지금도 있잖아요."

"거래가 있었다. 그들은 주문만 하면 인간을 공급해주겠다는 우리측 요구를 받아들였지. 유통 체계를 만들기 위해 관련자를 제외한 모두의 기억을 지워버렸어. 네가 알고 있는 에펠탑은 진짜가 아니란다."

용천의 입술이 파랗게 질렸다. 처음 방에 들어왔을 때의 표정이었다.

"제게 음식이 되라고 하는 건가요?"

그 질문이 대수의 머릿속을 헤집었다.

"네 말이 맞아. 하지만 이번엔 조금 다르다."

대수는 주변을 살핀 뒤 의자를 당겨 용천에게 바짝 다가갔다.

"#3이라는 바이러스가 발명되었어. '가브'에게 치명적인 바이러스라고 한다. 문제는 투여 방법이야. 인간은, 그가 어떤 위치에 있어도 '가브'와 접촉할 수 없어. 그래서 우리는 공급될 사람들에게 바이러스를 투여하기로 했다. 오염된 인간을 먹고, 그들도 오염되는 거야."

"오…… 오염이요?"

"그래, 인류를 위해서다."

"인류를 위해서?"

대수는 가방에서 정부 보상 규정을 꺼내 내밀었다.

"네 어머니 앞으로 연금이 나올 거야. 일시불도 가능해."

용천은 명함을 읽을 때처럼 서류를 꼼꼼히 들여다봤다. 대수는 일어나 용천의 어깨에 손을 얹었다. 커다란 눈망울이 대수를 올려다보았다.

"자살보다 현명한 선택을 할 거라 믿는다. 그리고 오늘 네가 들은 건 전부 비밀이야. 새나가면 네 동의 여부와 상관없이 자동으로 일이 진행된다."

용천의 손이 바들바들 떨렸다. 대수는 서둘러 상담실에서 나왔다. 학생들로 가득했던 복도가 어느새 텅 비어 있었다. 한 남학생이 상담실로 달려가, 34등 왔으니까 빨리 들어오라고 용천에게 소리쳤다.

대수는 인근 편의점에 들러 삼각김밥에 컵라면을 먹었다. 골목에 들어가 담배를 피운 뒤 버스를 탔다. 창밖으로는 고층 빌딩이 많이 보였다. 그것은 거대한 다리를 연상시켰다. 대수는 자신의 다리를 내려다봤다. 2만 원짜리 구두코가 하얗게 닳아 있었다.

대수는 '후배 현수'에게 전화를 걸었다.

"들어가는 길이야. 가능성 있겠어. 왜 있잖아, 그런 애들이 풍기는, 뭐냐, 느낌 같은 거. 그래 징후 말이야. 알았으니까 걱정하지 마. 그냥 간단하게 먹었어. 넌 언제 끝나? 고생이 많네. 나중에 한잔하자. 제수씨한테 안부 전해줘."

고시원은 텅 비어 있었다. 대수는 조용히 문을 열고 안으로 들어갔다. 정숙은 가장 기본적인 에티켓이었다. 대수는 공용 세탁실에서 아침에 돌린 빨래를 꺼내 방으로 들어갔다. 창문을 열고 빨래를 널었다. 옆 건물 외벽이 손이 닿을 만큼 가까웠다. 고시원 주인은 이 손바닥만한 창문을 핑계로 매달 3만 원을 더 받았다. 대수는 어렸을 때부터 막힌 공간을 견디지 못했다. 이 작은 창문이 최근 몇 년 동안 그가 부린 가장 큰 사치였다. 대수는 침대에 누워 천장을 가로지르는 빨랫줄과 거기 널려 있는 옷가지를 바라봤다. 세제 냄새에 눈이 따가웠다.

"겨울이 오면 나뭇잎이 떨어지는 이유가 뭘까요?" 그날, 노조 대표가 말했다. "나무가 살기 위해서예요. 햇볕은 적지, 기온은 떨어지지, 그런데도 잎을 달고 있으면 나무가 죽는단 말입니다. 나무가 죽으면 잎은 삽니까? 대기업도 힘들다고 난리치는 판이에요. 이 작은 회사가 무슨 힘이 있어서 버팁니까."

제일 연장자였던 박형이 대표에게 욕을 하고 삿대질했다.

본사 직원들이 달려와 박형을 강당 밖으로 끌고 나갔다. 여기저기서 고함이 오가는 가운데 노조 대표가 마이크를 들고 소리쳤다.

"마지막 기회입니다."

본사 직원들이 종이를 나눠줬다. 거기에는, 나다 싶으면 알아서 나가라는, 그 단순한 메시지가 어려운 말로 적혀 있었다. 대수는 '마지막'이라는 단어가 몹시 마음에 걸렸다. 집에 들어갔을 때 아내는 빨래를 널고 있었다. 초등학생 딸이 학습지를 풀다 말고 양념치킨에 달려들었다. 해가 서쪽에서 뜨겠다며 아내가 호박꽃처럼 웃었다.

6년이 흘렀다. 잎은 썩어 나무로 돌아갔지만, 대수는 썩지도 돌아가지도 못했다. 창문을 통해 새 지저귀는 소리가 들려왔다. 이런 곳에서도 새가 살고 있다는 게 놀라웠다. 그 짧고 경쾌한 소리를 들으며 대수는 깊은 잠에 빠져들었다.

*

기름냄새 나거든요. 가까이 오면 토할 거 같다니까. 니들은 안 그러냐? 돈을 벌어도 남들한테 피해는 주지 말아야지. 새끼가 예의가 없어, 예의가. 아이들이 일제히 웃었다. 그 기름냄새 때문에 머리가 아파서 공부가 안 돼요. 나 대학 떨어지면 지가 내 인생 책임질 거야? 고3이 장난이야? 자살이요?

뭔 자살? 아, 작년에 수면제 먹은 거. 씨발 그거 다 쇼예요. 불쌍한 척하는 거라니까. 얼마나 지독한 새낀데. 죽긴 씨발, NPC는 원래 안 죽거든요. 아이들이 일제히 웃었다. 솔직히 그 새끼 좋은 놈 아니에요. 걔 아빠 살아 있을 땐 그 새끼가 왕따 주동자였다니까요. 내 말이 틀리냐? 지혁이가 그 새끼 때문에 전학 갔잖아. 이제 와서 피해자인 척하고 지랄이야, 지랄이. 하튼 재수없기론 따라갈 수가 없다니까. 아이들이 일제히 웃었다.

*

용천(龍天). 이 거창한 이름은 푸른 용이 하늘로 승천했다는 그 어미의 태몽 때문에 지어졌다. 용천의 아버지는 사람들을 만날 때마다 자랑스럽게 그 태몽에 대해 떠들었다. 그는 아이가 자신의 뒤를 이어 재벌이 될 것을 의심하지 않았다. 용천의 아버지가 죽은 뒤, 학교 이사회는 그에게서 받은 기부금의 액수를 헤아린 뒤 아이를 학교에 남겨두었다. 그 인도적인 결정은 더 많은 기부를 불러들였다.

용천은 이른 시간에 등교했다. 하지만 35등인 아이는 교실로 들어가지 못했다. 34등은 물론, 1등도 아직 등교하지 않은 시간이었다. 용천의 발걸음은 교실을 지나쳐 옥상으로 향했다. 난간에 기댄 아이는 검은색 노트를 꺼내 뭔가를 끄적였다. 그렇게 한참을 옥상에 머물던 아이는 1교시 종소리를 듣고서야 교실로 들어갔다. 선생은 뒤늦게 들어온 아이에게 시선을 주지 않았다. 쉬는 시간이 되면 아이는 바쁘게 매점을 오갔다. 아이스크림이나 과자를 건네는 일이 아이에게 허락된 유일한 소통이었다. 주문한 것과 다르다며 한 아이가 용천의 얼굴에 우유갑을 던졌다. 흐르는 코피를 삼키며 아이는 한쪽 모서리가 찌그러진 우유갑을 주웠다.

5교시가 끝나면 용천은 가방을 꾸리고 홀로 교문을 나섰다. 남겨진 아이들의 입에서 볼멘소리가 나오자 교사가 교탁을 두드렸다.

"조용히 해! 녀석들아, 너흰 대학 가야 할 거 아냐."

차가 들어오면 아이는 라이트가 꺼지기도 전에 달려갔다. 4만 원입니다. 아이는 남자가 내민 재떨이를 받았다. 카드를 긁고, 포인트를 적립하고, 영수증과 생수를 건네면, 대기하던 차가 다시 아이를 불렀다. 어둠이 깔리고 나방 한 마리가 전기 살충기에 달려들었다. 불꽃 튀는 소리가 정적을 깨뜨리는 사이, 아이는 주유소 뒤편에서 몸 구석구석에 살충제를 뿌렸다. 그리고 들어오는 차가 뜸한 틈을 타 노트를 꺼냈다.

"시 쓰는 거니?"

용천은 갑자기 나타난 대수를 올려다봤다. 대수는 검은 노트를 낚아챘다. 페이지를 넘기며 휘갈겨 쓴 글자들을 훑었다. '엄마'라는 제목이 그의 눈동자를 붙잡았다.

"돈이 필요하다."

"……"

"네가 서류에 사인하면 내 몫으로 삼백이 떨어진다."

"……"

"이런 나를 어떻게 위로할래?"

대수를 지긋이 바라보던 아이는 잠시 후 종이컵에 냉커피를 타 왔다. 싸구려 믹스커피는 달고 시원했다. 얼음 크기도 적당해 부숴 먹기 좋았다. 얼음을 깨물 때마다 빠드득 소리가 났다.

"아저씨는 왜 삼백만 원이 필요해요?"

대수는 담배를 꺼내 물었다. 아이는 여기서 피우면 안 된다며 대수를 건물 뒤로 안내했다. 하나 달라고 하여 주었다. 피우는 자세가 익숙해 보였다. 대수는 시큰거리는 무릎을 매만지며 난간에 걸터앉았다. 종일 아이를 따라다닌 탓이다. 새삼 오십 넘은 나이가 실감이 났다. 이가 아프고 허리도 쑤셨다. 가까이 있는 것보다 멀리 있는 것을 더 잘 보게 되리라곤 상상도 하지 못했다.

너 같은 무능력자와는 살 수 없다며 떠난 아내에게서 6년 만에 연락이 왔다. 그녀는 힘겨운 목소리로 자신이 폐암 말기라고 전했다. 기뻤다, 진심으로. 모두가 불행해지기를 얼마나 기도했던가. 병원에 가기 위해 정장과 구두를 빌렸다. 뼈와 가죽만 남은 아내에게서는 죽음의 냄새가 났다. 앙상한 팔에 꽂혀 있는 바늘에 자꾸 시선이 갔다.

"얼마나 남았어?"

"삼 개월 정도."

"뭐한다고 몸을 이 지경으로까지 만들었어."

"그러게……"

아내의 푹 꺼진 눈에 눈물이 맺혔다.

"당신, 못 본 사이 많이 늙었네."

"지금 남 늙은 거 걱정할 때야?"

"수희가 공부를 잘해. 학부모 면담 갔는데 의대 가고 싶다고 했대. 나한테는 그런 말 한 번도 안 했는데. 부탁이야, 첫 학기 등록금만 내줘. 나도 퇴원해서 일할 거니까."

"맡기라면서."

"조금이라도 더 벌어야지. 어차피 보험도 없어. 하나밖에 없는 우리 딸이, 우리처럼 살지 않았으면 좋겠어."

아내는 또 울었다. 암이 저 앙상한 몸에 눈물만 남겨놓은 것 같았다. 이게 내가 삼백만 원이 필요한 이유라고, 대수는 끝내 대답할 수 없었다.

주유소에서 나온 건 열한시 조금 넘어서였다. 두 사람은 불편한 침묵을 걸치고 나란히 걸었다. 매미가 사방에서 울어댔다.

"왜 하필 저예요?"

땅을 보며 걷던 아이가 물었다.

"조건이 좋아. 성적도 별로고, 가난하고, 미래도 없고, 무엇보다 자살 시도 경험이 있어서."

"그런 사람이 저 하나는 아니잖아요."

"하지만 결국 그런 사람인 건 맞잖아."

아이가 갑자기 멈췄다.

"아빠는 술에 취하면 벤츠에서 잤어요. 월세로 이사하던 날까지 버리지 못했던 차였죠. 그래서 자는 줄만 알았어요. 와이퍼에 꽂혀 있던 유서를 보기 전까지는 말이에요. 거기엔 더이상 미래가 보이지 않는다고 적혀 있었어요."

고개를 돌리고 싶었는데 그러지 못했다.

"아저씨가 보기에도, 저에겐 미래가 없는 것 같나요?"

용천은 대수에게 검은 노트를 쥐여주었다.

"읽어보세요. 그리고 아저씨가 결정해줘요."

아이가 떠난 자리에 검은 그림자가 드리웠다.

대수는 고시원 근처 포장마차에 들어갔다. 소주에 어묵을 시키고, 테이블에 앉아 검은 노트를 펼쳤다. 시 한 편에 소주 한 잔. 시는 대체로 어설펐다. 하지만 간간이 가슴을 치는 시가 있었다. 그런 시가 나오면, 한번 더 읽기 위해 한 잔 더 마셨다. 어느새 얼큰하게 취한 대수가 전화기를 꺼내 더듬더듬 번호를 눌렀다.

"현수냐? 나야. 대수. 네 고향 선배 대수라고. 나? 술 먹고 있지. 혼자 먹고 있는데. 허어, 이놈 돈 벌더니 사람 말을 못

믿네. 진짜 혼자야, 임마. 히히히. 너 내가 시 한 편 읊어주까? 시 좋아하냐? 이게 씨발 진짜 좋은 시야. 고등학생이 썼다고 믿을 수가 엄써. 제목부터가 죽인다. 하얀 눈동자. 씨발 어떻게 눈깔이 하얄 수가 있냐. 그게 눈깔이냐. 하튼, 씨발 근데 이게 좆나 슬퍼. 슬프다고 현수야. 듣고 있니 현수야? 너 말이야. 너는 이 일을 20년이나 했잖아. 어떻게…… 씨발 도대체 어떻게 그럴 수가 있냐? 응? 현수야. 대답 좀 해봐. 현수야! 현수야! 나도 알아 현수야! 당연히 일이지. 일인 줄 누가 모르냐! 현수야! 먹고사는 게 그냥 다 변명이냐! 변명은 그런 게 아니야! 내 고향 후배 현수야! 마누라랑 36평 아파트에 사는, 씨발…… 현수야아아."

대수는 테이블을 붙잡고 쓰러졌다. 소주병과 안주들이 요란한 소리를 내며 바닥에 쏟아졌다. 부축하려는 주인의 손을 뿌리치고 비틀비틀 밖으로 나왔다. 고시원 간판이 좌우로 흔들렸다. 대수는 전봇대를 붙들고 먹은 걸 게워냈다. 그 와중에 두고 온 노트가 떠올라 다시 포장마차 안으로 들어갔다. 기억은 여기까지였다.

대수는 유치장에서 눈을 떴다. 머리가 지끈거렸고 옷은 더러웠다. 왼쪽 어깨가 두들겨맞은 것처럼 아팠다. 희미한 기억이 먼지처럼 부유했다. 철컹 소리와 함께 문이 열리고, 경찰이 들어왔다. 현수가 대수를 기다리고 있었다.

"몸은 좀 어때?"

"괜찮아."

현수는 주머니에 손을 넣고 담배를 꺼냈다.

"형 말이 맞아. 먹고사는 게 다 변명일 순 없지. 그런데 이거 우리만 살자고 하는 짓 아니잖아."

대수는 고개를 숙였다.

"아무래도 우리 일이 형이랑 잘 안 맞는 것 같아. 팀장한텐 내가 잘 말해둘 테니까."

현수는 담배를 허공에 던지고 홀로 차에 올랐다.

마음이 모래처럼 바스러졌다.

*

대수의 아내가 죽었다. 그녀를 죽인 건 암이 아니었다. 빌딩 청소를 하던 중 갑자기 가슴을 움켜잡고 계단을 굴렀다고, 함께 일했던 여자는 말했다. 병원비 없는데 어쩌냐는 말이 그대로 유언이 되었다.

텅 빈 빈소에서 대수는 6년 만에 딸과 마주했다. 열여덟 살 딸은 낯설었다. 그녀는 싸늘한 눈으로 대수를 노려봤다.

"나가."

작은 손이 가슴을 밀었다. 대수는 힘없이 바닥에 주저앉았다. 때 묻은 스니커즈가 눈에 들어왔다. 대수는 스니커즈를 한 번이라도 만져보고 싶었다. 안아주고 싶었다. 하지만 스니커즈가 뒷걸음질쳤다.

"의대 가고 싶다며?"

"당신이랑 상관없는 일이야."

"돈 구하고 있으니까 조금만 기다려."

"필요 없어."

"그냥 주웠다고 생각해. 엄마나 아빠처럼 살고 싶지 않으면 한 번만 참아."

스니커즈가 눈에 닿지 않는 곳으로 빠르게 사라졌다.

*

이게 뭐예요? 이 새끼, 시도 써요? 알겠어요. 제가 직접 전해줄게요. 이제 가봐도 되죠? 아이들이 교문 밖에 늘어선 승합차를 향해 우르르 몰려갔다. 씨발, 줘봐 읽어보자. 꺼져 새꺄, 내가 먼저야. 그럼 반만 줘봐. 아이들의 손에 검은 노트가 반토막 났다. 두고 봐, 이 새끼는 전설이 된다니까.

아이들이

일제히

웃었다.

*

이틀 뒤, 검은 노트에 있던 시가 한 편도 빠짐없이 학교 인터넷 게시판에 올라왔다. 한 편 한 편마다 무수한 댓글이 달렸다. 재기 넘치는 감상평이 과연 명문고다웠다.

용천은 대수의 휴대폰으로 게시판을 읽어갔다. 예상보다 덤덤했다.

"일시금과 연금 중 뭐가 좋을까요?" 아이가 휴대폰을 돌려주며 물었다.

"아무래도 연금이 좋겠지."

서명을 끝낸 용천에게 대수가 담배를 내밀었다. 하얀 연기가 아침 속으로 녹아들었다.

현수는 공무(公務)라고 적힌 승합차를 끌고 나타났다. 그는 우시장에 나온 상인처럼 용천을 위아래로 살폈다. 마지막으로 어머니를 보고 가라는 대수의 제의를 아이는 단칼에 거절했다. 이유를 묻자 '그냥'이라고만 답했다. 현수는 뒷좌석에 아이를 태우고, 밖에서 문을 잠갔다. 현수는 시동을 걸며 대수 주머니에 통장을 찔러 넣었다.

"수고했어. 처음치곤 잘한 거야. 일 끝나고 소주나 한잔해. 상담 치료 예약 잡아놨으니까 꼭 받고."

"상담 치료는 무슨……"

"말 들어. 이게 다 경험에서 나온 충고야. 지금은 몰라도 나중에 그게 온다니까. 사람 미치는 거 한순간이다."

"일이잖아."

"하긴, 그래. 일 맞지."

하늘이 어둑해질 무렵에야 목적지에 도착했다. 여기가 어디냐는 질문에 현수는 강원도라고만 대답했다. 대수도 더는 묻지 않았다. 차에서 내리자 차가운 공기가 뺨을 스쳤다. 산 위로 깔린 노을이 구름을 붉게 물들였다. 셋은 숲으로 둘러싸인 언덕 위로 올라갔다. 현수는 막대기를 언덕 한가운데 꽂은 뒤 대수를 불렀다.

"조금 있으면 막대기에 파란 불이 켜질 거야. 그러면 애 허벅지에 이 주사를 놔. 이거 뭔지 알지?"

현수가 볼펜만한 주사기를 흔들며 말했다. #3이었다. '가브'에게 치명적인 바이러스라고 알려진 마약.

"재가 중간에 도망치면 자동으로 계약 파기야. 돈도 끝나는 거고. 무엇보다 인류가 난감해진다는 걸 잊지 마. 긴장하고, 마무리 잘해."

현수는 대수의 어깨를 두드린 뒤 언덕을 내려갔다. 대수는 용천을 막대기 옆으로 데려갔다. 아이는 하늘을 보며 아름답다고 말했다.

"옛날엔 서울 하늘도 이랬다."

"믿어지지 않네요."

"나도 그렇다."

"작년에 먹은 수면제는 사실 제가 구한 게 아니었어요. 엄마가 장롱 뒤에 숨겨놓은 걸 우연히 발견했죠. 아저씬 혼자 남겨지는 게 얼마나 무서운지 아세요?"

대수는 대답하지 않았다. 용천도 입을 다물었다. 잠시 후 막대기에 파란 불이 들어왔다. 두 사람 머리 위로 푸른빛이 물방울처럼 일렁거렸다. 아이가 어깨를 감싸고 주저앉았다.

"미안해, 엄마."

아이는 울었다. 확장된 빛이 주변을 에워쌌다. 대수는 주머니에서 꺼낸 주사기를 들고 용천에게 다가가 마주앉았다.

"그때, 미래가 있냐고 나에게 물었지? 매일매일 그 질문에 대해 생각했다. 하지만 역시 모르겠어. 아마 지금껏 그런 걸 가져본 적이 없어서겠지. 그런데 오늘, 나는 난생처음으로 미래라고 할 만한 걸 얻었다. 바로 이 통장이야. 이 숫자가 보이니? 넌 이게 믿어지니?"

대수는 통장을 아이 손에 쥐여줬다. 그리고 주사기를 자신의 허벅지에 찔렀다. 아이가 놀란 눈으로 대수의 손을 붙잡았다.

"통장 뒤에 우리 딸 전화번호가 적혀 있어. 너랑 동갑이야."

대수가 아이를 빛 바깥쪽으로 밀어냈다. 동시에 그의 몸이 허공에 떠올랐다.

"그날 커피 잘 먹었다."

이것이 대수의 마지막 말이었다. 육체가 분자 단위로 분해되는 순간, 대수는 때묻은 스니커즈와 코가 닳아버린 구두가 현관 앞에 나란히 놓여 있는 장면을 봤다. 대수는 그만 웃고 말았다. 빛이 순식간에 하늘로 솟구쳤다.

*

우주선은 축제로 들썩였다. 거리 곳곳에서 감미로운 음악이 흘러나왔고, 저마다 사랑하는 이의 손을 잡고 행복에 젖어 들었다. 알록달록한 레이저가 '평화와 질서'라는 글자를 하늘에 새겼다. 가벼운 취기 속에서 '가브'들은 삶이 주는 경건함을 만끽했다.

이런 흥겨움 속에서도 일부 '가브'들은 바쁘게 일했다. 음향과 조명을 관리하는 기사, 혹시 모를 사태를 대비하는 경찰, 자금을 대는 정치인. 하지만 그들 중 누구도 요리사만큼 바쁠 수는 없었다. 그들은 끝없이 날아드는 주문을 채우기 위해 쉬지 않고 일했다. 동정할 필요는 없다. 그들은 누구보다도 자신의 직업을 사랑했으니까.

증기로 자욱한 주방에서 두 요리사가 땀을 뻘뻘 흘리며 고기를 손질하고 있었다. 잠시 후 뒤쪽에서 한 인간이 고리에 거꾸로 걸린 채 나타났다. 주방장이 고기를 이리저리 돌려 봤다.

—한국산이네.

—그 매운맛으로 유명한, 그런데 왜 이렇게 처져 있죠?

—한국산은 산 채로 껍질을 벗겨야 제맛이거든. 껍질 벗

길 때 너무 시끄러워서 조치를 좀 취해달라고 주문했지. 아마 #3에 취했을 거야.

—그거 되게 독한 약이잖아요. 몸에 해롭지 않을까요?

—뭐, 식약청 놈들이 안전하다고 하니까. 한 점 먹어볼래? 이거 뿅 간다.

두 요리사가 낄낄거리며 대수의 껍질을 벗겼다.

라하이나 눈

달리기에 대한 최초의 기억은 열 살 때로 거슬러올라간다.

추석 당일이었고 아버지와 삼촌이 심하게 다퉜다. 나는 영문도 모른 채 욕설과 고함을 피해 작은방에 틀어박혔다. 시무룩한 얼굴로 누워 있는데 할머니가 들어왔다. 식혜를 담아주는 할머니에게 물었다. 아빠와 삼촌이 왜 싸우는 거냐고.

그림자 때문이지.

그림자요?

그림자 속엔 어두운 마음이 숨어 있거든. 원하던 걸 얻지 못할 때, 사랑하는 사람을 잃거나 몸에 병이 찾아오면, 그림자에 숨어 있던 어두운 마음이 슬그머니 나타나 발목을 움켜쥔단다. 그러니 아빠와 삼촌을 미워하지 마라. 저 나이가 되면 누구나 그림자에 쫓기며 사니까.

저도 그림자에 쫓기게 되나요?

그렇게 되겠지.

무서워요, 할머니.

도망치는 방법이 하나 있지. 할머니가 빙긋 웃으며 말했다. 열심히 달리면 된단다. 달리는 동안엔 발에서 그림자가 떨어지거든. 어두운 마음이 아무리 손을 휘저어도 발목을 잡지 못한단다.

나는 안도했다. 그냥 달리면 된다니, 이 얼마나 간단한 일인가. 그 시절 내가 기억하는 할머니는 모르는 게 없는 사람이었다. 하지만 그런 할머니도 아버지와 삼촌이 달리지 않는 이유를 설명하지는 못했다. 내가 할머니였다면 매일 운동장을 돌게 했을 텐데.

그렇다고 내가 곧바로 달리기를 시작한 건 아니었다. 집에서는 다툼이 바퀴벌레처럼 들끓었고 망각이 제 역할에 충실했기 때문이다. 사춘기를 거치면서 나는 말이 없고 냉소적인 아이가 되어갔다.

그런 내가, 버스를 잡으려는 게 아닌, 오로지 달리는 것 자체가 목적인 그런 달리기를 한 건 고등학교 2학년 때가 처음이었다. 쳐다보면 목이 아플 정도로 하늘이 높던 가을이었다. 나는 계단에 앉아 츄파춥스를 빨아먹으며 야구부원들이 운동장 도는 걸 구경했다. 우리 학교 야구부는 옛날엔 꽤나 잘

나갔지만, 당시엔 그저 그런 선수들이 모이던 전통의 지역 강호였다. 마음만은 메이저리그인 그들이 태양을 공전하듯 운동장을 돌고 또 돌았다. 가을이라 해도 9월 중순이라 기온이 제법 높았다. 유니폼이 겨드랑이부터 땀에 젖어갔다. 달리기는 열 바퀴를 돌고 나서야 끝났다. 한 바퀴가 400미터니까 대략 4킬로미터를 달린 셈이다. 4킬로미터를 달리면 어떤 기분일까? 잇따른 호기심이 생긴 이유는 아마 내가 열일곱 살이었기 때문일 거다. 나의 열일곱은 호기심만으로 4킬로미터를 달릴 수 있는 체력과 이상한 정신이 혼재된 시기였다.

가방을 던지고, 그 위에 교복 상의를 벗어 던지고, 정신도 약간은 던져버리고, 운동장을 돌기 시작했다. 세 바퀴가 넘어가면서 체력이 급격히 떨어졌다. 다 때려치우고 집에 가자는 소리가 귓전에서 들려왔다. 동감이다. 이건 멍청한 짓이다. 대관절 얻을 게 뭐란 말인가. 그런 나를 계속 달리게 한 건 알량한 오기였다. 특히 마지막 두 바퀴가 힘들었다. 숨도 차고 가슴은 터져버릴 것 같았다. 열 바퀴를 모두 돈 나는 그대로 운동장에 누워버렸다. 바람이 복잡했던 머릿속을 깨끗이 날려버렸다. 그림자로부터 도망칠 수 있다던 할머니 말은 사실이었다.

그날 이후, 시험이나 경조사 같은 특별한 일이 없는 한 매일 달렸다. 조금씩 거리가 늘어나고 몸도 좋아졌다. 입대 한 달 전, 처음으로 42.195킬로미터를 완주했다. 그걸 계기로

1년에 한 번씩 마라톤을 했다. 제일 힘들었던 시기는 공장에 취직해 2교대를 했을 때였다. 일상 리듬이 무너져 달리기가 쉽지 않았다. 이 문제는 무조건 뛰어서 퇴근하는 방식으로 해결했다.

왜 이렇게까지 달리는 거야? 러닝복으로 갈아입는 날 보며 선배가 물었다.

그림자로부터 도망치려고요. 선배가 고개를 갸웃거렸다.

이 달리기가 내 인생을 통째로 바꾸게 될 거라고, 그땐 상상조차 하지 못했다.

*

여섯시 30분. 알람이 울렸다. 아침으로 시리얼 조금과 과일, 아몬드 열 알을 먹었다. 영양제도 챙겼다. 칼슘, 마그네슘, 비타민, 단백질…… 하나같이 자연에서 추출했다는 고가의 제품이었다. 식사를 마치고 천천히 집을 둘러봤다. 말끔한 흰색 벽지와 고급 마감재, 가죽 소파와 벽걸이 티브이, 무엇보다 서울에 자리한 25평 아파트 그 자체. 이 집을 사는 데 고작 3년밖에 걸리지 않았다. 아직 대출금이 많이 남아 있지만, 공장에 계속 다녔다면 10년을 일해도 불가능했을 것이다.

티브이 옆에 놓인 전신 스캐너 앞에 섰다. 어제 알파-1은 6000킬로칼로리를 섭취했다. 이번주에만 벌써 세번째였다.

한숨이 나왔다. 6000킬로칼로리를 소모하는 게 문제가 아니었다. 계약엔 체지방 12퍼센트 이내라는 조건도 붙어 있다. 알파-2는 다행히 적정 칼로리를 섭취했다.

알파-1은 40대 남성으로 이름만 대면 알 만한 대기업 오너의 셋째 아들이었다. 그저 놀고먹기 좋아하는 건달에 불과하지만, 그 건달이 1년에 지급하는 돈만 6000만 원이었다. 20킬로그램 감량 성공시 보너스 40퍼센트 항목도 있다. 지난 6개월 동안 알파-1을 9.5킬로그램을 감량시켰다. 보통 사람이라면 벌써 몸짱이 되고도 남았겠지만, 생활이 워낙 방만한 탓에 현상 유지만도 힘이 들었다. 알파-2는 여배우로, 최근 종영된 사극에서 욕망에 휩쓸리는 왕비를 연기해 실력을 인정받았다. 적정 체중과 근육량 유지를 조건으로 연 4000만 원에 계약했다.

알파-1으로 설정 코드를 바꿨다. 스트레칭으로 근육을 꼼꼼히 풀어준 뒤, 시간을 들여 상체와 코어, 하체 순으로 운동했다. 두 시간에 걸친 근육운동이 끝나면 달리기를 했다. 트레드밀에 올라가 속도를 6km/h에 놓고 5분을 걸은 뒤, 한 시간 반 동안 12km/h의 속도로 달렸다. 운동이 끝나면 샤워를 한 뒤 곧바로 침대에 누웠다. 1시에 일어나 간단히 점심을 먹고 오전 일과를 반복했다. 알파 운동은 오후 다섯시가 되어서야 끝났다. 스캐너에 칼로리 소모량과 근육 성장률이 떴다. 그럭저럭 만족할 만한 수치였다.

나는 옷을 갈아입고 밖으로 나왔다. 눈에 식당만 들어왔다. 고기, 생선, 국밥, 찌개, 중식, 일식…… 새삼 인간은 참 많은 걸 먹는구나 싶었다. 편의점에서 산 다이어트 콜라로 혀를 적시며 한강까지 걸었다. 공원에는 사람이 많았다. 손을 맞잡은 연인, 개를 산책시키는 중년 남자, 의미 없이 웃으며 달리는 아이들. 그 모두를 지나쳐 강둑으로 내려가 자리를 잡았다. 죽은 물고기 한 마리가 배를 뒤집고 수면 위를 둥둥 떠다녔다. 몇몇 아이들이 막대기로 물고기를 찔러대며 소리를 질렀다. 점점 검게 물들어가는 한강을 바라보다 남은 음료수를 한 번에 들이켰다.

그 여자가 찾아온 건 3년 전이었다. 세미 정장에 무테안경, 웨이브 넣은 머리칼과 짙은 화장. 전형적인 사무직 스타일을 한 여자는, 자신을 모 기업 헬스케어 사업부 팀장이라고 소개했다. SNS를 보고 찾아왔다며, 달리기를 향한 내 순수한 열정에 감동했다는 둥, 맨정신으로는 입에 담지 못할 칭찬을 두서없이 늘어놓았다.

그래서요?

일부러 삐딱하게 대꾸했다. 여자는 신경쓰지 않는다는 듯 빙그레 웃으며 내게 어떤 제안을 했다. 그녀의 제안은 이해하기 힘들었다. 반복되는 질문에 그녀는 인내심을 갖고 대답했다.

육체를 동기화하는 기술이 개발되었어요. 간단한 예를 들면 한쪽이 통증을 느끼면 다른 쪽도 통증을 느끼는 거예요. 초창기엔 감각에 국한되었는데 기술 개선이 거듭되어 동기화 범위가 감각뿐 아니라 물리적 상태와 심리 분야로까지 확장되었죠. 물론 동기화 범위는 조절할 수 있고요. 여기 운동이 필요한 환자가 있다고 가정해보죠. 하지만 환자는 운동할 수 없는 상태예요. 그리고 만일 당신이 이 환자와 동기화가 되어 있다면, 환자 대신 운동을 해줄 수 있는 거예요.

그때는 고급스럽게 미친 사람 정도로만 생각했다. 그 이후 계약을 하고 동기화 수술을 받았다. 사업이 초창기라 프리로 전환한 지금보다 많은 계약금을 받았다. 그 대가로 달리면서 얻었던 두근거림과 자유로움을 잃었다. 어쩔 수 없다. 아버지가 늘 말했던 것처럼, 사람은 자기 좋은 것만 하며 살 수 없으니까.

패턴4 알람이 울렸다. 칼로리가 축적되고 있다는 의미였다. 알파-1이 또 뭔가를 먹고 있나보다. 나는 운동화 끈을 조여 매고 집까지 전속력으로 달렸다.

*

성재는 나와 비슷한 시기에 동기화 수술을 받은 동생으로, 중학교 때부터 암벽등반을 했다. 눈이 소처럼 커서 별명이 홀스타인이었지만, 손가락 두 개로 턱걸이를 스무 개나 하는 괴

물이었다. 여섯 명의 알파를 관리했던 성재는 역대 가장 많은 돈을 벌던 베타였다.

프리솔로가 될 거예요.

그게 뭔데?

장비 없이 맨손으로 암벽을 타는 거예요. 세계적으로도 몇 없어요. 많이 죽거든요. 삼 년 바짝 벌어서 해외로 나갈 거예요.

고작 그런 이유로 알파를 여섯 명이나 받았다고?

좋잖아요. 칼로리도 알아서 몸에 척척 붙고. 성재가 하얀 이를 드러내며 웃었다.

그런 성재를 죽인 건 발목 염좌였다. 등반중 미끄러져 착지를 잘못한 탓이었다. 부상 자체는 아무 문제도 없었다. 몇 주 쉬면 좋아질 증상이었으니까. 문제는 여섯 명의 알파였다. 고작 1주일 만에 체중이 8킬로그램이나 늘었다. 베타는 설정 기간이 도래할 때까지 동기화를 멈출 수 없었다. 성재는 회복될 때까지 버티기로 했다. 하지만 몸무게가 80킬로그램을 찍자 보호대를 차고 밖으로 뛰쳐나갔다. 늘어난 몸무게가 발목 통증을 악화시키고, 통증으로 체중이 늘어나는 악순환이 반복되었다. 그러는 사이 92킬로그램이 되었다. 침을 맞으러 한의원에 가는 것조차 힘들었다. 성재는 발목을 다치고 6개월 만에 죽었다. 사인은 심장마비였다. 224킬로그램짜리 시신을 옮기기 위해 이사 화물용 사다리차가 사용되었다.

이 사건을 계기로 두 명 이상의 알파를 받을 수 없다는 규정이 신설되었다. 동기화의 비동질성이 높아질수록 몸에 부담이 기하급수적으로 늘어난다는 사실이 밝혀졌기 때문이다. 성재의 죽음은 단순한 칼로리 축적 문제가 아니었다.

장례식장에 모인 베타는 여덟 명이었다. 우리는 한자리에 모여 앉아, 아무 말 없이 방울토마토를 우물거렸다.

성주는 성재의 두 살 터울 누나였다. 남매에게는 부모가 없어 서로가 유일한 가족이었다. 그녀는 무덤덤한 얼굴로 상주 자리를 지켰다. 하나뿐인 동생이 죽었는데 어쩜 저럴 수가 있냐고, 베타 중 하나가 중얼거렸다. 일견 그렇게 보이기도 했다. 구석에 모인 산악인들이 왁자지껄 취해갔다.

자정이 넘어 문상객이 모두 떠났다. 빈소는 무덤처럼 조용했다. 조금 전까지 존재하던 소리가 무거운 밤에 짓눌려 사라진 것 같았다. 자리를 지키고 있는 건 나와 성주뿐이었다. 나는 홀로 테이블에 앉아 소주를 마셨다. 3년 만에 처음 마시는 술이었다. 술과 고기가 떨어지고, 아무것도 없는 일회용 접시를 물끄러미 쳐다보고 있는데, 성주가 고기와 술을 들고 내 앞에 앉았다.

저도 한 잔 주세요.

성재는 좋은 아이였어요. 소주를 따르며 내가 말했다. 그녀는 채워진 잔을 비울 뿐 아무 말도 없었다.

이제 집에 가셔야죠.

이것만 먹고요.

베타가 이렇게 먹어도 돼요?

내일 더 운동하죠, 뭐.

……다치지 않게 조심하세요.

성주는 상주 자리로 돌아가, 벽에 등을 기대고 눈을 감았다. 소주 한 병을 더 마신 나는 비틀거리며 빈소로 올라가 성재의 영정을 마주했다. 그 커다란 눈을 보고 있자니 문뜩 시가 떠올랐다. 시를 읊은 건, 취기 때문이었다.

새벽 두시에 홀로
강에 내려가본 일이 있는가?
강가에 앉아
버림받은 기분에 젖은 일이 있는가?
(…)
할렘강으로 나들이
오전 두시
한밤중
나 홀로
하느님, 나 죽고만 싶어.*

---

* 랭스턴 휴스(1902~1967), 「할렘강 환상곡」

성주가 눈을 뜨고 나를 빤히 쳐다봤다. 그러다 끝내 울고 말았다. 엎드려, 숨을 삼키며, 어미 잃은 짐승처럼. 나는 무릎을 꿇고 흔들리는 그녀의 등을 쓰다듬었다.

시신은 화장했다. 224킬로그램 덩치가 한줌 재로 변했다. 성주는 성재를 북한산에 뿌려주고 싶다고 했다. 성재가 처음 암벽등반을 배웠던 산이라며. 나는 성주를 차에 태워 북한산으로 향했다. 가는 내내 라디오에서 쓸쓸한 노래가 흘러나왔다.

평일인데도 산은 등산객으로 북적거렸다. 알록달록한 등산복 사이로, 검은 정장이 시선을 끌었다. 굳이 백운대에 올랐다. 바람이 강했고, 옆으로 인수봉이 보였다. 성재는 왜 산에 올랐을까. 올라봐야 생기는 것도 없을 텐데. 무언가를 좋아한다는 건 무척 슬픈 일이란 생각이 들었다. 아무도 없는 곳을 찾아 성재를 뿌렸다. 유골이 바람에 실려 산으로 스몄다. 성주는 한동안 자리를 뜨지 못했다. 그녀를 설득해 어둑해지기 전에 산에서 내려왔다. 일부러 한적한 식당을 골라 저녁을 먹었다. 성주는 술이 마시고 싶다고 했다.

왜 그런 시를 외우고 있었어요? 소주를 반쯤 비웠을 때 성주가 물었다.

학교 다닐 때 집이 좀 안 좋았어요. 집에 가기 싫어서, 새벽까지 주변을 배회하고는 했는데, 하루는 너무 심심해서 근처 놀이터 벤치에 앉아 『청소년이 알아야 할 시 100선』을 읽었어요. 거기 실려 있던 시예요. 이상하게 계속 읽게 되더라고요. 그러다 저절로 외워졌어요.

저절로 외워지는 시라니, 너무 좋네요. 저는 외우고 있는 시가 없는데. 한번 더 낭송해줄 수 있나요.

어려운 일이 아니었다. 나는 낮은 목소리로 시를 읊었다. 낭송이 끝나자 그녀가 고개를 숙이며 고맙다고 말했다. 어둠과 취기, 몇 가지 정체를 알 수 없는 감정에 이끌려 우리는 모텔로 들어갔다. 이게 옳은 일인지 아닌지 생각할 겨를이 없었다. 성주의 몸은 산을 닮았다. 거칠면서도 따듯해 마냥 머물고 싶었다. 그날 장례식장을 떠나지 못했던 이유를 그제야 알 수 있었다.

*

'라하이나 눈(Lahaina Noon)'은 하와이어다. 태양이 90도 위에 정확히 도달해 그림자가 대략 5분 정도 사라지는 현상으로, 1년에 두 번 호놀룰루를 찾아온다. 나는 이 기사를 몇 번이고 되풀이해 읽었다. 언젠가 성주에게 이걸 보여주러 하와이에 가야겠다고 결심했다.

그림자가 없는 세상이라니, 가슴이 두근거렸다.

*

기존 계약이 종료되고 새로운 알파와의 적성도 검사를 위해 회사에 갔을 때였다. 엘리베이터에서 내리는데, 낯선 남자가 불쑥 다가와 내게 악수를 청했다. 남자는 자신을 4년 동안 알파-1이었던 사람이라 소개했다. 대기업 오너의 셋째 아들이었다. 알파를 실제로 만난 건 이때가 처음이었다.

덕분에 건강한 몸을 갖게 되었어요. 고맙다는 인사를 하고 싶어서 일부러 왔습니다.

무절제한 생활로 나를 힘들게 했던 알파였다. 편견이 없었다면 거짓말이지만 그는 상상과 달리 정중하고 예의바른 사람이었다.

혈압이 안정되고 대사증후군도 나아졌어요. 대학 졸업 후 처음으로 70킬로그램이 되었고요. 어제 거울을 보고 있자니 좀 부끄러워지더군요. 제 힘으로 얻은 게 아니니까요. 이제 스스로 운동하기로 했어요. 남자라면 자기 힘으로 싸워야지요.

좋은 생각이네요. 꾸준히 운동하시면 더 좋은 결과가 있을 겁니다.

뱉은 말과 달리 마음은 회의적이었다. 이들은 돈으로 산 건강을 자신의 능력으로 착각한다. 그렇기에 '꾸준히'를 과소평가하고 '자신의 의지'를 과대평가하는 경향이 있다. 보통 두 달 내에 다시 베타를 찾는다.

실은 부탁이 있어서 왔어요.

남자가 서류를 내밀었다. 사진만 봐도 의심할 여지가 없는 고도비만 청소년들이었다. 나는 고개를 저었다.

미성년자는 알파 등록이 불가합니다. 그리고 저는 이미 새로운 고객이 예정되어 있어요.

규정은 저도 알아요. 사진 속 아이들은 부끄럽게도 제 아이들입니다. 오른쪽이 첫째고 왼쪽이 둘째죠. 덩치는 저래도 아직 중학생이에요. 집안 내력이, 먹는 걸 좋아하고 살이 잘 찌는 체질이에요. 한참 예민할 때라 자존감이 많이 떨어져 있더군요. 이때 형성된 자아가 평생을 가는데, 아버지로서 걱정이 많이 됩니다. 남자가 명함을 내밀며 말을 이었다. 저는 당신을 신뢰합니다. 지난 4년이 쌓은 신뢰죠. 우리 같은 사람은 남을 쉽게 믿지 않아요. 돈을 번다는 건 타인을 끝없이 의심하면서 신뢰를 주는 일이거든요.

거듭 말씀드리지만 어렵습니다.

아내분이 아프시더군요. 참고로 아내분께서 입원한 병원이 우리 집안 소유예요. 저와 일하면 여러 가지 특혜가 있을 겁니다. 물론 계약금과 별개로요.

제 뒷조사를 한 겁니까?

남자가 미소를 지으며 고개를 흔들었다.

너무 어렵게 생각하지 않았으면 좋겠네요. 원래 산다는 게, 남는 건 베풀고 부족한 건 받는 거 아니겠습니까. 잘 생각해보고 연락 주세요. 남자가 명함을 쥐여주고 자리를 떴다. 멍청하게 서 있던 나는 명함을 주머니에 넣고 검사장에 들어갔다.

새로운 알파가 배정되었다. 규정이 바뀌어, 회사는 새로운 알파의 정체를 알려주지 않았다. 최근 베타를 보는 부정적 시선이 늘어났기 때문이다. 작년엔 근육질 몸으로 유명한 연예인이 베타를 고용한 사실이 드러나 공개적으로 사과하기도 했다. 나야 돈만 들어온다면 알파의 정체 같은 건 아무래도 좋았다. 문제는 계약금이었다. 몇몇 기업이 이 사업에 뛰어들면서 경쟁이 붙었다. 계약금은 과거의 절반 이하로 떨어졌고, 앞으로 더 떨어질 거라는 소문이 업계에 돌았다. 설령 그렇다 한들 무슨 방법이 있겠는가. 나는 계약서에 서명했다.

오후 운동을 간단하게 마치고 병원을 찾았다.

소독제를 몸에 뿌린 뒤, 마스크를 끼고 병실로 들어갔다. 성주는 잠들어 있었다. 침대 머리맡에 소설책 몇 권이 보였다. 의자에 앉아 성주를 내려다봤다. 머리카락 없는 창백한 모습이 막 구워낸 유리처럼 안타까웠다. 성주가 눈을 뜨기에 윙크했다. 성주가 큰 눈을 가늘게 만들며 입가에 미소를 지었다. 손이 차가웠다.

수납을 기다리는 동안 티브이를 봤다. 유명 모델이 탱크톱에 레깅스를 입고 몇 가지 운동을 소개했다. 그녀는 말했다. 운동은 거짓말을 하지 않아요. 한 만큼 꼭 보답하지요. 시청자분들도 꾸준히 노력하면 건강하고 아름다운 몸을 가질 수 있어요. 그러니 포기하지 말고 힘내시길 바랍니다. 박수와 함성이 들려왔다. 설마 요즘 떠들썩한 베타를 고용하신 건 아니죠? 유명 개그맨이 슬쩍 던진 말에 모델이 손사래를 쳤다. 운동은 자신의 힘으로 해야죠. 그녀가 긴 머리칼을 찰랑거리며 웃었다. 목이 가려워 손톱으로 긁었다.

다음날도 일찍 일어나 삶은 달걀과 샐러드를 먹었다. 플랭크 3세트, 스쿼트 3세트, 팔굽혀펴기 3세트, 턱걸이 3세트, 반복, 반복, 반복…… 낮잠을 자고 일어나 데친 닭가슴살을 먹고 또 반복. 어느새 창밖이 어둑했다. 트레드밀이 지겨워 한강으로 나갔다. 어제보다 공기가 따듯했다. 보름 후에는 이 일대에 벚꽃이 만개할 거다. 그날이 오면 볕이 좋은 날을 골라 성주와 마냥 걷고 싶었다. 흩날리는 꽃잎을 배경으로 사진도 찍고, 맛있는 것도 먹으면서.

그런 날이 올까?

잠들어 있던 애벌레가 머릿속에서 불쑥 깨어났다. 나는 달리기를 멈췄다. 다시 달리려면 애벌레를 잠재워야 했지만 이번에 깨어난 녀석은 유독 크고 먹성도 좋았다. 고개를 숙이고 터덜터덜 걷다 마포대교에 올랐다. 난간에는 '수영 잘해요?'라는 문구가 새겨져 있었다. 새카만 한강을 바라보며, 수영 잘하냐는 질문을 받았던, 이름 모를 사람들에 대해 생각했다. 빛들이 굉음을 내며 곁을 지나쳤다. 주머니에서 명함을 꺼냈다. 망설이고 망설이다 전화를 걸었다. 대화는 길지 않았다. 전화를 건 순간 이미 모든 게 결정된 거나 다름없었다. 전화를 끊자마자 무릎이 아파왔다. 통증은 내게 중요한 사실을 일깨웠다. 오래전, 정확히 언제인지 알 수 없는 그 어느 시점에, 나는 이미 패배했음을. 이 지루한 술래잡기의 결과가 처음부터 정해져 있음을.

그럼에도 다시 달렸다.

그림자가 쫓고 있으니까, 나는 쫓기고 있으니까.

*

네 명의 알파가 주는 압박은 상상을 초월했다. 식사량을 극도로 줄였음에도 일주일 만에 1.5킬로그램이 늘었다. 새삼 알파 여섯 명을 감당했던 성재가 얼마나 대단하고 무모했는지 알게 되었다.

숨소리 외엔 아무것도 들리지 않는 밤, 불 꺼진 거실에서 나는 주사기를 꺼냈다.

꼭 이렇게까지 해야 하냐며, 걱정스러운 눈으로 진수 형이 말했다. 한때 축구 선수를 꿈꿨던 날렵한 청년은 이제 거칠고 두툼해진 손으로 내게 상자를 내밀었다. 하루에 한 방, 사흘 이상 연속 투여는 금지. 기억해, 이거 안 지키면 위험하다. 고맙다고 했다. 달리 할말이 없었다. 돈을 주머니에 넣은 진수 형은 몸조심하라는 말을 남기고 황급히 자리를 떴다.

주사를 놓고 아버지에게 전화를 걸었다. 5년 만이었다. 긴 침묵 끝에, 어쩐 일이냐는, 그 칼칼한 목소리가 수화기 너머에서 들려왔다.

그냥 전화해봤어요, 잘 지내시죠?

별다른 용무 없으면 끊자.

저는 잘 지내요. 서울에 아파트를 샀거든요.

…….

결혼도 했어요. 아주 좋은 사람이에요. 만나면 아버지도 좋아하실 거예요.

…….

요즘은 달리기로 돈을 벌어요. 제가 달리기 좋아하는 거 아시죠?

……잘 지낸다니, 그럼 됐다.

전화가 끊어졌다. 하지만 나는 계속 말을 이어갔다.

여름휴가 때, 아내랑 하와이에 갈 거예요. 그거 아세요? 하와이엔 그림자가 없는 날이 있대요. 라하이나 눈이라고 하는데, 처음 들었을 땐 사람 눈을 말하는 줄 알았어요. 그게 아니라 정오를 뜻하는 눈(noon)이지 뭐예요. 라하이나는 잔인한 태양이란 뜻이래요. 웃기지 않아요? 잔인한 태양이라니. 하와이엔 잔인할 게 그렇게 없나. 아버지, 궁금한 게 있어요. 오래전부터 묻고 싶었던 건데…… 도대체 왜 그렇게 엄마를 때린 거예요? 아무리 생각해도 이해가 되질 않아요. 돌이켜보면 별일도 아니었잖아요. 도대체 뭐가 그렇게 아버지를 화나게 했는지 늘 궁금했어요. 아버지, 전 달라요. 언제나 성주를 사랑해주고, 제가 할 수 있는 최고의 것만 해줄 거예요. 듣고 계세요?

팔목에서 경고음이 울렸다. 패턴3 멜로디는 섭취 칼로리가 소모 칼로리를 넘어섰다는 의미였다. 애새끼들이 또 뭔가를 처먹나보다. 어떻게 이렇게 끝도 없이 먹을 수 있는 걸까? 포만감을 못 느끼는 병이라도 걸렸나?

사막에 내리는 비처럼 무겁고 축축한 잠이 쏟아졌다. 나는 저항 한번 못해보고 눈을 감았다. 꿈속에서 끝이 보이지 않는 지평선을 헤맸다.

*

담당 의사는 항암 치료 결과와 림프구 수치에 대해 기계적으로 설명했다. 통증 관리가 중점이 될 겁니다, 호스피스로 옮기는 걸 고려해보세요. 나는 의사의 시선을 피해 고개를 돌렸다. 슬프거나 눈물이 나지는 않았다. 다만 무서웠다. 그런 나를 향해 의사는 유감이라고 말했다. 유감이 이럴 때 쓰는 단어였나. 모든 게 낯설었다.

성주를 1인실로 옮겼다. 보호자 휴게실이 따로 있고, 창문에서 서울 시내가 한눈에 보이는 VIP 병실이었다.

여기 하루에 90만 원이라던데. 성주가 창밖을 보며 말했다.

그걸 어떻게 알았어?

같은 병실에 있던 아주머니한테 들었어.

어쩐지 전망이 좋더라. 그거 알아? 병원도 호텔처럼 숙박업을 하는 거래.

말 돌리지 말고.

예전 손님이 고맙다고 일부러 내준 거야. 따로 돈 드는 거 아니니까 너무 걱정하지 마.

그럼 다행이네.

하지만 얼굴에 서린 그늘은 사라지지 않았다. 나는 성주를 휠체어에 태우고 정원으로 나갔다. 여기저기서 환자복 차림을 한 사람들이 볕을 쬐고 있었다. 성주가 이어폰 한쪽을 내 귀에 꽂았다.

무선 이어폰 좋네. 같이 음악도 듣고, 자기 목소리도 들을 수 있고.

아직 아무 말도 안 했는데.

그럼 아무 말이나 해봐. 그래, 시 들려줘. 할렘강 환상곡.

싫어, 너무 우중충해.

성주가 고개를 뒤로 젖히고 내 얼굴을 빤히 쳐다봤다.

나 죽는대?

가슴이 덜컥 내려앉았다.

죽긴 누가 죽어. 당신은 오래 살 거야. 빙하가 전부 녹는 것도 보게 될 거니까 걱정하지 마.

빙하가 사라지면 어떻게 되는데?

이런 병원 따위 물에 잠겨버리겠지. 그땐 배나 한 척 사서 여행이나 다니자.

고래도 볼 수 있을까?

물론이지, 바다표범이랑 펭귄도 볼 수 있을 거야.

잠깐 내 앞으로 좀 와봐.

휠체어를 멈추고 성주 앞으로 가 눈높이를 맞췄다. 성주가 팔을 뻗어 내 뺨을 쓰다듬었다.

그거 알아? 천국으로 가는 길은 징검다리로 되어 있대. 허공에 놓여 있고 아래는 까마득한 절벽이야. 징검다리 돌은 처음엔 크고 단단하지만, 천국에 가까워질수록 점점 작아지다가, 어느새 눈에 보이지도 않게 돼. 그 순간 두려움에 걸음을 멈춘 사람은 그대로 지옥으로 떨어지는 거야. 보이지 않아도 거기에 돌이 있다고 믿고, 계속 발을 내딛는 사람만 천국에 갈 수 있어.

무섭네.

그러니까 내가 살아 있는 동안엔, 내가 살아 있다는 걸 의심하지 마.

치밀어오르는 울음을 삼키며, 절대 의심하지 않겠노라 말했다. 착하다며, 성주가 내 귀를 꼬집었다.

*

언젠가 성재가 물었다. 그림자에 붙잡히면 어떻게 되느냐고. 이런 질문을 받은 건 그때가 처음이었다. 잘 모르겠다고 얼버무렸다. 몰라서가 아니라, 말로 설명하기 어려워서 그랬다. 하지만 지금이라면 이렇게 대답하겠다. 그림자에 붙잡힌 네 누이는 자궁을 잃었노라고. 이어서 유방을 잃었고, 마침내 운명으로부터 더는 잃을 게 남아 있지 않다는, 그런 선고를 받았노라고.

동생과 마찬가지로, 성주는 간소한 절차를 거쳐 재가 되었다. 죽음은 그렇게 재의 이미지로 각인되었다. 유골함은 집으로 가져와 거실 선반에 두었다. 그날 저녁, 치킨과 맥주를 배달시켜 티브이를 보며 전부 먹어치웠다.

더는 달리지 않았다. 운동과 약도 멈췄다. 집에는 먼지가 쌓여갔다. 뽀얀 입자가 추락을 거듭한 결과였다. 입안이 까끌까끌했다. 입을 헹구려고 일어나려는데 잘되지 않았다. 무겁고 숨이 찼다. 소파를 짚고 겨우 일어나, 펭귄처럼 뒤뚱거리며 화장실로 들어갔다. 거울이 낯선 사람을 비췄다. 동그란 얼굴과 두툼히 접힌 목, 늘어진 가슴과 불룩한 배. 손가락에도 살이 찐다는 건 농담인 줄 알았다.

128킬로그램.

두 달 만에 60킬로그램이 쪘다. 팔에 심어놓은 센서는 살에 묻혀 보이지 않았고, 간간이 흘러나오던 멜로디도 멈춘 지 오래였다. 스캐너 화면에는 각종 수치와 함께 '위험'이라는 단어가 깜빡거렸다. 이미 조절할 수 있는 상태가 아니었다. 달리기는 말할 것도 없고 10분 이상 걷는 것도 어려웠다. 무엇보다 더웠다. 샤워를 해도 그때뿐이었다. 수건을 목에 걸고 늘어진 가슴 사이와 겨드랑이를 수시로 닦았다. 티셔츠를 땀으로 흠뻑 적시고 가쁜 숨을 몰아쉬고 있으면 사람들 시선이 화살처럼 꽂혔다. 두통, 무기력, 가슴 통증과 호흡곤란…… 바위가 비탈을 구르기 시작했다.

나는 성주를 데리고 그림자 없는 섬으로 떠나기로 했다. 비자와 가장 빠른 항공편을 고려해도 사흘은 필요했다. 가슴에 통증이 있었지만 당장은 아무 일도 없을 거라고 자신을 달랬다.

134킬로그램.

필요한 물품은 캐리어에 담고 유골함만 따로 백팩에 넣었다. 지하 주차장으로 내려가 트렁크에 짐을 실었다. 동작 하나를 끝낼 때마다 쉬어야 했다. 무릎이 심하게 아팠다.

이게 뭡니까? 검색대 직원이 유골함을 가리키며 물었다.

유골함입니다.

유골? 사람 뼈라고요?

안 되나요?

금지 품목은 아니지만, 분말이니까 위탁 수화물로 보내는 게 좋을 것 같네요. 350밀리리터 초과 분말은 미국에선 금지 품목이라서요.

국내 항공사니까, 여기선 상관없지 않나요?

꼭 가져가야 할 이유가 있습니까? 직원 말투가 날카로워졌다.

아내 유골이라서요.

직원이 허리춤에 손을 얹고 입술을 삐죽였다.

본인한테나 아내지, 유골이면 사람 뼛가루란 건데.

뒷목이 후끈 달았다. 주먹을 움켜쥐고, 그래서 반입 금지 품목이냐고 따져 물었다. 직원은 대답하지 못했다. 유골함을 안고 무작정 게이트로 향하는데, 뒤에서 "돼지 새끼 더럽게 꽥꽥거리네"라는 직원 목소리가 들렸다. 사과했다면 그냥 넘어갈 수 있었을까. 악을 쓰며 달려가 직원 멱살을 잡아 쓰러뜨렸다. 경호원들이 몰려들었다. 누군가 뒤에서 옷을 잡아끄는 바람에 균형을 잃고 넘어졌다. 그 와중에 유골함이 깨졌다. 성주가 바닥에 쏟아졌다. 황급히 손으로 유골을 쓸어 모았다. 파편이 박혀 피가 흘렀다. 유분이 피에 엉겨 덩어리졌다. 경호원 한 명이 나를 넘어뜨리고 뒤에서 눌렀다. 얼굴에 유골을 덕지덕지 붙인 채 비명을 지르며 발버둥쳤다.

꼬박 하루를 구금 상태로 보냈다. 구치소를 나설 때, 늙은 경찰이 내게 검은 봉투를 내밀었다. 봉투에는 유골 한줌이 담겨 있었다. 죽어서도 자신을 덜어내다니, 헛웃음이 났다. 밖으로 나와 땀을 훔치며 막 이륙하는 비행기를 바라봤다. 비행기는 점점 작아지다 이내 구름 너머로 사라졌다.

목적지도 없는 길을 뚜벅뚜벅 걸었다. 다리가, 가슴이, 머리가 아팠다. 나는 인적이 드문 길 위에 누워버렸다. 하늘이 푸르고 높았다. 언젠가 이와 비슷한 하늘을 본 것 같은데 기억나지 않았다. 검은 비닐을 가슴에 올리고 두 손으로 꼭 쥐었다. 조금 쉬어야겠다. 힘든 하루였으니까.

눈을 감는 순간, 하늘에서 빛이 쏟아졌다. 그림자는 물론 사물의 윤곽마저 새하얗게 물들이는 그런 빛이었다. 여기구나 싶어, 그만 웃음이 났다.

*

"이거 봤냐? 졸라 징그러." 갑재가 스마트폰을 내밀며 말했다. 정체 모를 거대한 짐승이 길바닥에 누워 있는 사진이었다.

"씨발, 이게 뭐야. 탈출한 돼지야?" 수재가 안경을 추켜올렸다.

"사람 시체래. 어제 인천에서 발견됐대."

"미쳤다. 이 몸으로 어떻게 여기까지 왔냐? 걸을 수나 있나?"

"적당히 처먹고 운동 좀 하지." 갑재는 포테이토칩 한 주먹을 입에 넣고 우적거리며 게시물에 댓글을 달았다.

거실 한쪽에서는 한 남자가 짜증스러워하는 얼굴로 수화기를 들고 있었다.

"이렇게 무책임해도 되는 거요? 베타가 죽었으면 통보를 해야지. 무려 1주일이나 시체랑 동기화시켜놓고 말이야. 오늘 중에 새로운 베타 넣어주지 않으면 법적 조치를 할 테니 그렇게 아세요."

전화를 끊은 남자가 욕설을 뱉었다.

"아빠, 이거 봐라. 인천에서 발견된 거래."

"어후, 더럽게 왜 이딴 걸 보고 있어." 남자는 휴대폰을 보며 인상을 찌푸렸다.

"우리 베타는 언제 구해? 나 벌써 4킬로그램이나 쪘어."

"조금만 기다려. 새끼들이 게을러터져서 그래. 돈을 받았으면 일을 해야지. 그러니까 평생 그 모양 그 꼴로 살지."

남자는 욕실로 들어가 소변을 봤다. 손을 씻다가 거울 속 자신과 마주쳤다. 허리를 펴고 배에 힘을 주고 가슴을 툭툭 두드리며, 만족스럽다는 듯 미소를 지었다. 욕실에서 나온 남자는 전화로 술 약속을 잡은 뒤, 창밖에 펼쳐진 도시를 바라봤다. 빛으로 물든 야경이 아름다웠다. 남자가 팔짱을 끼고 말했다.

내일도 잘 부탁한다, 고.

기린의 심장

2010년 겨울, 나는 서울 강동구의 한 파출소에서 밤을 보낸 적이 있다. 낮에 내린 눈으로 길 곳곳이 얼어붙어 있었고, 숨쉴 때마다 깨질 것 같은 냉기가 가슴 깊이 스며들었다.

지금도 그날 벌어졌던 일들을 거의 다 기억한다. 술집으로 들어간 게 몇시였는지, 어떤 술에 어떤 안주를 먹었는지, 어떻게 시비가 붙어서 어떤 다툼이 있었는지까지. 하지만 경찰이 술집에 도착한 순간부터 내가 유치장에 갇히기까지의 기억은 없다. 기억만으로 이 상황을 설명하자면, 경찰이 다가와 내 손목을 잡았고 잠시 후 난 유치장에 갇혀 있었다. 끝.

머릿속에는 중간 과정이라고 할 만한 게 전혀 없었다. 나는 창살을 매만지며 "여기가 어디지?"라고 중얼거렸다. 여기가 어던지 알게 된 건 그로부터 30분 정도가 지나서였다.

창살 너머로 라흐마니노프가 흘러나왔다. 유치장에서 듣는 라흐마니노프라니, 기분이 이상했다. 이어 졸음이 밀려왔고, 어두운 지하실로 내려가듯 천천히 잠에 빠져들었다.

"주무세요?"

지하 2층까지 내려갔을 때 누군가의 목소리가 나를 깨웠다.

"뭐……라고?"

갑자기 깨어난 탓에 정신이 없었다. 고개를 드니 푸른 제복을 입은 경찰이 날 쳐다보고 있었다. 2대 8 가르마에 적당히 넓은 이마, 그린 것처럼 수려한 눈썹과 검은 눈동자. 단정한 얼굴이었다. 다른 표현은 떠오르지 않았다. 어느 학교에나 꼭 하나씩 있는 선천적인 온순함이 느껴지는 얼굴. 편견일지도 모르지만, 확실히 경찰에 어울리는 얼굴은 아니었다.

"아저씨 소설가 맞죠?"

나는 고개를 끄덕였다. 경찰은 유치장 문을 열고 나를 사무실로 데려왔다. 접이식 의자를 펼쳐 내게 권한 뒤, 찰리 브라운이 그려진 머그잔에 커피를 따라주었다. 그나저나 어떻게 알아봤을까? 나는 겨우 단편 하나를 쓴(그것도 3년 전에) 무명작가에 불과했고, 그나마 직업란에 적을 수 있는 유일한 단어가 바로 '소설가'였다(아무래도 무직이라고 적을 순 없으니까). 그러고 보니 내가 쓴 소설 제목이 뭐였더라? 죽음……

죽음이라는 단어가 들어갔는데. 머리가 지끈거렸다.

"아까 아저씨 진술서를 읽어봤는데, 직업란에 소설가라고 적으셨더군요. 유감스럽게도 전 책을 읽지 않아요. 깨알 같은 글씨를 읽으며 고민하는 일에 지쳤거든요." 그가 미소를 지었다. 주변이 환해지는 기분이었다.

"혹시 기린의 심장에 대해 들어본 적이 있나요?"

"기린의 심장?" 그가 고개를 끄덕였다.

"어떤 상징인가요?"

"아뇨, 말 그대로 기린의 심장입니다. 지금부터 이야기를 하나 들려드릴 거예요. 지금까지 누구에게도 말해준 적 없는 이야기죠."

"뭔가 비밀스러운 이야기 같은데, 미리 말하지만 난 그렇게 대단한 소설가가 아니에요."

"상관없어요. 누구에게 이야기를 들려줄 것인가는 저의 문제지, 아저씨의 문제가 아니니까. 어차피 아침까진 할일도 없고."

그건 그렇다. 겨우 이야기를 들어주는 대가로 따스함과 커피를 얻을 수 있다면 분명 손해보는 일은 아니었다. 그는 실화라는 점을 몇 번이나 강조한 뒤에야 이야기를 시작했다. 아무래도 상관없는 일이었지만 예의상 알겠노라고 대답했다. 어쩐지 싸구려 첩보영화의 한 장면 같았다.

*

경찰이 되고 1년이 지났을 무렵 K는 심한 업무 부담에 시달리고 있었다. 최근 경찰에 대한 비판적인 기사가 연일 보도되면서, 뭐랄까, 좀 위축되었다고나 할까. 하지만 업무만큼은 절대 위축되지 않았다. 경찰의 업무란 위축되는 순간 끝장이라고, 그의 상사는 책상을 두드리며 말했다. 심리적 위축과 업무량 증가라는 이상한 구도 속에서 K는 어느 순간 잠들지 못하는 자신을 발견했다.

처음에는 그저 가벼운 불면증 정도로 치부했다. 그런데 시간이 지나면서 점점 정도가 심해졌다. 증상 초기엔 그래도 네 시간 정도는 잘 수 있었다. 그러던 것이 세 시간으로, 두 시간으로 줄어들었다. 결국 어느 날을 기점으로 K는 한숨도 자지 못했다. 그렇게 며칠을 견디던 K는, 순찰중 핸들에 머리를 박고 횡단보도를 향해 돌진했다. 선배가 핸들을 조금만 늦게 돌렸더라면, 다섯 명의 보행자는 볼링 핀처럼 함께 어두운 구멍 속으로 사라졌을 것이다. 가로수에 처박힌 순찰차 안에서, 이대로 영원히 잠들고 싶었던 K와 에어백에 짓눌린 그의 선배가 식은땀을 흘렸다. 찌그러진 보닛에서 하얀 연기가 피어올랐다.

거듭 말하지만, 대다수 경찰이 날카로워져 있던 시기였다.

"도대체 왜 이래? 뭐가 문제야? 무슨 생각으로 사는 거야?

미친 거야? 엉, 그런 거야? 너 하나 때문에 전국 경찰 사기가 얼마나 떨어질지 생각해봤어? 니들도 그래. 도대체 신입 교육을 어떻게 했기에 이런 어처구니없는 일이 벌어지나? 그러고도 밥이 쳐들어가? 불고기 백반이 목구녕으로 넘어가냔 말이야!"

기타 등등.

핸들을 돌렸던 선배는 주차장 구석에 마련된 흡연장으로 K를 데려갔다. 선배는 뒷목을 주무르며 한숨처럼 담배 연기를 내뱉었다.

"내가 뭘 어떻게 했으면 좋겠냐?" 그가 두번째 담배를 꺼내며 말했다.

"잠을 자고 싶습니다."

K가 고개를 숙인 채 대답했다. 무거운 침묵이 끈적이는 공기에 섞여들었다. 선배는 꽁초를 쓰레기통에 던지며, 네 맘대로 하라며 자리를 떠났다. K는 재떨이에서 피어오르는 연기를 멍하니 바라봤다. 멀리서 매미가 울었다.

K는 옷도 갈아입지 않은 채 그대로 정문을 나섰다. 발걸음이 무거웠다. 누군가 서울 바닥 전체에 끈끈이를 발라놓은 것 같았다. 그는 비틀거리며 버스에 올랐다. 빈자리가 많았지만 앉지 않았다. 잠들었다간 영원히 깨어나지 못할 것 같았다.

버스가 멈출 때마다 승객이 줄더니 얼마 가지 않아 기사와 K만 남았다. K는 운전석으로 걸어갔다. 목적지를 말하며, 도착하면 깨워줄 수 있느냐고 물었다.

"피곤해 보이네요." 선글라스를 낀 기사가 친절하게 말했다. "맨 뒷자리에 앉아요. 팔짱을 끼고 몸을 창가에 바짝 붙이세요. 급정거하면 다칠 수도 있으니까."

K는 고맙다고 말한 뒤, 맨 뒷자리에 앉아 팔짱을 끼고 유리창에 머리를 기댔다. 라디오에선 음악이 흘러나왔다. 가수는 늘어지는 선율에 맞춰 낯선 언어로 노래했다. 그 언어는 독일어보다 부드럽고 불어보다 딱딱했다. 마치 독일과 프랑스 국경에 걸쳐 있는 마을에서 쓰는 언어 같았다. 가끔 한국어처럼 들리는 단어도 있었지만 무슨 뜻인지 도통 알 수가 없었다.

몽롱하고 어지러웠지만, 여전히 잠은 오지 않았다. 뭉개진 노랫소리가 귓가에 맴돌았다. 창밖 풍경이 점점 희미해졌다. 꿈과 현실의 경계에 몸을 반쯤 담그고 있는 듯했다. 버스가 신호에 걸려 멈췄을 때 한 여자의 모습이 눈에 들어왔다. 검은 정장과 흰 블라우스, 별 모양 귀걸이, 어깨까지 내려오는 머리칼과 왼쪽 팔에 걸려 있는 작은 핸드백. 어쩐지 낯이 익었다. 눈이 마주치자 여자는 K를 빤히 쳐다봤다. 아니, 그런 느낌이었다. 창문이 성에가 낀 것처럼 뿌옇게 흐려졌다.

"손님, 도착했어요. 목적지예요."

K는 황급히 일어나 버스에서 내렸다. 손으로 정류장의 벽을 짚고 어지러운 머리를 수습하는 동안, 버스는 뽀얀 먼지를

흩날리며 정류장을 떠났다. K는 입을 막고 기침을 했다. 녹이 슨 표지판엔 '동물원'이라고 적혀 있었다.

웬 동물원이지. 집 근처에 동물원이 있었나. K는 주변을 둘러봤다. 초원이 펼쳐져 있을 뿐, 동물원 같은 건 보이지 않았다. 뭔가 착오가 생겼나보다. K는 정류장 의자에 앉아 다음 버스를 기다리기로 했다. 하지만 아무리 기다려도 버스는 오지 않았다. 하늘이 어둑해지자 천장에 달려 있던 형광등이 깜빡거리며 켜졌다. 그 주위로 날벌레들이 모여들었다. K는 팔짱을 끼고 정류장 기둥에 머리를 기댔다. 이전과 다른 종류의 피로가 몰려왔다. 머릿속에서 뭔가가 '툭' 하고 끊어졌고, K는 그대로 의식을 잃었다.

K를 깨운 건 햇살이었다. K는 흙바닥에 누워 있었다. 눈앞에서 하얀 구름이 느릿느릿 헤엄쳤다. 어쩐지 머리가 가벼웠다. 한동안 손으로 얼굴을 감싸고 있던 K는 자리에서 일어나 버스가 떠나간 방향으로 걸음을 옮겼다. 해가 뜨거웠다. K는 상의를 벗어 머리에 덮었다. 풍경이, 언젠가 동물의 왕국에서 봤던 세렝게티 공원을 연상시켰다. 여기가 정말 한국인지 의심스러울 정도였다. 설마 아직도 꿈속인 건 아니겠지. 의심이 아지랑이처럼 쉴새없이 피어올랐다.

한 시간쯤 지났을 때, 멀리서 독특한 나무가 눈에 들어왔다. 기둥만 있고 가지가 보이지 않아 죽은 나무인 줄만 알았다. 가까이 가서야 그것이 기린이라는 걸 알았다. 높이는 7미터 정도였고 가죽에 새겨진 무늬가 가뭄에 갈라진 땅을 연상시켰다. 기린은 긴 혀로 콧구멍을 쑤시며 한가로이 서 있었다. 그 아래는 개천이었다. K는 엎드려 물을 마시고 세수를 했다. 기린은 옆으로 다가와 다리를 벌리고 긴 목을 기울여 물을 마셨다. 처음엔 커다란 덩치 때문에 놀랐지만, 시간이 지날수록 그 평화로운 모습에서 눈을 떼지 못했다.

"이건 제 기린이에요."

K는 소리가 난 쪽을 바라봤다. 한 소녀가 바위 위에 앉아 K를 노려보고 있었다. 지저분한 몰골에 삐쩍 마른 아이였다.

"네 기린이라고?"

"그래요. 그러니까 그렇게 뚫어지게 쳐다보지 말아요."

"미안해. 다른 의도가 있는 건 아니었어. 그냥 멋진 기린이라 쳐다보고 있었던 거야. 그나저나 굉장히 불편한 자세로 물을 마시는군."

"어쩔 수 없잖아요, 목이랑 다리가 기니까."

"정말 그러네."

소녀는 깔깔거리며 웃었다.

"아저씨는 기린에 대해 아무것도 모르는군요?"

그는 자리에서 일어나 소녀에게 다가갔다. 아무것도 모른다는 건, 그가 알아야 할 뭔가가 있다는 뜻이기도 했다.

"혹시 여기가 어딘지 알고 있니? 난 오랫동안 잠을 자지 못했거든. 버스를 탔는데 갑자기 동물원이 나타난 거야. 그래서

난……"

"아, 시끄러워. 그런 건 내 알 바 아니거든요. 잠시 후면 할아버지들이 오니까, 궁금한 게 있으면 그 사람들한테 물어봐요."

소녀는 바위에서 내려와 기린의 허벅지를 때리며 돌아가자고 말했다. 기린은 그녀의 말을 알아듣기라도 한 듯, 커다란 몸을 천천히 돌렸다. 그 모습이 길들인 소처럼 보였다. K는 그녀와 기린이 사라지는 걸 맥없이 지켜봤다. 소녀가 사라진 뒤, K는 근처 나무 그늘에 앉아 자신을 괴롭혔던 불면증에 대해 생각했다.

'역시 스트레스 탓이겠지.'

석연치 않은 결론이었지만 딱히 다른 이유가 떠오르지 않았다. K는 해가 떨어지길 기다렸다가 정류장으로 돌아갔다. 어둑한 하늘 아래 정류장은 을씨년스러웠다. K는 의자에 앉아 꼬르륵거리는 배를 쓰다듬으며 버스를 기다렸다. 하지만 정류장을 찾아오는 건 날벌레와 찬 바람뿐이었다. 화성에 남겨져도 이보다는 덜 적막할 것 같았다.

두 노인은 버스가 떠난 반대쪽에서 걸어왔다. 그들은 정말 완전히 노인이었는데, 얼굴에 새겨진 주름이나 생김새로는 나이를 추정하는 것조차 어려웠다. 두 노인 중 한 명은 키가 매우 컸고(대략 190센티 정도였다), 다른 한 명은 매우 작았다(대략 150센티 정도였다). 둘 다 검은 정장 차림에 중절모를 썼고,

큰 쪽은 오래된 램프를 들고 있었다.

"이 남자가 이번 시험자로군." 작은 쪽이 말했다.

"벼…… 별로 또…… 똑똑해 보이질 않아." 큰 쪽이 램프를 들이밀었다. 작은 쪽이 바짝 다가와 K의 얼굴을 유심히 살폈다.

"어쩔 수 없지. 우린 우리 할일만 하면 되는 거니까. 결과에 대해서 벌써 걱정할 필요는 없어."

"겨…… 경찰인가본데?"

"순서가 그러하니까."

"나…… 나는, 지…… 지난번 그 의사가 괘…… 괜, 괜찮았는데."

"잊어버려. 아쉽기는 해도 지나간 일에 미련을 두는 건 어리석은 일이야."

경찰? 결과? 순서가 그러하다? K는 둘의 대화를 전혀 이해하지 못했다. 하지만 두 사람은 K의 이해라는 것에 별 관심이 없는 듯했다.

작은 쪽이 들고 있던 지팡이로 K의 옆구리를 툭툭 치며, 이게 뭐냐고 물었다. 지팡이가 닿은 곳엔 권총이 있었다. 비명을 지를 뻔했다. K는 권총을 꺼내 실린더를 열어봤다. 실탄 여섯 발이 깨끗하게 장전되어 있었다. 연습 사격을 할 때를 제외하면 K가 총을 만질 일은 거의 없었다. 그건 임무를 수행할 때도 마찬가지였다. 총기함에서 총을 꺼낸 기억도 없었다.

아니, 그보다 왜 지금까지 눈치채지 못했던 걸까. 그때 작은 쪽 목소리가 귀청을 때렸다.

"그게 뭐냐니까?"

"권총인데요." 놀란 K가 대답했다.

"권총?"

작은 쪽은 고개를 갸웃거리더니 큰 쪽에게 목록을 확인해보라고 지시했다. 큰 쪽이 램프를 의자 위에 올려놓고 품에서 작은 노트를 꺼냈다. 그는 권총이라는 단어를 중얼거리며 페이지를 넘겼다.

"이…… 있어, 구원초옹."

"목록에 있다고?"

작은 쪽이 노트를 낚아채 램프 아래서 유심히 읽었다.

"그렇군. 틀림없이 있어. 그렇다면 어쩔 수 없지."

"하…… 하지만."

"징징거리지 마. 규칙대로만 하면 돼. 우린 규칙을 저버릴 수 없어!"

작은 쪽이 소리치자, 큰 쪽은 입을 다물고 고개를 숙였다. K는 총을 다시 권총집에 넣었다.

두 노인은 대조적이었다. 작은 쪽은 몸집과 다르게 존재감이 대단했다. 목소리는 바리톤 가수처럼 우렁찼으며, 목과 가슴이 두꺼워 건강하고 다부진 느낌을 주었다. 그에 비해 큰 쪽은 키가 크다는 것 말고는 아무것도 없었다. 나약하고 우울한 인상에, 어깨가 좁고 허리는 구부정했다.

"따라오게." 작은 쪽이 말했다.

"어디로 가죠?"

K의 질문에 작은 쪽이 깊은 한숨을 뱉었다.

"아니, 전 그냥……"

K는 잠자코 두 노인을 따라갔다. 도착한 곳은 작은 오두막이었다. 큰 쪽이 열쇠를 꺼내 자물쇠를 풀고 문을 열었다. 그는 안으로 들어가 성냥으로 초에 불을 붙였다.

"드…… 들어와."

오두막 안은 대략 여덟 평 정도였다. 중앙에 원탁과 나무 의자 세 개가 놓여 있었고, 구석에는 낡은 침대가 벌레처럼 웅크리고 있었다. 원탁 위에는 지저분한 버너와 음식이 담긴 접시가 있었는데, 그 음식이라는 게 모양만 그렇다는 거지 냄새나 색깔로 봤을 때 이미 사람이 먹을 수 있는 게 아니었다. 작은 노인이 K에게 의자를 권했다. 셋은 원탁을 두고 마주앉았다.

"여러 가지로 혼란스러울 테지. 이해하네. 지금부터 설명할 테니, 궁금한 건 내 말이 끝난 뒤에 물어보게. 물론 내용에 따라 대답해줄 수 없는 것도 있으니 양해해주길 바라네."

작은 쪽이 담배를 꺼내 양초로 불을 붙였다.

"우선, 이 동물원에 온 걸 환영하네."

"동물원이라고요?"

작은 쪽이 인상을 쓰며 담배를 깊게 빨았다. 그리고 위협적인 목소리로 말을 이었다.

"질문은 설명이 끝난 뒤에 하라고 하지 않았나. 혹시 이 늙은이의 기억력을 시험하는 거라면, 지금이라도 그 경솔한 행동을 그만두라고 충고하겠네. 내 참을성은 기억력만큼이나 형편없으니까 말일세."

"죄송합니다."

작은 쪽이 연기를 내뱉은 뒤 말을 이었다.

"우리는 이 동물원의 관리인이라네. 우리가 벌써 2698대지. 이 동물원을 언제, 누가, 무슨 목적으로 만들었는지는 정확하게 알려진 바가 없다네. 중국 은(殷)나라의 마지막 왕이었던 주(紂)가 사구(沙丘)에 동물원을 만들어 즐겼다는 것이 역사에 언급된 최초의 기록이라네. 일국의 왕 따위가 이 동물원을 소유했다는 것인데, 지금으로서는 상상하기 어려운 일이 아닐 수 없네. 당시에는 체계가 지금만큼 치밀하지 못했으니 그럴 수도 있겠다고 생각하지만. 어쨌든 주왕은 매우 이례적인 경우였다는 걸 알아줬으면 하네. 지금 이 동물원의 소유주는 세계에서 경제적, 정치적 영향력이 가장 큰 분이라네. 물론 지금 그분의 이름을 말해줘도 자네는 알지 못할 걸세. 신상이 베일에 가려져 있으니까. 노출된 건, 위에서 언급한 주왕과 퀴로스 2세 정도지."

K는 두 인물에 대해서도 아는 바가 전혀 없었다. 작은 쪽

은 썩은 음식 위에 꽁초를 비볐다.

"자네는 이 동물원이 얼마나 클 거라고 생각하나?"

K가 대답을 망설이자, 내가 질문한 거니 대답해도 상관없다고 작은 쪽이 말했다.

"지평선이 굉장히 넓어서 짐작하기 어렵네요."

"이 동물원은 오스트레일리아보다 조금 작은 크기라네."

놀라기를 바란 듯하지만, 정작 K는 기대에 부응하지 못했다. 오스트레일리아가 오히려 현실감을 떨어뜨린 탓이다. 기대한 반응이 없자 작은 쪽이 민망한 듯 헛기침을 했다.

"물론 이 동물원은 지도에 표시되어 있지 않네. 그분의 사적인 즐거움을 방해하지 않기 위해 우리가 긴 시간을 들여 구축한 보안 시스템 덕분이지. 허가되지 않은 인원이 이곳으로 들어오는 건 이론적으로 불가능하다네. 이론상으론 말이지. 설령 우연히 들어온다 해도 문제가 되질 않네. 대부분 초원을 헤매다 죽어버리고 마니까. 우린 그런 자들을 '불행한 떠돌이'라 부른다네."

입 밖에 내진 않았지만, K는 작은 쪽의 이런저런 표현들이 다소 거슬렸다.

"문제는 의도적으로 이 공간에 들어오는 인간들일세. '도대체 어떻게?'라는 질문에 우리는 아무 대답도 갖고 있질 못한다네. 그들은 상식을 뛰어넘는 과정을 통해 이 동물원의 존재를 눈치채고, 또 들어와야 한다는 강력한 동기를 갖고 있지.

그들은 평균적인 지능을 뛰어넘는, 소위 말하는 천재들이었네."

작은 노인의 목소리가 점점 격해졌다. 이야기가 핵심으로 다가가기 때문이라고 K는 짐작했다. 하지만 작은 쪽은 설명을 멈춰야 했다. 갑작스럽게 기침이 시작되었기 때문이다. 점점 심해지던 기침은 급기야 가슴을 찢어놓을 듯 격렬해졌다. 큰 쪽이 품에서 물통을 꺼내 내밀었다. 작은 쪽이 물통을 들고 오두막에서 나갔다. 남겨진 K와 큰 쪽 사이에 어색한 침묵이 맴돌았다. 손가락을 만지작거리던 큰 쪽은, 찬장에서 주전자와 찻잔을 꺼내 익숙한 손놀림으로 커피를 탔다. 그윽한 향이 방안 가득 퍼졌다.

"마… 마셔." 큰 쪽이 잔을 내밀며 말했다.

"고맙습니다."

커피를 한 모금 마신 K가 감탄사를 내뱉었다.

"이렇게 맛있는 커피는 처음이에요."

"내… 내가 지… 직접 만든 거야."

큰 쪽이 듬성듬성한 이를 드러내며 웃었다. 둘은 천천히 커피를 마셨다. 시간이 제법 흘렀음에도 작은 쪽은 들어오지 않았다.

"많이 아프신가봐요?"

"모… 몰은 폐가 조… 좋지 않아. 오…… 오래됐지."

K는 작은 쪽 이름이 '몰'이라는 걸 알았다.

"당신 이름은 뭐죠?"

"그…… 그냥 쿠… 쿰이라고 불러. 너… 넌?"

"전 K라고 합니다."

쿰은 K의 이름을 더듬거리며 발음한 뒤 만족스럽다는 듯 웃었다.

"아까 어떤 여자아이를 만났어요."

"여… 여자아이?"

"저한테 기린이 자기 거라 말했어요."

그때 문이 열리며 몰이 들어왔다.

"그 아이가 바로 아까 말한 침입자라네. 우린 '혼란을 야기하는 자'라 부르지."

몰이 큼큼거리며 말했다. 안색이 안 좋았지만, 기침은 어느 정도 진정된 듯 보였다. 그는 손수건으로 벗어진 이마를 닦았다.

"그 아이도 천재가요?"

몰은 잠시 K를 노려보다 이내 포기한 듯 입을 열었다.

"내 관리인 경력에 그런 아이는 처음이었네. 어떤 방법을 사용했는지 모르지만, 보안 시스템을 몽땅 무력하게 만들어 놓았지. 어이가 없는 건, 그렇게 엄청난 인간이 황당한 말을 늘어놨다는 거라네."

"기… 기린이야." 쿰이 말했다.

"기린이요?"

"정확하게 말하면, 기린의 심장을 달라고 말했네. 어머니가 아파서 약으로 써야 한다며 말일세. 자네는 그걸 이해할 수 있겠나?"

"무슨 뜻이죠?"

"어떤 질병을 치료하는 데 기린의 심장이 필요하다는 주장을 이해할 수 있겠냐고 물은 거라네."

K는 모르겠다고 대답했다.

"자네 같은 멍청이도 이상하다고 말하는 기린의 심장을, 그 계집은 어머니의 치료제라고 주장한단 말일세. 그래서 자네를 부른 거라네. 그 문제를 해결하라고."

K의 동공이 확장되었다.

"제가요?"

"그래, 바로 자네가, 여기서, 이 문제를 해결해야 하네."

"왜 제가 해야 하죠? 여러분이 관리인이라면서요."

"우리는 동물원 관리를 위해 특수한 조치를 받은 몸이네. 이 넓은 동물원을 관리하는 데는 유용하지만, 외부 간섭에 관여하는 일은 불가능하지. 솔직히 '혼란을 야기하는 자'가 여기 들어오는 건 자주 있는 일이 아니라네. 그래도 아예 없다고 할 수는 없어서 우리 나름대로 대책을 만들었지. 그게 바로 외부인 초대, 그러니까 자네 같은 '시험자'를 직접 관여시키는 거라네. 이번 사건에는 엄격하게 선별된 물리학자부터 정신과 의사까지 총 열여덟 명의 시험자가 도전했지만 안타

깝게도 모두 실패하고 말았네."

"시…… 신기록이야." 쿰이 말했다.

"제가 열아홉번째로군요."

몰이 고개를 끄덕였다.

"자네가 선택된 건, 반복된 실패 때문에 나온 궁여지책이라 할 수 있네. 뛰어난 지성이 반드시 성공을 보장하지 않는다는 의견이 나왔는데, 생각보다 설득력이 있었나보더군. 간부층에서 선입견을 버린 거라네. 실무를 맡은 우리로선 회의적이지만 그래도 어쩌겠나."

"거절하거나, 실패하면 어떻게 되죠?"

몰이 기침을 했지만, 아까처럼 심해지지는 않았다.

"제안을 거절한 사람은 거의 없다네. 여기서 나갈 수 있는 유일한 길이니까. 물론 전혀 없던 건 아니었지만, 굳이 그걸 알고 싶다면 창밖으로 보이는 저 언덕 위로 가보게나. 거기 가면 실패한 자들과 거절한 자들을 만날 수 있을 걸세. 물론 대화는 힘들 테지만."

몰이 조롱 섞인 말투로 이야기했다.

"해결이란 뭘 의미하나요?"

"기린이 무사해야 하고, 그 아이가 이 동물원에서 사라져야 하네. 이 두 가지 조건이 동시에 충족되어야 하지."

K는 식어버린 커피를 단숨에 마셨다.

"그 아이가 기린의 심장을 원한다면, 왜 당장 기린을 죽이고 심장을 가져가지 않는 걸까요?"

아주 짧은 순간이었지만 K는 몰의 눈동자가 흔들리는 걸 목격했다.

"설명은 끝났네. 나머지는 스스로 알아보도록 하게나. 여기는 자네가 쓸 숙소니까, 가급적 조심히 사용해주길 바라네. 그렇지 않아도 오래되어서 말이야."

쿰이 침대 밑에서 종이박스를 꺼내 원탁 위에 올려놓았다.

"머…… 먹을 거야."

K는 고맙다고 인사했다.

쿰은 성냥을 꺼내 램프 심지에 불을 붙였다. 두 사람은 인사도 없이 오두막을 떠났다. 홀로 남겨진 K는 촛불에 흔들리는 자신의 그림자를 잠시 쳐다봤다. 박스 안에는 돌처럼 딱딱한 빵들이 갓 입대한 병사들처럼 가지런히 쌓여 있었다. 하나를 꺼내 베어먹었다. 타이어를 씹는 듯했지만, 배가 고파서 그런지 먹을 만했다. K는 빵을 세 개나 먹은 뒤, 신발을 벗고 낡은 침대에 몸을 뉘었다. 발바닥에 물집이 잡혀 있었다.

몰의 말대로 오래된 집이었다. 주먹으로 벽을 두드리자 버스럭거리며 위험한 소리가 났다. 마음만 먹으면 맨주먹으로도 부술 수 있을 것 같았다. 세계의 지배자씩이나 되는 사람이, 도대체 무슨 생각으로 이런 오두막을 지었는지 알 수가 없었다. K는 옆구리에 찬 권총을 만져봤다. 거치적거리긴 해도 몸에서 떼어놓기엔 너무 불안했다. K는 초를 끄고 모포를 머리까지 뒤집어썼다.

*

손목시계가 열시를 가리켰다. 창문을 열자 부드러운 바람이 뺨을 스쳤다. K는 의자에 앉아 물과 빵을 먹었다. 어제보다 컨디션이 많이 좋아졌다. 오두막을 뒤져 작은 가방을 찾아냈다. K는 거기에 빵을 담아 밖으로 나갔다. 맹수라도 만나지 않을까 걱정했지만, 보이는 건 풀과 나무가 전부였다. 이래서야 동물원이란 이름이 무색하다. 개천에 도착했지만, 소녀와 기린은 보이지 않았다. K는 나무 그늘 밑에 앉아 개천에 돌을 던졌다. 수면 위로 수십 개의 작은 동심원이 그려졌다.

어느덧 정오가 지나고, K는 그늘에서 일어나 소녀가 사라진 방향으로 걸음을 옮겼다. 30분 정도 걷자 낮은 언덕이 나타났다. 언덕 너머는 울창한 숲이었다. 누군가 자를 대고 그린 것 같은 선을 따라 숲과 초원이 극명하게 나뉘었다. 그 경계가 좌우로 끝없이 이어졌다. K는 언덕에 벌렁 누웠다. 포근한 기온과 파란 하늘이 어제와 비슷했다. 이렇게 찾아온 한가함이 조금 어색했다. K는 〈사랑은 돌고래처럼〉을 불렀다. 가사를 외우고 있는 유일한 노래였다.

즐거운 태평양, 돌고래 아가씨.

사랑하는 애인과 너무나 행복해.
배고프면 멸치를 외로우면 사랑을
즐거운 태평양, 돌고래 아가씨.

2절에선 '즐거운 태평양, 돌고래 아저씨'라는 가사가 이어진다. 멸치가 꽁치라는 것만 빼면 나머지는 똑같다. 소녀의 목소리가 들린 건 같은 노래를 세 번쯤 불렀을 때였다.

"형편없는 노래네요."

K는 고개를 돌렸다. 거대한 나무 사이로 기린이 고개를 삐죽 내밀었다. 소녀는 싱글거리며 기린 뒤를 따라 나왔다. 어제보다 말끔해진 모습이었다.

"여기서 뭘 해요?"

"널 기다렸지."

그녀는 팔짱을 끼고 고개를 끄덕였다.

"알 만해요. 그래서 아저씨 계획은 뭔데요?"

"계획이라니?"

"시치미 떼는 남자는 인기 없어요. 저를 설득하든가, 협박할 계획 말이에요."

"아직 아무 계획도 없어. 난 어제 왔을 뿐인걸. 뭔가 하기에는 모르는 게 너무 많아."

소녀는 알 수 없다는 표정으로 K를 쳐다봤다.

"숲에서 살고 있니?"

"들어올 생각이라면 포기해요. 들어와서 못 나간 사람들이 꽤 있으니까."

"하지만 너는 나왔잖아."

"저와 비교하지 말아요. 여기가 다르다구요."

소녀가 자신의 머리를 톡톡 두드리며 말했다. 괜한 허풍 같지는 않았다. 몰의 말이 사실이라면 저 소녀는 전례가 없는 천재일 테니까.

"이야기 좀 하고 싶은데 가능할까?"

"싫어요."

"바쁘니?"

"기린 물 먹여야 해요. 귀찮아."

귀찮다는 게 기린 물 먹이는 일인지, 자신과의 대화인지 도통 알 수가 없었다. 하지만 어느 쪽이든 중요한 건 그게 아니었다.

"내가 도와줄 일이 없을까?"

K가 다가가려 하자, 소녀가 멈추라고 소리쳤다. 그 말에 K가 멈칫거렸다.

"함정을 파놨거든요."

순간 왼쪽 다리가 따끔했다. 아래를 보니 종아리에 볼펜만 한 쇠막대가 꽂혀 있었다. 곧바로 극심한 통증이 찾아왔다. K는 비명을 지르며 바닥에 쓰러졌다.

"아저씬 운이 좋네요. 그게 목에 꽂힌 사람도 있었는데."

고통은 상상을 초월했다. 불로 달군 송곳으로 살을 찌른 뒤, 안쪽을 마구 헤집는 것 같았다. 이런 것이 목에 꽂혔다면, 보나마나 아주 끔찍한 최후를 맞이했을 것이다.

"통각을 극대화시키는 금속이래요. 사실 상처는 미미해요. 하지만 통증 쇼크로 죽을 수도 있어요. 재밌지 않아요? 통증이라는 개념 자체가 지극히 주관적이잖아요. 그러니까 만일 아저씨가 죽는다면 그건 순전히 아저씨의 뇌 기능 탓이에요."

"그…… 그래서 언제쯤 멈추지?" K가 힘겹게 물었다.

"사람마다 달라요. 길게는 열 시간, 짧게는 20분. 그럼 수고하세요."

소녀는 어제처럼 기린을 앞세워 자리를 떴다. 남겨진 K는 도와달라는 말을 중얼거리며 입술을 깨물었다. 통증이 몸 전체로 번지자 숨쉬는 것조차 힘들었다. 통증이 가라앉기 시작한 건 엄청난 시간이 지난 뒤였다. K는 웅크린 자세로 가쁜 숨을 몰아쉬었다. 누군가 밟고 지나간 깡통처럼 온몸이 찌그러진 기분이었다. 시간을 확인하자 38분이 지나 있었다. 고작 38분이라니, 믿기지 않았다. 그나마 움직일 수 있게 된 건 그만큼의 시간이 더 지난 뒤였다. K는 절뚝거리며 왔던 길을 되돌아갔다. 발을 디딜 때마다 찌릿한 통증이 등줄기를 타고 올라왔다.

기린은 여전히 불편한 자세로 물을 마시고 있었다. 하지만 어제처럼 기린을 감상할 여유 따윈 없었다. 그는 개천에 얼굴을 담갔다. 물에서 3년 묵은 커피 맛이 났다. K는 대자로 누웠다. 세상이 말할 수 없을 만큼 평화로웠다. 그는 주머니에서 빵을 꺼내 물었다.

"같이 먹을래?" K가 말했다.

"됐어요."

"물론 공짜는 아냐. 내 종아리에서 이걸 좀 빼줘. 내 손으론 도저히 못 빼겠어. 그럼 가져온 빵 다 줄게. 배고파 보이는데."

"그래도 물은 컵에 마시는데요."

"하지만 난 컵이 없는걸."

소녀가 다가와 빵을 낚아채 순식간에 먹어치웠다. K는 빵이 든 주머니를 통째로 소녀에게 던졌다.

"주머니는 돌려줘. 하나밖에 없는 거라 없어지면 곤란해."

소녀는 대꾸 없이 주머니에서 빵을 하나 더 꺼냈다.

"이름이 뭐야?"

"대답하기 싫어요."

"난 K라고 해."

"웃기는 이름이네요."

"부르다보면 익숙해지는 이름이지."

"모든 이름이 다 그렇죠."

소녀가 입술을 삐죽거렸다. 그녀는 빵을 우물거리며 다가와 종아리에 박혀 있던 쇠붙이를 뽑아냈다. 오싹했다. 그는 곧바로 다리를 살펴봤다. 소녀의 말처럼, 통증에 비하면 미미한 상처였다.

"운이 좋네요. 이렇게 빨리 올 거라곤 생각 못했는데."

그 말에 K가 쓴웃음을 지었다.

"어머니가 아프다며? 기린의 심장이 효과가 있다고."

그녀는 노골적으로 불쾌한 표정을 지었다.

"말 안 할래요. 아무리 설명해도 이해할 수 없을 테니까."

"우리 어머니도 아파. 3년 전에 당뇨 진단을 받으셨거든. 고슴도치를 키우시지. 밤이 되면 고슴도치를 손에 올려놓고 가만히 쳐다보곤 하셔. 그럴 땐 옆에서 누가 불러도 듣지 못할 정도야. 가끔 가시에 찔려 피가 나는데, 괜찮으냐고 물으면 고개만 끄덕여."

"우리 엄마는 심장이 좋지 않아요. 저를 낳을 때도 의사가 여러 번 포기하라고 했대요. 엄마는 그럴 수 없다고 했고, 위험한 고비를 몇 번 넘기고 나서야 나를 낳았어요."

"엄마는 이상해."

"정말 그래요."

"여기 온 지는 얼마나 됐니?"

"정확히는 몰라요. 여기선 시간을 알 수 없으니까, 아주 오래됐다는 것만 알고 있죠."

기린은 물을 다 먹었는지, 개천 옆에 있는 나뭇잎을 질겅질겅 씹었다.

"전 돌아갈래요."

"내일 또 찾아와도 될까?"

"마음대로 하세요. 하지만 함정이 여러 개 있으니까, 거기에 걸려도 전 몰라요."

함정이라는 말에 K가 몸서리쳤다.

"그럼 네가 와줄 수 있을까?"

K의 말에 소녀가 놀란 표정을 지었다.

"제가요?"

"저쪽으로 30분 정도만 걸으면 허름한 오두막이 있어. 찾기 어렵진 않을 거야."

"그런 문제가 아니잖아요. 아저씨는 지금 본인이 처한 상황을 알고 있어요?"

"잘 모르겠는데. 하지만 여기서 기린만 쳐다보고 있으면 외롭지 않아?"

"……"

"여기 온 사람들 모두 죽었다고 들었어."

소녀는 K를 뚫어지게 쳐다봤다. 그 검은 눈동자가 K의 깊은 곳을 들여다봤다. 그렇고 그런 비유가 아니라 정말로 그랬다. K는 넋을 놓고 있다가, 그녀가 울고 있다는 걸 깨달았다. 소녀는 소매로 눈물을 훔친 뒤 기린과 함께 숲 쪽으로 사라졌다. 뭔가 실수한 걸까? 곰곰이 생각해봤지만, 짐작되는 게 없었다. K는 얼굴에 남아 있는 물기를 소매로 닦았다.

오두막에 도착해서야 주머니를 돌려받지 못했다는 걸 알

아챘다. 돌아갈까 하다, 그러지 않기로 했다. 대신 몰이 말한 언덕에 가보기로 했다. 거절하거나 실패한 자들이 머물고 있다는 그 언덕은, 높진 않았지만, 경사가 급해서 오르는 데 조금 힘이 들었다. 언덕 위는 초등학교 운동장만한 분지였다. 잡초 하나 없이 황량했다. 가지런히 줄지어 있는 무덤에는, 비석도, 하얀 십자가도 꽂혀 있지 않았다. 수십 년 전의 학살 현장 같았다. K는 눈으로 무덤의 수를 헤아렸다. 정확히 열여덟기였다. 무덤 사이를 정처 없이 걷던 K는 마지막 무덤 옆자리를 가만히 쳐다봤다. 경찰이 된 뒤, K는 다양한 죽음과 마주쳤다. 살인, 교통사고, 음독자살…… 과정은 달라도 결과는 똑같았다. 한 사람이 사라지면 다른 사람이 그 자리를 대신한다. 비워짐과 채워짐. 흔히 있는 일이다. 하지만 그런 것과 상관없이 변하는 건 아무것도 없었다.

누가 이들을 여기에 묻었을까. 몰? 쿰? 아니면 그 소녀?

K는 녹초가 되어 오두막으로 돌아왔다. 창문의 격자무늬 그림자가 바닥에 길게 늘어졌고, 가끔 불어오는 바람이 오두막을 흔들었다. 그날 밤, K는 고열과 몸살에 시달렸다. 입술이 마르고 몸 구석구석이 아팠다. 눈을 감을 때마다 이상한 꿈을 꾸었다. 검은 정장 차림을 한 사람들이 숲의 경계로 몰려와 소녀에게서 기린을 빼앗았다. 경찰청장은 흐뭇한 미소로 그 모습을 지켜봤고, 기자들은 구속된 기린을 향해 플래시를 터트렸다. 기린은 잠이 오지 않는다며 눈물로 호소했지만, 아

무도 귀기울이지 않았다. 사람들에게 가로막힌 소녀는 슬픈 눈으로 기린이 떠나는 모습을 지켜봤다. 소녀의 등뒤로 가지런히 놓인 무덤이 노을에 젖어 들었다.

눈을 떴을 땐 다시 오두막이었다. 좀전의 기억이 꿈이라는 걸 깨닫기까지 시간이 걸렸다. K는 문밖으로 나가 저녁에 먹었던 빵과 물을 남김없이 토했다. 침대로 오다 원탁에 부딪혀 쓰러졌고, 그 상태로 다시 토했다. 시큼한 냄새가 코를 찔렀다.

K는 침대에서 눈을 떴다. 지끈거리는 머리를 누르려다, 이마에 놓인 젖은 수건을 만졌다.

"일어났어요?"

소녀는 의자에 앉아 빵을 먹고 있었다.

"장염에 피로가 겹쳐서 그래요. 그러게 왜 웅덩이 물을 함부로 마시고 그래요."

소녀는 K를 일으켜 물이 담긴 페트병을 입에 대주었다. K는 굶주린 아기처럼 물을 마셨다.

"젊으니까 조금 쉬고 나면 금방 괜찮아질 거예요."

소녀는 원탁으로 돌아가 다시 빵을 먹었다.

"어쩐 일이야?" K가 갈라지는 목소리로 물었다.

"아저씨가 놀러오라고 했잖아요. 아무리 노크해도 대답이 없어서 문을 열어봤더니, 여기 쓰러져 있었어요. 침대로 옮기느라 엄청 힘들었다고요." 그녀가 퉁명스럽게 말했다.

고맙다는 인사 대신 한숨이 먼저 나왔다. 나무 틈으로 새어 드는 바람이 시원했다. 문득 여기서 살면 어떨지 생각해봤다. 오두막을 보수하고 농사라도 지으면서 말이다. 평화롭고 외로운 삶이 될 것이다. 개라도 한 마리 키울 수 있다면 좋을 텐데.

"기린은?"

"어딘가 있겠죠."

소녀는 쇠꼬챙이로 테이블을 파고 있었다. 글자라도 새기는 걸까. 누워 있는 탓에 보이지 않았다. K는 선잠에 빠졌다 깨기를 반복했다. 그때마다 5분에서 10분 정도가 지나 있었고, 소녀는 나무처럼 그 자리를 지키고 있었다. 오후가 되자 상태가 많이 좋아졌다. K는 자리에서 일어나 페트병에 담긴 물을 모두 마셨다. 그녀가 테이블에 새긴 건 장기판이었다. K는 소녀 앞에 마주앉았다. 소녀가 후 하고 바람을 불자, 톱밥이 먼지처럼 흩날렸다. 콜록거리는 K를 보며 소녀가 킥킥거렸다.

"다리는 좀 어때요?"

"어제보단 훨씬 좋아."

"얼굴이 형편없어요."

"어쩔 수 없지. 이틀 동안 면도를 못했으니까."

소녀가 기다렸다는 듯 K에게서 받은 주머니를 테이블 밑에서 꺼냈다. 주머니를 뒤집자 조악한 장기짝들이 쏟아졌다.

"장기 둘 줄 알아요?"

"조금."

"그럼 한 게임 해요." 소녀가 능숙하게 장기 말을 배치했다.

"장기짝은 네가 만든 거니?"

"여기 처음 왔던 사람이 조각한 거예요. 변호사였는데, 장기도 그 사람이 가르쳐줬어요."

"죽었니?"

"뭐라고요?"

"장기짝을 만든 사람."

"네."

담담한 목소리였다.

"어떻게?"

"마음이 지워져서 죽었어요."

"마음이…… 지워진다?"

"여기선 모두 그렇게 죽어요. 할아버지들이 말 안 해줬나요?"

K는 몰과 나누었던 대화를 소녀에게 들려주었다. 그러는 동안 장기는 돌이킬 수 없을 정도로 전세가 기울었다. 마(馬)가 절묘한 위치에서 K의 진로를 전방위로 차단했다.

"그래서 아저씨가 숲까지 왔던 거네요."

"무슨 소리야?"

"무식하면 용감하다는 뜻이죠. 아무것도 모르니까 오히려 대담하게 행동했다는 거예요. 보통은 그 숲까지 올 생각도 못하는데."

"무슨 소린지 모르겠군."

"장군."

소녀가 밝게 웃었다. 손 한번 쓰지 못한 일방적인 게임이었다. 이 정도 실력이면 다시 둘 필요도 없었다. 하지만 소녀는 다시 게임을 제안했다. 두 사람은 흩어진 말을 재배치했다.

"엄밀히 말하면 여기는 동물원이 아니에요."

"그럼?"

"굳이 필요로 하지 않는 것들을 모아놓은 창고 같은 곳이죠."

"필요로 하지 않다니?"

"말 그대로예요." 소녀는 졸(卒)을 앞으로 내밀며 말을 이었다. "식량이나 주거 같은 건 삶에 꼭 필요한 것들이죠. 하지만 보석이나 화려한 그림은 어떨까요? 사실 있어도 그만, 없어도 그만이죠. 그 불필요를 가질 수 있다는 것, 그게 바로 이 세계가 존재하는 이유예요. 이 동물원에는 인간에게 필요한 게 전혀 없어요. 기린의 심장도 마찬가지고요."

그녀가 차(車)를 앞으로 전진시켰다.

"하지만 기린의 심장은 효과가 있는 거잖아. 적어도 너는 그렇게 믿고 있고. 그럼 그건 쓸모 있는 거 아닌가?"

"이건 가치의 문제가 아니라 인식의 문제예요. 내겐 기린의 심장이 꼭 필요해요. 하지만 저들에겐 필요하지 않죠. 저들에겐 '기린의 심장은 아무런 가치도 없다'라는 인식이 중요한 거라고요."

K는 고개를 갸웃했다.

"정리하자면 아무런 가치가 없어야 할 기린의 심장에 네가 가치를 두고 있고, 그게 그들에겐 매우 싫은 일이라는 거지?"

"대략 비슷해요."

"왜 하필 기린의 심장일까? 악어의 어금니나 사자의 갈기일 수는 없는 건가?"

"목이 길잖아요. 시야가 넓어서 먼 곳에서 다가오는 위협을 빠르게 인지하죠. 다리도 길어서 작정하고 달리기 시작하면 꽤 빨라요. 그야말로 최적이에요."

"최적이라니?"

"뭔가를 숨기기에 기린만한 게 없다는 뜻이죠."

소녀의 상(象)이 K의 포(包)를 잡았다. 여기서 차를 봉쇄하지 않으면 뒤에 말들을 속수무책으로 잃을 터였다. K는 차 주변을 신중히 살폈다.

"어쨌든 너는 기린의 심장이 어머니를 치료할 수 있는 유일한 방법이라고 믿고 있어, 맞아?"

소녀는 고개를 끄덕였다.

"동물원 주인에게 달라고 하면 거절할까?"

"바보 같은 소리 말아요. 아까 말했잖아요. 효능이나 쓸모 따위는 중요하지 않다니까요. 그들에겐 그냥 그곳에 기린이 있다는 사실이…… 도대체 몇 번이나 설명해요."

"미안해."

하지만 몰은 소녀가 미쳤다고 말했다.

"넌 어떻게 기린의 심장이 어머니를 치료할 수 있다는 걸 알았지?"

소녀는 들고 있던 장기짝으로 원탁을 톡톡 두드렸다. 소녀의 얼굴을 본 K는 아차 싶었다.

"내 말을 믿지 않는군요."

"그런 뜻은 아니었어. 다만, 기린의 심장이…… 그러니까, 난 그냥 네가 하는 말을 이해할 수 없었을 뿐이야."

"익숙해요, 이해할 수 없다는 말."

소녀는 장기짝을 주머니에 쓸어 담고, 뒤도 돌아보지 않고 밖으로 나가버렸다. K는 그녀를 따라나섰지만, 몸이 말을 듣지 않았다. K는 돌아와 테이블에 새겨진 장기판을 어루만졌다. 유리창에 비친 얼굴이 유령 같았다. 문득 헤어진 여자친구가 떠올랐다. 여자친구. 새삼 그 단어가 낯설게 느껴졌다. 헤어지던 날, 그녀는 K에게 슬픈 말을 전했다. 하지만 떠오르는 건 이미지뿐, 그녀가 구체적으로 어떤 말을 했는지는 기억나지 않았다. 뭐였을까? 아주 슬픈 말이었는데.

바람에 창문이 흔들렸다. K는 창문으로 걸어갔다. 지평선과 검은 구름이 대칭으로 겹쳐 있었다. 희미하게 천둥소리가 들려왔다.

그날도 비가 내렸다. K는 약속 장소에서 그녀를 한 시간 동안 기다렸다. 전화기가 꺼져 있어 연락도 되지 않았다. K는 우산을 들고 역 주변을 서성였다. 바짓단이 비에 젖어 들었다. 그녀는 우울한 표정으로 어색한 미소를 지으며 나타났다. 한 손에 작은 해바라기를 들고 있었다. 하늘이 어두워서였을까. 노란색이 유독 도드라졌다. 그는 여느 때처럼 다가가 인사했다. 하지만 그녀는 인사를 받아주지 않았다. 대신 노란 해바라기가 담긴 화분을 내밀었다. 이별 선물이라며.

"다른 남자가 생겼어. 만난 지 몇 달 됐어. 이제 말해서 미안해. 나는 감정이라는 게 얼마나 부질없는 건지 깨달은 것 같아……"

기억나지 않는 건 다음 말이었다. 가위로 싹둑 오려낸 것 같은 공백이었다. K는 우산과 해바라기를 들고, 그녀가 떠난 거리에 홀로 남겨졌다. 그는 걸었다. 발을 디딜 때마다 땅이 움푹움푹 꺼져 내렸다. 걸음을 멈출 때마다 거리 곳곳에 스며 있는 어둠이 눈에 들어왔다. K는 세상과 자신의 거리가 조금 멀어졌음을 느꼈다. 비가 그치지 않았음에도, K는 우산을 접어 쓰레기통에 넣었다.

하늘이 어두워지면서 비가 본격적으로 퍼붓기 시작했다. 오두막이 어린아이처럼 비명을 질렀고, 천장에선 빗방울이 하나둘 떨어졌다. K는 고개를 흔들며 밖으로 나갔다. 비는 안에서 보이는 것보다 훨씬 사나웠다. 몸에 빗방울이 닿을 때마다 작은 돌멩이에 맞은 것처럼 아팠다. 그를 가로막은 건 잔뜩 불어난 개천이었다. K는 신중하게 발을 디뎠다. 긴장하지 않으면 쓸려 갈 것만 같았다. 겨우 개천을 건넌 K가 잠시 숨을 골랐다. 몸이 젖은 솜처럼 무거웠다.

언덕 위에 올랐을 때, K는 눈앞에 펼쳐진 풍경에 숨을 멈췄다. 언덕 아래가 온통 해바라기였다. 바람이 불 때마다 관능적인 노란색이 파도처럼 부서졌다. 기린의 목이 해바라기 한가운데 튀어나와 있었다. K는 해바라기를 헤치며 기린에게 다가갔다. 소녀는 기린을 지붕 삼아 바닥에 누워 있었다. 어깨를 흔들어봤지만 움직이지 않았다. K는 그녀를 등에 업었다. K의 뒤를 기린이 느릿느릿 따라왔다.

"여기서 기다려. 비가 그치면 다시 올게."

당연하게도 기린은 말을 알아듣지 못했다. K도 더는 신경 쓰지 않기로 했다. 문제는 개천이었다. 혼자서도 그렇게 힘들었는데, 의식이 없는 사람까지 업고 건널 수 있을지 의심스러웠다. 심지어 개천은, 이제 개천이라는 말이 무색할 정도로 불어 있었다. 폭도 넓어졌고, 물살은 좀전과 비교할 수 없을 만큼 거셌다. 이대로 건너면 결과는 뻔했다. 급류는 위험하다. 물 앞에선 절대 위험을 감수해선 안 된다. 하지만 이대로 비가 그칠 때까지 기다릴 수도 없는 노릇이다. 어찌할 바를 모르고 있을 때, 뒤따라오던 기린이 급류 속으로 발을 내밀었다. 길게 뻗은 다리가 무릎까지 잠겼다. 기린은 고개를 돌려 K와 눈을 마주쳤다. K는 망설였지만 다른 방법이 없었다. K는 한 손으로 소녀를 안고 다른 손으로 기린의 다리를 붙들었다. 급류를 건너는 내내 기린은 흔들림 없이 두 사람을 지지했다. K가 지치면 잠시 멈추는 여유까지 보였다. 몇 번인가 쓰러질 뻔했지만 이를 악물고 버텼다. K는 가까스로 오두막에 다다랐다.

문을 열자 익숙한 얼굴이 그를 기다리고 있었다. K는 인사를 뒤로 미루고 소녀를 침대 위에 뉘었다.

"혹시 수건이 있나요?"

쿰이 안주머니에서 커다란 손수건을 내밀었다. K는 소녀의 옷을 벗겨 물기를 닦아낸 뒤 모포를 덮어주었다.

"너…… 너도 닦아." 쿰이 말했다. K는 고맙다고 말했다. 수건에서 흙냄새가 났다.

"꼴이 말이 아니로군." 몰이 말했다.

"그렇게 됐네요. 여긴 어쩐 일이시죠?"

"음식을 좀 가져왔네. 규칙상 빵 외에 다른 먹거리는 줄 수 없지만, 특별히 쿰이 커피를 챙겨 왔네."

"고맙습니다."

"처…… 천만에."

몰은 인사를 주고받는 두 사람을 보며 차갑게 웃었다.

"물론 그게 용건의 전부는 아닐세. 상황 진척도 좀 보고, 조언도 할 생각이었는데, 생각보다 재미있는 광경을 보게 되었군. 자네 지금 무슨 생각을 하는 건가?"

"예?"

"무슨 생각으로 이 아가씨를 오두막까지 데려온 건지 물어보는 걸세."

"비가 왔고, 밖은 너무 추웠어요. 걱정되어서 가보니 잠들어 있더군요. 이대로 두면 저체온이 올 것 같았어요."

몰이 얼굴을 비볐다. 주름이 구겨진 셔츠처럼 기묘하게 꿈틀거렸다. 조금만 더 세게 비비면 얼굴을 벗을 수도 있을 것 같았다.

"이봐, 젊은이. 자네 뭔가 착각하고 있는 듯한데. 자네에게 저 아이는 적이란 말일세. 자네, 적이 뭔지 아나?" K는 대답하지 않았다. "같은 영역에서 공존할 수 없는 존재라네. 자네가 존재하려면 저 아이가 사라져야 하고, 저 아이가 존재하려면 자네가 사라져야 하지."

"그래서요?"

"자네 옆구리에 총이 보이는군."

팔에 소름이 돋았다.

"설마?"

"설마라니. 우리가 농담 따먹기나 하자고 자넬 여기로 부른 줄 아나. 처음부터 그러기 위한 총이 아니겠나. 이제야 그 의미를 알 수 있겠군. 충고하건대, 만일 처음이라면 절대 망설이지 말게. 이런 일은 망설일수록 어려워지는 법이니까."

몰이 담백하게 말했다. 너무 담백해서 협박이 아닌 것처럼 들렸다.

"어서 총을 뽑게. 그리고 해야 할 일을 하게나."

K는 지친 얼굴로 그를 응시했다. 넌덜머리가 났다. 차라리 비가 이 작은 오두막을 전부 삼켜버렸으면 좋겠다고, 진심으로 그렇게 생각했다.

*

필 레이먼드라는 가수를 아는지 모르겠다. 이 가수는 1963년에 단 한 장의 앨범을 내고 안개처럼 사라진 흑인 록 가수다. 〈Without the moon〉이란 제목으로 발매된 이 앨범은 3000장이 발매되어 1년간 20장의 판매고를 올린 뒤, 욕실에 사는 바퀴벌레처럼 소리소문 없이 사라졌다. 필 레이먼드가 실종된 것도, 그해 크리스마스이브였다. 농담 같은 운명이었다.

지인들은 필이 자살했을 거라고 말했다. '어째서'라고 물으면 '쪽팔리니까'라는 단순 명료한 대답을 들려주었다. 물론 그들도 확신에 차서 한 대답은 아니었다. 그들이 기억하는 필은 유쾌하기로 둘째가라면 서러운 친구였다. 보통 이런 스타일은 자살하지 않는다. 팔리지 않은 2980장의 레코드는 그의 가족들이 10년 동안 사냥터에서 사슴을 쫓는 데 사용했다. 레코드를 프리스비처럼 사슴에게 막 던진 것이다. 사촌이었던 조지 레이먼드는, 술에 취할 때마다 레코드로 사슴뿔을 잘랐다고 떠들었다. 그는 마약 복용 및 소지로 1968년 교도소에 수감되었다.

어쨌든 자신의 의지로 〈Without the moon〉을 구매한 사람은 스무 명뿐이었다. 음악이 별로였냐고 묻는다면 잘 모르겠다. 기호라는 게 주관적이기도 하거니와, 무엇보다 세상에 스무 장밖에 없는 음반을 들어본 사람이 몇이나 되겠는가. 하지만 그 판매고는 이해할 수 있다. 1960년대에 흑인 록 가수라니.

레이먼드가 오두막을 찾은 건, 사흘간 내리던 비가 그쳤던 날이었다. 그는 문을 열자마자 "지저스, 더럽게 더러운 오두막이군."이라고 말한 뒤 새하얀 이를 드러내며 웃었다. 아프로 헤어스타일에 커다란 보잉 선글라스를 낀 이 흑인 남자를, K는 미간을 찌푸리며 바라봤다.

"누구시죠?"

"기타와 드럼을 사랑하고, 악마의 음악에 영혼을 빼앗긴 가련한 남자."

"악마의 음악이요?"

"너무 깊이 생각할 필요는 없어. 그냥 미친놈이라고 해도 상관없으니까."

레이먼드는 주머니에서 시가를 꺼내 물었다. 그의 입술이

얇아 보일 정도로 두꺼운 시가였다. 그는 초록색 불티나 라이터로 시가에 불을 붙인 뒤, 드라이아이스를 삼킨 하마처럼 엄청난 연기를 뿜어댔다.

"빌어먹을, 정말 끝내주는 맛이야."

레이먼드는 의자에 앉아 원탁 위에 발을 올리고 혼자 낄낄거렸다. K가 황급히 창문을 열었다.

"그래서 진짜 누구시죠?"

"내 이름은 레이먼드. 젊은이 소문을 듣고 왔지. 그 노인네들을 혼내줬다지?"

"유쾌한 기억은 아니네요."

"젊은이에겐 그랬을지 모르지만, 나에겐 아주 통쾌한 일이었어. 난 '불행한 떠돌이' 생활을 벌써 50년 가까이 했다구. 내가 그 노인네들에게 당한 걸 일일이 열거하면 1년이 훌쩍 지나버릴 거야. 내 매서운 어퍼컷을 날려주는 게 유일한 소망이지만, 지난 50년 동안 망할 노인네들 머리털 하나 건드려보지 못했어. 그네들은 이 동물원의 무법자이자 절대자니까. 그런데 웬 애송이가 노인네들에게 총을 겨누고 욕지거리를 뱉었다는 소문이 들려오더군. 내가 얼마나 통쾌했는지 자넨 모를 거야. 암, 모르고말고."

"거듭 말씀드리지만, 별로 유쾌한 경험은 아니었어요."

"유감이군. 그래도 즐거운 건 즐거운 거야. 그러니까 50년 전, 나는 메인스트리트에 있는 작은 바에서 노래하던 가수였어. 노래가 끝나면, 맥주를 마시며 친구들과 수다를 떨며 놀았지. 그런데 갑자기 배가 아프더군. 직감적으로 아침에 먹은 핫도그가 문제를 일으켰다는 걸 알았지. 그 핫도그는 1주일 동안 내 침대 머리맡에 있었던 건데, 썩어가는 냄새가 역겨워 참을 수가 있어야 말이지. 그래서 그만 먹어버렸지 뭔가."

K는 인상을 찌푸렸다.

"볼일을 끝내고 화장실 문을 열었어. 이제 또 노래할 생각에 가슴이 두근거리던 참이었지. 그런데 무슨 일이 있었는지 아나? 바가 온데간데없이 사라지고, 대신 성난 코뿔소가 나를 노려보고 있더군. 아주 무서운 놈이었어. 여기가 어딘지 생각할 겨를도 없이 꼬박 이틀을 쫓겨 다녔지. 나는 불굴의 집념으로 녀석을 절벽으로 유인해 코뿔소 패티로 만드는 데 성공했어. 혹시 자네, 이 이야기의 핵심이 뭔지 아나?"

"모르겠는데요."

"그때만큼이나 내 마음이 흡족하다는 거야."

레이먼드는 통쾌하게 웃었다. 그는 자신이 어디서 왔는지, 뭘 하던 사람이었는지 장황하게 설명했다. 그사이 시가를 다섯 개나 피웠고, K는 이 좁은 오두막에서 살아남기 위해 끊임없이 환기해야 했다.

"커피 드시겠어요?"

"혹시 쿰이 만든 그 커피는 아니겠지?"

"맞는데요."

"지저스! 정말 더럽게 친절한 젊은이로군."

K는 커피 물을 끓였다. 커피를 마시는 동안은 시가를 피우지는 않을 거라 생각했고, 다행히 그 판단은 맞아떨어졌다. 오두막을 뒤덮고 있던 시가 냄새는 금세 은은한 커피 향으로 대체되었다.

"당신이 누군지는 알겠어요. 하지만 여전히 의문이 남네요. 도대체 여긴 뭐하러 온 거죠? 설마 의자가 필요했던 건 아니죠?"

"유머 감각이 풍부한 젊은이로군." 그가 말했다. "난 그저 유쾌한 젊은이에게 도움을 주려고 온 거야. 내 기타와 록의 신에게 맹세하건대, 지금 자네는 매우 매우 매우 위험한 처지에 빠졌단 말이지."

"위험한 처지요?"

"그 노인네들이 자네의 마음을 지우려고 단단히 벼르고 있거든. 마음이 지워지면 어찌되는지는 알고 있나?"

"죽는다고 들었어요."

"그보다 더 위험해. 젊은이의 마음은 언덕에 묻혀 사라지고, 마음을 잃은 육체는 동물원을 영원히 떠돌게 되지."

"떠돈다고요? 그럼 저 무덤의 주인들이 이 동물원 어딘가에 존재한다는 말인가요?"

"존재를 어떻게 정의하느냐에 따라 그렇다고도, 그렇지 않다고도 할 수 있지."

그는 미소 지은 채 가만히 K의 손을 잡았다. 거칠지만 따듯한 손이었다.

"젊은이, 혹시 그 소녀가 누군지 알고 있나?"

"예?"

"소녀가 누군지 아느냐고 물었어."

K는 적당한 대답을 찾지 못했다.

"그럼 다른 질문을 해볼까? 자네에게 그 소녀는 뭔가?"

레이먼드의 질문은 점점 더 K를 곤혹스럽게 만들었다.

"함께 숲으로 가지."

"거기는 왜요?"

레이먼드는 활짝 웃으며, 가보면 안다고 말했다. 둘은 숲을 향해 걸었다. 레이먼드가 앞장섰고 K가 그 뒤를 따랐다. 레이먼드는 걷는 내내 노래를 흥얼거렸다. 하지만 K는 다른 생각을 하느라 그 노래를 듣지 못했다.

그날 밤, 몰은 K에게 방아쇠를 당기라고 말했다.

"저는 경찰이에요. 죄의 유무가 제 기준이지요. 어머니 병을 위해 기린의 심장을 요구하는 아이에게 도대체 무슨 죄가 있단 말인가요?"

"하지만 이 동물원은 사유재산이란 말일세. 이 정신 나간 계집애는 기린의 심장이라는 말도 안 되는 요구를 하고 있지. 법의 기준으로 본다면 이건 인질을 사로잡은 협박이라 할 수 있지 않나?"

"계속 이상하다고 생각했어요. 이 아이는 어째서 기린의 심장을 가져가지 않는 걸까? 왜 계속 기린을 살려두는 걸까? 이미 기린이 옆에 있는데 말이죠. 소녀는 당신의 허락이나 어떤 조치가 없으면 심장을 가져갈 수 없는 겁니다. 설령 가져가도 소용이 없을 수도 있죠. 그렇다면 기린은 인질이 아닙니다."

몰의 눈동자가 커졌다.

"아주 바보는 아니로군. 하지만 그게 어쨌다는 건가? 영원히 이 오두막에서 이따위 빵이나 씹으며 살 생각인가? 자네 어머니는 어쩔 셈이지? 자네의 삶에는 아무런 불길도 타오르지 않는단 말인가? 자네가 이 동물원에서 할 수 있는 일은 아무것도 없네. 설령 뭔가 하려 해도 우리가 용납하지 않을 걸세. 뭐가 문젠가? 이 계집의 운명은 쓰레기를 주워먹는 고양이와 다를 바가 없네. 과거에도 그랬고 앞으로도 그럴 걸세. 자네가 뭔가 할 수 있다면 그건 당장 그 총으로 저 아이를 쏘는 일뿐이라네. 그게 자네의 사명이라는 걸 깨닫게나. 분명히 말하는데, 오늘 같은 기회는 두 번 다시 오지 않을 거라네. 알겠나? 이게 마지막이란 말일세."

K는 총구를 몰의 머리에 겨누었다. 몰은 당황한 표정으로 총구를 바라봤다.

"이 아이는 어머니의 생명을 담보로 싸우고 있습니다. 도대체 왜 기린의 심장이 사람의 생명보다 중요한지 이해할 수가 없군요."

몰의 이마에 푸른 핏줄이 돋아났다.

"후회라는 건, 결국 하기 전까진 알 수 없는 것이지."

한동안 K를 노려보던 몰은 자리를 박차고 오두막에서 나갔다. 우두커니 서 있던 쿰도 몰을 따라갔다. K는 총을 바닥에 던지고 소녀가 누워 있는 침대에 기대어 앉았다. 바람에 촛불이 꺼졌다. 흔들리던 그림자도 사라졌다. K에겐 옷 벗을 힘조차 남아 있질 않았다. 소녀의 낮은 숨소리를 들으며 K가 입을 열었다.

"친어머니는 내가 열두 살 때 돌아가셨어. 폐암이었지. 담배도 피우지 않았는데, 어쩌다 그런 병에 걸렸나 몰라. 암에 걸리면 체중이 빠진다는 걸 그때 처음 알았어. 어머니는 말 한마디 없이 나를 쳐다봤어. 나는 그 눈을 피해 밖으로 도망쳤지."

소녀가 몸을 뒤척였다.

"빈소를 찾는 사람은 거의 없었어. 아버지는 장례식 내내 말이 없었지. 이모들이 용돈을 주셨는데, 전부 찢어서 변기에 버렸어. 아버지는 어머니가 죽고 3년이 지나 재혼을 하셨어. 아버지와 새어머니 사이가 좋았던 건 처음 1년뿐이었고, 그뒤로는 원수처럼 싸웠어. 아버지의 욕설로 싸움이 시작되면, 난 문을 잠그고 이어폰을 귀에 꽂았어. 볼륨을 높이면 모든 게 평화로워졌거든. 아버지가 돌아가신 건 고등학교 2학년 때였어. 술에 취해 얼어붙은 고가에서 굴러떨어졌어. 사인은 지주막하출혈이라는 거였는데, 혹시 지주막이란 걸 알고 있니? 뇌는 여러 겹의 껍데기로 둘러싸여 있는데 지주막도 그런 껍데기 중 하나야. 내가 의사에게 왜 여러 겹이냐고 물었더니, 뇌를 보호하기 위해서라고 대답하더군. 나는 의사를 빤히 쳐다보며, 그렇다면 지주막하출혈이라는 게 도대체 뭘 의미하는 거냐고 물으려다 말았어. 슬펐냐고 묻는다면, 별로 그렇진 않았던 것 같아. 아버지를 싫어했던 건 아니야. 어떤 면에선 존경할 만한 사람이었지. 문제는 나였어. 타인을 무서워했거든. 아버지도 예외일 수 없었어. 아버지가 돌아가신 뒤로, 나는 예전보다 더 사람과 거리를 두었어. 웃기는 건, 내가 사람을 멀리할수록 오히려 주변에 사람들이 더 많아졌다는 거야. 타인과 거리를 두기 위해 썼던 가면을 어째서인지 그들은 매우 좋아했어."

K는 마른침을 삼켰다.

"아버지가 죽고, 아파트엔 나와 새어머니만 남겨졌어. 아무런 접점도 없는 두 사람이 함께 산 이유는, 달리 갈 곳이 없기 때문이었어. 새어머니가 애완동물을 키우기 시작한 것도 그 무렵부터였을 거야. 처음에 키운 건 사막거북이었는데, 여름에 열어놓은 문으로 나가서 아직도 돌아오지 않았어. 어쩌면 사막으로 돌아갔는지도 모르지. 누가 알겠어. 동화에서도 거북이는 엄청 부지런한 동물로 나오잖아. 거북이 다음은 고양이였고, 고양이 다음은 햄스터, 햄스터 다음이 지금의 고슴도치야."

잠이 쏟아지기 시작했다. K는 비몽사몽간에 헤어진 여자친구 이야기를 꺼냈다. 첫 만남과 고백, 함께해서 좋았던 것과 싫었던 것, 혼자 그렸던 미래까지. 그러는 사이 의식이 흐려졌고, 자신이 지금 누구에게 이야기하는 건지 점점 알 수 없게 되었다. 스스로에게 말하는 것도, 소녀에게 말하는 것도 아니라면, 지금 자신의 이야기를 듣고 있는 건 누구일까.

"가끔 마음이란 게 잔뜩 흠집 난 유리처럼 느껴질 때가 있어. 흠집이 많아질수록 유리는 점점 불투명해지고, 마침내 저편이 보이지 않게 되는 거야. 어쩌면 죽음이 그런 건지도 모르겠어."

K가 눈을 감았을 때, 입술에 따스한 무언가가 닿았다. 눈을 뜨자 희미하게 소녀의 얼굴이 보였다. 따듯한 숨결이 차가운 뺨에 닿았다. K는 손을 내밀어 그녀의 얼굴을 매만졌다.

"비가 그친 것 같아." 그녀가 말했다.

그러고 보니 빗소리가 들리지 않았다. K는 소녀의 시선을 좇아 창문을 바라봤다. 기린의 그림자가 달빛 사이를 천천히 지나쳤다.

"왠지 다른 곳에 와 있는 것 같아. 비가 오고 있는 오두막은 어딘가에 따로 있고, 달빛이 비치는 이곳은 또다른 오두막처럼 느껴져." K가 말했다.

소녀는 K의 입술을 손가락으로 막았다.

"난 너무 지쳤어. 그러니까 그런 슬픈 얘기는 하지 마."

그녀가 K의 손을 잡았다. 바닥에 고여 있던 달빛이 한 뼘씩 두 사람을 향해 다가왔다. 둘은 그대로 잠이 들었고, 깨어났을 땐 K 혼자였다. 밖에선 여전히 비가 쏟아지고 있었다. 새벽에 봤던 달빛의 흔적은 어디에도 없었다.

"지저스, 이게 자네의 마음이로군."

레이먼드가 선글라스를 벗으며 말했다. 두 사람은 언덕 위에서 해바라기를 바라봤다. 해바라기는 이전보다 더 크게 자라 있었다. 숲은 바위를 깎아 만든 성처럼 견고해 보였다. 저런 곳에 소녀가 머물고 있다는 게 믿기질 않았다. 잠시 후 숲에서 바람이 불어왔고, 물결처럼 흔들리던 해바라기가 양쪽으로 갈라졌다.

"자네를 부르는군."

K는 레이먼드의 얼굴을 한 번 쳐다본 뒤 갈라진 해바라기 틈으로 걸어갔다. 해바라기를 가로질러 숲에 닿자 바람이 멈췄다. 길은 다시 해바라기로 채워졌다. 레이먼드는 해바라기에 가려 보이지 않았다. K는 심호흡을 한 뒤 숲으로 들어갔다. 빽빽한 나무와 잎사귀들 때문에 숲은 밤이나 다름없었다. K는 나무를 더듬으며 앞으로 나아갔다. 공기가 습했다.

어느 순간, 나무 틈 사이로 빛이 보였다. 그 빛은 가까이 갈수록 점점 선명해졌다. 그곳은 공터였다. K는 기린과 나란히 서 있는 소녀를 마주했다. 하지만 그녀는 더이상 소녀가 아니었다. 검은 정장과 흰 블라우스, 별 모양 귀걸이, 어깨까지 내려오는 머리칼과 왼쪽 팔에 걸려 있는 작은 핸드백. 그녀가 다가와 가슴에 머리를 기댔다.

"발에 물집이 잡히도록 뛰어다녔는데 얻은 게 없어." 그녀가 K의 새끼손가락을 매만지며 말했다. K는 우두커니 서서 아무 말도 하지 못했다. 다시 비가 내렸다. 거리는 텅 비어 있었다. 정지된 세계 속에 K와 그녀, 기린이 남겨졌다. 그녀가 또다시 해바라기를 내밀었다.

"엄마가 많이 아파. 아무래도 이번엔 정말 위험한 것 같아." 그녀의 목소리가 빗방울 사이로 다가왔다. "나 결혼해. 만난 지 몇 달 됐어. 이제 말해서 미안해. 나는 감정이라는 게 얼마나 부질없는 건지 깨달은 것 같아."

"……"

"그러니까 네가 날 좀 이해해줬으면 해."

말과 행동이 연결되지 않았다. 고장난 티브이처럼 눈앞이 흑백으로 깜빡거렸다. 시간이 어긋나버린 것 같았다. 그 순간 기린이 늑대처럼 길게 울었다. 그 울음이 사방으로 퍼져 메아리가 되어 돌아왔다. 기린은 커다란 눈알을 좌우로 굴리며 두 사람을 번갈아 쳐다봤다. 끝난 거냐고, 기린이 물었다. 그녀는 고개를 숙였다. 기린이 참을 수 없다는 듯 푸륵, 하며 웃음을 터트렸다. 기린의 정수리가 십자가 모양으로 갈라졌다. 피가 뚝뚝 떨어지는 상처에서 몰의 얼굴이 뿔처럼 솟았다. 눈이 하얗게 뒤집어진 기린이 송곳에 꿰인 개구리처럼 경련했다.

"경고하지 않았나, 후회할 거라고." 몰이 말했다. "내 분명히 말하는데, 인간은 절대로 기린의 심장을 이길 수 없다네. 입으로는 누구나 마음이 소중하다고 말하지. 말로는 뭘 못하겠나. 발가벗겨진 인간들이 얼마나 비참하게 기린의 심장을 구걸하는지 여러 번 봐왔다네. 굳이 설명할 필요도 없지. 이 계집을 보게. 어머니의 병? 기린의 심장으로 얻으려던 게 고작 그것뿐이었을까?"

그의 말은 진실처럼 들렸다. 무질서하게 흩어져 있던 쇳조각들이 어두운 구멍으로 모여들었다. K는 허리춤에서 권총을 뽑아들었다.

"역시 자네는 영리한 친구야. 두려워 말게. 모든 사람이 선택을 강요받는다네. 익숙해지기만 하면 두려움 따윈 아무것도 아니지. 장담하건대 자넨 오늘의 선택을 절대로 후회하지 않을 걸세."

K는 권총 가늠자를 통해 그녀를 쳐다봤다. 울고 있었다. 슬퍼하는 걸까? 아니면 죄책감? 따지고 보면 그녀의 선택도 자신을 위한 것에 불과하다. 누가 그녀를 비난할 수 있을까. 그렇게 생각하니 아까보다 기분이 훨씬 괜찮아졌다. 몰의 말이 옳았다. K는 이제야 이 동물원이 어떤 곳인지 알 수 있었다. 아무짝에도 쓸모없는 것들로 채워진, 모두를 유혹하고, 하지

만 누구도 소유할 수 없는, 그래서 마침내 모두를 좌절시키는, 그럼에도 우리는, 우리는, 우리는……

K는 기린의 머리를 향해 방아쇠를 당겼다. 총성이 도심 속에 메아리쳤다. 몰이 비명을 지르며 피를 토했다. 기린은 그 거대한 몸을 쓰러뜨리고 말았다. 매캐한 화약 냄새가 비에 섞여들었다. 총이 바닥에 떨어졌다. 검은 피가 하수구로 흘러들었다. 그 모든 과정이 너무 길고 지루했다.

"결국, 이렇게 되는군."

레이먼드가 말했다. 그 옆에 쿰도 있었다.

"이제 어떻게 되는 걸까요?"

"알 수 없어, 확실한 건 아무것도 없으니까. 넌 선택을 한 것뿐이야. 선택은 앞으로도 계속될 테지."

"혹시 당신이 이 동물원의 주인인가요?"

레이먼드는 대답 대신 선글라스를 끼고 시가를 물었다.

쿰이 고개를 갸웃거리며 쓰러진 기린 옆으로 다가갔다. 그는 손가락으로 아래를 가리키며 K에게 손짓했다.

"이게 뭐죠?"

"기… 기린의 심장."

K는 농구공만한 그것을 우두커니 쳐다봤다. 아무리 봐도 그건 그냥 기린의 심장일 뿐, 그 이상도 이하도 아니었다.

"이… 이젠 계…… 계속 혼자일 거야."

K는 고개를 숙였다. 쿰이 쓰러진 소녀를 안고 공터 너머

숲으로 들어갔다. 따라가려는 걸 레이먼드가 말렸다.

바람이 불었고, 나뭇잎이 눈처럼 흩날렸다.

*

"그리고?"

"버스 타고 집에 돌아왔어요. 하루 더 쉬고 출근했지요. 선배들은 아무 일도 없었던 것처럼 절 대해줬어요."

"꿈이었군."

"저도 그런 줄 알았어요."

그는 바지를 걷어 종아리를 보여주었다. 그곳엔 뭔가에 찔린 것으로 보이는 흉터가 남아 있었다.

"함정에 걸렸을 때 생긴 상처예요."

나는 그 흉터를 유심히 바라봤다. 미묘한 상처였다. 나는 판단을 유보했다. 그는 어깨를 으쓱하며 이해한다고 말했다.

"그래도 여전히 이해가 되질 않는데, 왜 하필 나한테 이 이야기를 들려준 거지?"

"글쎄요, 솔직히 저도 잘 모르겠네요. 그냥 그러고 싶었어요. 어쨌든 아저씨는 제게 완전한 타인이니까."

완전한 타인이라니. 왠지 납득이 되었다. 나는 남은 커피를 마신 뒤, 유치장으로 돌아갔다.

"내가 이 이야기를 소설로 써도 될까?"

그가 유치장 문을 닫으려 할 때 내가 물었다. 잠시 머뭇거리던 그는, 자신의 이름을 가명으로 해준다면 아무래도 좋다고 대답했다.

"반드시 지켜주세요."

"약속하지."

철창이 닫혔다. 나는 몸을 웅크리고 깊은 잠에 빠져들었다.

작년 이맘때, 그 경찰서를 다시 찾은 적이 있었다. 이 글을 쓰기 전, 그 경찰을 한번 더 만나보고 싶었다. 하지만 끝내 그 경찰서를 찾지 못했다. 다른 곳으로 이전했을 수도 있고, 처음부터 내 기억이 잘못되었을 수도 있다. 어쨌든 벌써 10년이나 지난 일이다.

가끔 길에서 경찰이나 경찰서를 볼 때면, 파블로프의 개처럼 그날 커피를 주었던 K와 그가 들려준 동물원 이야기를 떠올린다. 비웃을지도 모르지만, 나는 그 동물원이 이 세상 어딘가에 진짜로 있을 것만 같았다. 지평선을 붉게 물들이는 노을과 오래된 오두막이 있고, 마음이 지워진 이들이 작은 언덕에 묻힌다는, 그 동물원 말이다.

마왕의 변

예언이 있었다. 그것도 아주 흔해빠진 예언이.

모년, 모월, 모일, 모 지방에서 마왕이 깨어난다. 그는 세계를 지배하기 위해 전쟁을 벌인다. 100년의 전쟁 동안 숲은 불타고, 바다는 검게 오염되며, 인간의 3할이 사라진다. 하늘과 땅 사이 살아 있는 모든 존재가 두려움에 떨 것이다. 절망은 그의 또다른 이름이 되리라.

잠깐 언급하자면, 이 예언을 한 사람은 경상북도 문경에 살던 서른넷의 공시생이었다. 그는 네 번의 낙방 끝에 자살하려고 바닷가를 찾았다가, 원전 차폐막 구멍에서 흘러나온 소량의 방사선을 맞고 예지력을 얻었다. 그는 서울로 상경해 '원자력 도령'이라는 이름으로 명성을 떨쳤는데, 자신의 기묘한 꿈을 기록한 노트가 그대로 예언서가 되었다. 돌이켜보면 모든 게 원전 비리 덕분이었다.

어쨌든

마왕은 절벽 한가운데 위치한 동굴에서 눈을 떴다. 그는 몽롱한 머리를 달래며 밖으로 나와 절벽 아래 펼쳐진 마을을 바라봤다. 줄지어 늘어선 주택과 초록의 논, 분지를 병풍처럼 감싸고 있는 산맥과 푸른 하늘. 그 마을은, 평화라는 단어를 정의하기 위해 신이 특별히 빚어놓은 낙원처럼 보였다. 마왕은 뿔을 긁적이며 절벽에서 뛰어내렸다.

마왕과 처음 마주친 사람은 들꽃으로 화관(花冠)을 엮고 있던 열다섯 소녀 배말순이었다. 그녀는 다섯 살 때 부모를 잃고 이장인 할아버지와 단둘이 살아가는 마을 대표 광녀(狂女)로, 또다른 자신들과의 대화가 취미였다. 붉은 피부에 커다란 뿔을 가진 마왕을 말순이 흥미로운 눈으로 바라봤다. 그녀는 쪼르르 달려가 손가락으로 마왕의 배꼽 주변을 문질렀다. "물감 아니네"라고 말순-1이 말했다. "외국에서 왔나?" 말순-2가 말했다. "미친년들아, 빨리 도망쳐!" 말순-3이 소리쳤다. 하지만 1과 2는 들은 척도 하지 않았다.

마왕은 짜증이 치밀어올랐다. 이년을 어떻게 죽여야 속이 풀릴까? 반으로 가를까? 머리를 터뜨려? 온몸의 피를 쪽쪽 빨아먹을까? 구름 위에서 던져버릴까? 마왕이 만족스러운 결론을 내지 못하고 망설이고 있을 때, 말순이 정성껏 만든 화관을 마왕의 뿔에 걸었다. 크기가 딱 맞아 꽃이 마왕 얼굴에 테두리를 둘렀다.

"우리 마을에 오신 걸 환영합니다." 말순이 치마를 잡고 사뿐히 인사했다.

마왕은 자신이 상상할 수 있는 가장 끔찍한 형태의 죽음을 떠올렸다. 얼마나 끔찍했는지, 마왕은 자기 정체성도 잊은 채 "Oh, my God!"이라고 탄식했다. 그의 오른손이 지옥에서 소환한 유황불로 번쩍였다. 유황불을 본 말순이 볼을 감싸고 너무 예쁘다며 웃었다.

바야흐로 마왕의 첫 살인이 시작되려는 순간이었다.

*

아, 그래. 용사도 있다.

용사는 마왕과 대적할 수 있는 유일한 존재로, 어느 나라에서나 귀한 대접을 받는다. 하지만 진실을 말하자면 용사는 처치 곤란한 골칫거리이기도 했다. '가장 좋은 용사는 마왕과 함께 죽은 용사'라는 격언이 말해주듯, 평화로운 시대에 막강한 전투력과 동료를 모으는 능력은, 이들을 전국구 마피아나 극우 정치인으로 만들었다. 마왕이 탄생하지 않는 한, 용사 관리는 국가의 주요 업무 중 하나였다.

박심지는 대한민국 최고 명문대 법대에 재학중인 20대 청년이었다. 꾸준히 학업에 정진함은 물론 방학마다 봉사활동을 다녔는데 용모까지 준수해서 주변에 친구가 끊이지 않는, 장래가 촉망되는 인재였다. 심지어 군필이었다.

중간고사가 끝난 5월, 심지는 학교 도서관 벤치에 앉아 아메리카노를 마시며 따듯한 봄기운을 느끼고 있었다. 그때 누군가 그의 이름을 불렀다. 고개를 드니 검은 정장에 선글라스를 낀 남자 세 명이 눈앞에 서 있었다.

"함께 가주셔야겠습니다." 가운데 남자가 무뚝뚝한 목소리로 말했다. 심지는 영문도 모른 채 남자들에게 둘러싸여 검은 세단에 태워졌다. 남자들은 능숙하게 심지의 사지를 속박하고 눈에 안대를 씌웠다. 이동하는 내내, 심지는 지난 삶을 돌아보고 깊이 반성했다.

도착한 곳은 농구장 크기의 강당이었다. 심지 앞에 나타난 건 피부가 하얀 인간이었다. 알몸이었고, 털이 없었으며, 눈은 새빨갛게 충혈되어 있었다. 녀석은 관절을 기묘하게 꺾으며 다가왔다. 이질적이고 불길한 예감이 들었다. 거리가 좁혀지자 하얀 그것이 기묘한 비명을 지르며 손톱을 휘둘렀다. 심지는 공격을 피해 뒤로 물러섰다. 보통 사람이라면 패닉에 빠졌을 테지만 침착함은 심지의 장점 중 하나였다. 강한 의지와 목적의식, 뛰어난 신체 능력과 두뇌, 자신을 향한 확신과 실천적 행동까지, 용사란 이러한 무형의 가치를 타인과 공유할 수 있는 전천후 인간이었다. 그런 심지가 싸움을 결심했다. 그는 신속하게 망설임과 의혹을 지워나갔다. 맹수처럼 달려드는 하얀 인간의 공격을 가볍게 피하며 주먹을 휘둘렀다. 하얀 인간은 기세에 비해 피지컬이 떨어졌다. 상대의 약점을 파악한 심지는 간격을 재고 날카롭게 원투를 날렸다. 리드미컬하게, 호흡을 잃지 않으면서, 원투, 원투, 원투…… 공격은 유효했다. 30분 넘는 사투 끝에 녀석은 피떡이 되어 쓰러졌다. 심지는 가쁜 숨을 몰아쉬며 주저앉았다.

강당 끝에서 문이 열리고, 백발성성한 노인이 검은 정장들을 대동하고 느릿느릿 다가왔다. 심지가 이를 악물고 녹초가 된 몸을 일으켰다.

"아무리 하급 마족이지만 맨손으로 해치울 줄이야, 정말 대단하군."

"노인장은 누구십니까?"

"나는 자네가 재학중인 대학의 총장이자 자네 선배라네."

총장에다 선배라니. 상하 예의를 중시하는 심지는 잠시 말을 잃었다. 그사이 노인이 정장들을 향해 그걸 가져오라 말했다. 고급스러워 보이는 상자가 심지 앞에 놓였다. 열어보라고 노인이 말했다. 안에는 검이 들어 있었다. 고급스러운 상자에 비해 단순한 디자인이었다. 특별한 장식도 없고 손잡이에선 오래된 가죽 냄새가 났다.

"200년 전 조선 최고의 대장장이가 10년에 걸쳐 만든 검이라네. 마왕을 죽일 수 있는 유일한 무기지. '집행검'이라 하네."

'집행검'이라니, 이름만 들어도 고가의 물건임을 짐작할 수 있었다.

"이걸 왜 주는 겁니까?"

"자네가 용사이기 때문이지."

들어본 적 있다. 대통령이나 대기업 회장, 유명 연예인처럼, 분명 존재하지만 자신과는 좀처럼 연결되지 않는 사람.

"처음 듣는데요."

"원래 본인은 모르게 되어 있네. 하지만 우리는 아주 오랫동안 자네를 지켜봐왔네."

노인은 심지의 눈동자를 지그시 마주했다. 노인은 누구보다 용사라는 종족을 잘 알았다. 모든 면에서 뛰어난 용사이기에 원하는 게 있으면 스스로 쟁취한다. 그런 이유로 욕망의 충족만으로는 용사를 설득할 수 없다. 노인은 정중히 몸을 낮췄다.

"용사여, 마왕이 깨어날 예정입니다." 노인은 예언이 전하는 미래를 상세히 설명했다. 이야기가 진행될수록 심지의 얼굴이 어두워졌다. 그 순간을 놓치지 않고, 노인은 심지의 손을 덥석 잡았다. "용사여, 검을 들어주십시오. 마왕을 쓰러뜨려주십시오. 이 세계 100년의 평화가 당신에게 달려 있습니다. 제발 가여운 인류를 외면하지 말아주십시오."

인류의 평화라는 말이 가슴을 후볐다. 심지는 긴 망설임 끝에 알겠노라 대답했다.

그날부터 2년 동안, 심지는 삼시 세끼 닭가슴살과 샐러드, 보충제만 먹으며 매일 세 시간씩 유명 트레이너에게 PT를 받았다. 오후엔 검술 지도를 받고, 저녁엔 고명한 스님에게 명상을 배웠으며, 밤엔 영어와 중국어, 한국사, 법학, 코딩을 공부하며 조금씩 용사의 모습을 갖춰갔다. 그 모습에 국가 수뇌부는 기쁨을 감추지 못했다. 하지만 수뇌부의 고민은 다른 곳에 있었다.

"왜 불길한 징조가 나타나지 않는 겁니까?" 총리가 턱을 괴고 재난안전관리청장에게 물었다.

"이미 머리가 둘 달린 사슴이 태어났고, 돌고래가 떼죽음을 당했습니다." 청장이 말했다.

"하지만 그게 전부는 아니잖아요. '마왕의 부하들'과 '거대한 세력의 태동', '악의에 찬 카리스마'는 대관절 어디에 있는 거요?"

청장은 대답하지 못했다.

"그…… 예언서에는 뭐라 적혀 있습니까?" 국방부 장관이 물었다.

"그게 후반부부터 글씨가 워낙 개판이라 알아볼 수가 없습니다. 그나마 확인된 건 강원도라는 단어뿐입니다."

"강원도요? 아니, 강원도가 얼마나 넓은지 알고 하는 소립니까? 다른 글자는 어떤가요? 최소한 본인은 읽을 수 있을 거 아니오?"

"그게, 원자력 도령은 지금 알코올성 치매로 재활병원에 입원해 있습니다. 예언의 실현을 지나치게 확신해서 그렇게 되었다고 합니다."

위원들이 일제히 한숨을 쉬었다.

"일단 할 수 있는 일을 합시다. 용사의 동료는 어찌 되었나요?"

"이미 힐러와 탱커를 선발했습니다. 2000명이 지원했고 지난주에 최종 면접이 끝났습니다. 어차피 마왕을 무찌를 수 있는 건 용사뿐입니다. 예언은 무용지물이 되었으니 그만 용사에게 임무를 맡기는 것이 어떻겠습니까."

만사 귀찮았던 정부는 마왕과 관련한 모든 책임을 용사와 그 동료에게 떠넘기기로 했다. 책임 소재에 직면한 공무원들은 평소답지 않게 신속한 움직임을 보였다. 고작 일주일 만에 임명장이 떨어진 것이다. 심지는 임명장과 함께 두 명의 동료를 인계받았다.

탱커 배철만은 전직 이종격투기 헤비급 선수로, 썩 뛰어나지 않은 성적으로 은퇴해 백수로 지냈다. 매일 밤 술을 마셨지만 타고난 몸이 강건하여 취하지 않았고, 힘을 풀 때가 없어 새벽마다 애꿎은 샌드백만 아작을 냈다. 티브이에서 용사 동료 모집 광고를 본 순간, 철만의 머릿속엔 '마지막 기회'라는 단어가 스쳤다. 탱커의 임무는 두 가지였다. 하나는 장비를 포함한 각종 짐을 운반하는 것이고, 다른 하나는 용사가 최후의 일격을 날릴 때 마왕의 움직임을 봉쇄하는 것이다. "어떻게 봉쇄하나요?" 철만이 물었다. 조교는 한심하단 얼굴로 "꽉 붙잡아야죠. 아님 뭐하러 그 덩치를 뽑았겠어요"라고 대답했다. 그 정도라면 어렵지 않겠다 싶었다. 199센티, 130킬로그램의 철만은 매일 두 시간씩 샌드백 조이는 훈련을 했다.

힐러 유가인은 유명 대학 병원에서 근무하던 간호사였다. 그녀는 2년 차 때 자신의 엉덩이를 쓰다듬던 전공 교수 귀싸대기를 날리고 병원에서 뛰쳐나왔다. 가인은 집으로 가는 내내 서럽게 울었다. 성추행이나 부당한 관행 때문만은 아니었다. 그녀는 자신이 피해자라는 사실을 견딜 수가 없었다. 가해자가 되고 싶었다. 평범한 가해자가 아닌, 자신의 행위에 어떤 대가도 치르지 않는 강한 가해자 말이다. 하지만 아무리 고민해도 마땅한 방법이 없었다. 머리도 좋고, 얼굴과 몸매도 빠지지 않는 자신이 고작 집이 가난하다는 이유로(엄밀히 따지면 중산층 이상이었지만) 가해자가 될 수 없다는 사실이 견디기 힘들었다. 가인은 사랑과 행복이 제일 중요하다고 가르친 아버지를 원망하며 매일 밤 소맥에 취해 잠들었다.

가인이 심지를 처음 본 건 1차 서류전형을 통과하고 일주일이 지나서였다. 지원자들이 체력 측정을 위해 정부청사 부설 운동장에 모인 날이었다. 3킬로미터 달리기가 막 끝났을 때, PT를 마친 용사가 운동장을 가로질렀다. 고작 2, 3분밖에 안 되는 짧은 시간이었지만, 가인은 심지에게서 눈을 떼지 못했다. 땀에 젖은 머리칼이 매혹적이어서가 아니라 그가 용사였기 때문이었다. 마왕을 물리친 용사는 국가 지도자가 되거나 사업가로 성공하는 경우가 많았다. 드물게 유명 배우가 된 사례도 있다. 가인은 심지를 소유하기로 마음먹었다. 가인에게 마음이란, 스스로 선택할 수 있는 마지막 무기였다.

셋은 정부가 지급한 플래티넘 카드를 들고 모험을 시작했다. 거창하게 출발했지만, 구체적인 정보가 없어 강원도 남부에서 북부로 지그재그를 그리며 이동하기만 했다. 원덕읍에서 태백, 상동, 영월로 이동했고, 서쪽 끝에 닿은 뒤에는 다시 원주를 거쳐 삼척을 향했다.

모험에서 세 사람의 역할은 명확하게 분담되었다. 철만은 짐을 나르고, 승합차를 운전하고, 숙소를 잡고, 지역 맛집을 검색했다. 철만은 타고난 근면함으로 자신의 역할을 성실히 수행했다. 가인은 컨디션 유지를 명목으로 심지의 피지컬과 멘탈을 관리했다. 특히 모험이라는 특수한 상황을 최대한 활용하여 적절한 선에서 썸을 탔다. 본격적인 교제는 마왕을 퇴치한 이후로 미뤘다. 가인은 그 선을 지킴으로써 심지의 마음을 조종할 수 있다고 믿었고, 그것은 정확한 판단이었다. 물론 용사가 너무 짜증을 부릴 땐 적당히 달래주는 일도 잊지 않았다. 심지는 결전에 대비해 떨어지는 낙엽도 조심하며 휴식을 취했다.

용사 일행이 마왕과 조우한 건, 여행을 시작한 지 1년이 지난 어느 여름이었다.

*

적룡 카밀카파라는 3000년 전 활화산 속에서 태어났다. '화염의 춘부장', '검은 새들의 황제'라 불리던 카밀카파라는 2000년 전 마왕과 먹지도 자지도 않고 1023일 동안 전투를 벌였다. 싸움은 부정한 창에 오른쪽 허벅다리를 찔린 카밀카파라의 패배로 끝났다. 마왕은 카밀카파라 목에 낙인을 찍은 뒤 첫번째 심복으로 삼았다.

철만은 숙소를 구하러 마을에 들어섰다가, 텃밭에서 잡초를 솎고 있는 카밀카파라와 마주쳤다. 철만은 손으로 입을 틀어막고 방패 뒤에 몸을 숨겼다. 세 번이나 통화를 시도했지만, 심지는 전화를 받지 않았다. 카밀카파라 역시 '성스러운 십자방패'를 알아봤다. 그는 한 손에 호미를 들고 철만에게 다가왔다. 철만은 울며 겨자 먹기로 임전 태세를 취했다.

"네가 용사냐?" 카밀카파라가 호미로 철만을 가리키며 물었다.

"동료다." 철만이 방패 뒤에서 소리쳤다.

"용사는 어디 있나?"

"2000명의 병사와 함께 이곳으로 진군중이다."

본인이 생각해도 한심한 허세였다. 지난 1년은 모험이라기보다는 사실상 맛집 투어였다. 오늘만 해도 대충 수색을 마치고 속초에서 닭강정을 먹을 예정이었다.

"점심은 먹었나?" 카밀카파라가 호미로 이마를 긁적이며 물었다.

"아…… 아직 안 먹었다."

그 말에 카밀카파라는 눈을 찡그리고 먼 곳을 응시했다.

"저기 차에서 여자랑 노닥거리는 녀석이 용사인 것 같은데, 데려와라. 점심이나 먹자."

카밀카파라는 텃밭에서 멀지 않은 농가 주택으로 들어갔다. 눈치를 살피던 철만은 쏜살같이 심지에게 달려갔다. 용사 일행이 도착했을 때, 카밀카파라는 평상에 앉아 열무김치와 된장, 오이고추를 반찬으로 동치미 국수를 먹고 있었다.

"무슨 수작이지?" 심지가 짐짓 의연하게 물었다.

"수작은 무슨, 안 먹으면 버릴 거야." 카밀카파라는 동치미 국물을 호로록 들이켠 뒤, 오이고추를 된장에 찍어 와사삭 깨물었다.

"철만씨가 먼저 먹어봐." 가인이 말했다. 철만은 구시렁거리며 국수를 입에 넣었다. 조심스럽게 첫입을 먹은 철만이 남은 국수를 그릇째 입에 털어넣었다. 아무 탈 없는 게 확인되자 심지와 가인도 국수를 먹었다. 얼음 동동 떠 있는 동치미 국물이 무척 시원했다. 식사를 마친 카밀카파라는, 밑반찬을 냉장고에 넣고 마당 수돗가에 쪼그려 앉아 설거지를 했다. 그릇 정리까지 말끔하게 끝내고 평상 모서리에 앉아 잎담배를 피웠다.

"마왕님은 오늘 인도국립도서관에 가셨어. 저녁에나 돌아오실 거야." 카밀카파라가 담배 연기를 뿜으며 말했다.

"도대체 무슨 꿍꿍이야?" 심지가 물었다.

카밀카파라가 담배를 바닥에 던져 발로 비볐다. 목덜미에 새겨진 검은 초승달 문신이 언뜻 보였다.

"넌 마왕이 어떻게 태어나는지 아나?"

심지가 고개를 저었다.

"단순히 눈을 떴다고 마왕이 되는 게 아니야. 스스로 자각을 갖고 악을 선택해야만 비로소 마왕이 되지. 그런데 악이라는 건 관념이 아니라 실천이거든. 물론 선도 마찬가지지. 차이가 있다면, '선'은 의식적이고 가역적이고, '악'은 충동적이고 비가역적이라는 점이야. 충동적이고 비가역적인 악행. 그게 뭐겠어?"

심지는 잠시 생각에 잠겼다.

"살인?"

카밀카파라가 쥐고 있던 담뱃갑을 구겼다.

"씨발, 용사도 아는 걸 마왕이라는 작자가 모르고 매일 헛짓거릴 하고 있으니."

"도대체 마왕이 뭘 하고 있는데."

"도서관에 책 읽으러 갔다고! 이 미친 마왕이! 도서관에! 책을! 응! 넌 이 상황이 이해가 되냐?"

"왜 화를 내고 그러는데! 우리 용사가 뭘 어쨌다고."

카밀카파라의 붉은 눈동자가 가인을 물끄러미 쳐다봤다. 그는 고개를 절레절레 흔들며 텃밭으로 걸어가 잡초 솎는 일을 계속했다. 매미가 시끄러웠다.

저녁 여덟시 무렵, 마왕이 슬리퍼를 질질 끌며 마당으로 들어왔다. 모바일 게임을 하고 있던 용사 일행은, 마왕을 보자마자 스마트폰을 집어던지고 대항마격체전공진(對降魔隔體傳功進)을 펼쳤다. 마왕은 비정상적으로 커다란 코를 긁적이며 용사 일행을 천천히 살폈다. 그때 아이스크림을 먹던 말순이 용사와 마왕 사이로 걸어나왔다. 그녀는 흥미롭다는 듯 마왕과 용사 일행을 번갈아 쳐다봤다. 그때 말순의 주머니에서 BTS의 〈불타오르네〉가 흘러나왔다. 말순이 스마트폰을 들었다.

"응, 할아버지. 지금 마왕 오빠 집이야. 오빠 바빠. 손님 오셨어. 칼이랑 방패 들었어. 몰라, 전쟁놀이하나봐. 그럼, 난 제육볶음 좋아하지. 금방 갈게."

말순은 스마트폰을 끄고 마왕에게 내일 보자고 인사한 뒤, 유유히 마당을 걸어나갔다. 용사 일행은, 말순-2와 말순-3이 다시 들어와 인사하고 나가는 모습을 멍하니 지켜봤다.

"난 아직 마왕이 아니야." 말순이 떠난 걸 확인한 마왕이 말했다. "저 아이를 죽이려다가 말벌에 코를 쏘이고 기절했거든."

가인이 전설의 선글라스를 쓰고 마왕을 살폈다. "사실이에요. '절대악'의 기운이 느껴지질 않아요."

그 말에 심지와 철만이 자세를 풀었다. 법률상 용사는 마왕이 아닌 자와 싸울 수 없었다. 일반인에게 상해라도 입히는 날엔 3년 이하의 징역 또는 5000만 원 이하의 벌금을 내야 했다. 가인도 선글라스를 가방에 넣고 평상에 앉았다.

"젠장, 마왕이시여. 지금이라도 그냥 아무나 해치워버리소서! 이놈의 밭일 지겨워 죽겠습니다." 카밀카파라가 막걸리 한 병을 통째로 입에 들이붓고 소리지르다, 지푸라기처럼 쓰러졌다. 마왕은 카밀카파라를 부축해 안방에 눕히고 이불을 덮어주었다. "빌어먹을 잡초, 잡초. 마왕이시여, 제발 제초제 좀 치자니까요. 그거 얼마나 한다고." 카밀카파라가 훌쩍이다가 이내 코를 골았다. 마왕은 그런 카밀카파라를 내버려두고 마당으로 나왔다. 용사 일행이 무장을 풀고 평상에 앉아 있었다.

"설명이 필요해." 심지가 말했다.

"농사를 지으라고 명령했거든. 내 명령을 거부할 수 없어서 저러는 거야. 우리가 먹을 건데 제초제를 치면 안 되잖아. 게다가 재는 술도 약해서……"

"나머지 사천왕은?"

"문씨 아저씨네 소가 새끼를 낳는다고 해서 도와주러 갔어. 알다시피 둘째가 '짐승들의 왕'이잖아. 내일 아침에나 올 거야."

용사가 머리를 마구 긁었다.

"용사가 되고 나서 지금까지, 단 하루도 맘 편히 쉬어본 적이 없어. 밤에 몰래 치킨을 먹었다고 새벽 운동장에 쫓겨나가 스쿼트 500개를 하기도 했지. 널 찾겠다고 이 강원도를 얼마나 쑤시고 다녔는지 알아? 올해도 못 찾으면 북한으로 넘어갈 생각이었어. 대인지뢰용 안전화까지 준비했다고. 그런데 넌 여기서 한가하게 독서나 하고 있다니."

마왕은 수돗가 옆에 있던 플라스틱 의자를 가져와 심지와 마주 앉았다. 심지는 굳은 얼굴로 마왕의 얼굴을 빤히 쳐다봤다. 붉은 피부와 이마에 난 두 개의 뿔, 소시지보다 커다란 코. 이 얼굴을 보고 있자니 바보가 된 기분이었다.

"1년이 넘었는데, 벌에 쏘인 자리가 가라앉지를 않아. 나도 내가 벌 알레르기가 있을 줄 몰랐어." 마왕이 능글맞게 웃었다. "기절한 나를 간호해준 게 아까 봤던 말순이야. 사흘 만에 눈을 뜨니까, 내 얼굴에 빰을 비비며 울더군."

"그래서 생명의 은인에게 감동해 개과천선했다?"

마왕은 고개를 저었다.

"그뒤로도 계속 죽이고 싶었어. 충동이 시도 때도 없이 찾아왔지. 그때마다 철봉을 하거나, 팔굽혀펴기를 했어. 덕분에 어깨가 좀 넓어졌다. 만져볼래?"

심지가 단호하게 거절했다.

"굳이 안 죽인 이유가 뭔데?"

"질문이 떠올랐거든."

"질문?"

"처음엔 질문인지조차 몰라서 무척 혼란스러웠어. 아주 오랫동안 고민하고 또 고민했어. 반년쯤 지나자, 질문을 간단하게 정리할 수 있었지. 요는 이거야." 마왕은 눈을 지그시 감았다 떴다. "나는 왜 마왕인가?"

"그게 무슨 의미죠?" 가인이 물었다.

"그럼 다른 질문을 해보지. 너는 왜 용사지? 너희들은 왜 용사의 동료가 된 거야? 도대체 왜 나는 나고, 너는 너지?"

"씨부럴, 그게 뭔 소리야." 철만이 버럭 소릴 지르며 일어났다. 방패를 쥐려는 걸 심지가 제지했다.

"종교에라도 귀의했나?"

"비슷하지만 조금 달라. 좀 걸을까?" 세 사람이 경계의 시선을 보냈다. "걱정되면 무장해도 좋아. 앉아만 있으려니 답답해서 그래."

심지는 한숨을 쉬고 자리에서 일어났다. 넷은 논길을 따라 걸었다. 산허리에 걸린 초승달이 청승맞았다.

"마왕이 3년 동안 이런 시골에 처박혀 책이나 읽고 있다니, 노친네들이 알면 기절하겠군."

"처음엔 건넛마을 고등학교 도서관에서 책을 읽었어. 그런데 하루에 100권씩 읽다보니 금방 다 읽게 되더라고. 그래서 시내에 있는 도서관을 찾았지. 그마저도 금세 다 읽어서 나중엔 대형 서점과 국회도서관을 다녔어. 국내 도서는 전부 읽어서, 올봄부터 해외 도서관에 다니고 있어."

"해외라고? 비행기를 탈 수 있단 말이야?"

순간 마왕의 등에서 붉은빛이 솟구쳤다. 놀란 용사가 검을 움켜쥐었다. 마왕이 진정하라며 등에 난 날개를 엄지로 가리켰다.

"어지간한 비행기보다 빨라. 두 사람 정도는 안전하게 태울 수도 있고." 날개를 퍼덕이며 마왕이 말했다. 용사는 검에서 손을 뗐다. 철만이 털썩 주저앉았다.

"담부턴 뭘 하기 전에 먼저 말을 해." 가인이 말했다.

"미안." 날개는 몇 번 더 퍼덕거리다 눈 녹듯 사라졌다.

"더는 못 참겠어." 철만이 벌떡 일어났다. "마왕이면 어떻고 아니면 어때. 그냥 여기서 죽여버리죠. 아무도 모를 거예요."

"저자는 아직 마왕이 아니야." 심지가 말했다.

"상관없잖아요. 어차피 무고한 사람을 죽이지 말라고 만든 법이잖아요. 근데 누가 봐도 저놈이 마왕이잖아요."

철만의 말이 옳았다. 미심쩍음이 없지 않았지만 이대로는 아무것도 해결되지 않았다. 심지는 검을 뽑았다. 마왕이 뒤로 물러서며 방어 태세를 취했다. 심지는 집행검법 최강초식 死嫩開問知(사눈개문지)를 시전했다.

皺坤海株揭漆(피곤해주게내)

땅과 바다로 날개를 펴고, 뿌리를 들어 물을 쏟아내리

大旅治優固時捕(대려치우고시포)

큰 군사를 다스려 넉넉히 방비하면 시기를 놓치지 않으니

目九懞利怖導淸(목구멍이포도청)

아홉 가지 어둠을 보며, 날카로이 두려움을 끌어 맑게 하여라

始酵稠姜來(시발조강내)

향기의 근원 풍족하니, 굳세게 오는구나

死嫩開問知(사눈개문지)

죽음이여 아름답구나, 열어 지혜를 묻노라

초식이 펼쳐질 때마다 바람이 끊어지고 땅이 갈라졌다. 철만과 가인은 이 놀라운 장면을 넋 놓고 구경했다. 하지만 마왕도 만만치 않았다. 무서운 기세를 정면으로 받아치지 않고, 물처럼 흘려내며 요리조리 피했다. 무릇 공격은 양, 방어는 음이다. 공격하는 순간 양이 태어나고, 양은 필연적으로 음을 낳는다. 그렇기에 싸움은 음과 양의 끝없는 교차이기도 하다. 하지만 방어 일변도로 대응하는 마왕에겐 조그만 틈도 보이지 않았다. 심지는 공격을 멈추고 잠시 숨을 골랐다.

공격을 모두 회피한 마왕에게도 고민은 있었다. 절반 이상

뒤엎어진 이장 할아버지의 논, 빈대떡처럼 납작 주저앉은 최씨 할머니네 하우스, 벼락을 맞은 듯 새카맣게 탄 당산나무. 이러다 마을에서 쫓겨나겠구나 싶었다. 마왕은 단전에서 끌어올린 기(氣)를 손끝에 모아 밖으로 뿜어냈다. 붉은 기운이 안개처럼 사방을 잠식하며 공간이 비틀렸다. 밤하늘이 밝아지고, 산과 들은 황량한 모래로 뒤바뀌었다. 모래바람이 시야를 가로막았다.

"여기가 어디야?" 갑자기 바뀐 주변 풍경에 철만이 불안한 목소리로 소리쳤다.

"다른 공간이야." 가인이 말했다.

"그게 무슨 소리야?"

"말 그대로야. 시간은 현재가 아니고, 공간은 한국이 아니란 뜻이야."

혼란에 빠진 용사 일행 앞에 나타난 건 또다른 마왕이었다. 새로운 마왕은 이전 마왕보다 덩치가 두 배는 컸다. 두 명의 마왕이라니, 팔에 소름이 돋았다. 새로운 마왕이 양손에 도끼를 들고 용사 일행에게 다가왔다. 심지가 검을 휘둘렀지만, 허공을 벤 듯 아무 느낌도 없었다. 그때 등뒤에서 가냘픈 울음소리가 들려왔다. 뒤돌아보니 깡마른 노인이 바닥에 엎드려 손이 발이 되도록 빌고 있었다. 살려주십시오, 살려주십시오, 제발 살려주십시오. 새로운 마왕은 개의치 않고, 노인의 머리를 두부처럼 으깼다. 살점이 사방에 튀었다. 놀랄 틈도 없이 같은 장면이 반복되었다. 똑같은 마왕이 똑같은 노인을 다섯번째 죽였을 때, 심지가 그만하라고 소리쳤다.

"이게 뭐야?"

"태고에 있던 마왕의 첫번째 살인." 마왕이 말했다.

"갑자기 왜 이런 걸 보여주는 거야?"

"네가 진실을 알았으면 해서."

진실……이라고?

공간이 또 한번 일그러졌다. 그곳에는 또다른 마왕이 서 있었다. 마왕은 죽였다. 신앙심이 깊은 소녀를, 등이 굽은 꼽추를, 위대한 지도자를, 놀이패에서 꽹과리 치던 바보와 용맹한 호랑이 사냥꾼을. 선하든 선하지 않든, 강하든 강하지 않든, 마왕은 모두에게 공평한 죽음을 내렸다.

"하지만 마왕도 죽어."

이어진 환상은 마왕의 죽음이었다. 그 모든 마왕이 용사의 검에 비참한 최후를 맞이했다. 마왕을 죽인 용사는 영광의 주인공이 되었다.

"그 용사도 죽지."

침대에서 죽은 용사는 드물었다. 대부분 마왕의 잔당에게 습격을 당하거나, 정쟁의 소용돌이에 휘말려 죽었다. 개중엔 대중 앞에서 목이 잘린 용사도 있었다. 모든 용사의 죽음까지 마주한 심지는, 이마에 맺힌 땀을 쓸어냈다.

"뭘 멍청하게 보고 있어요. 당신은 용사야, 마왕을 죽이는 게 당신 일이라고.” 철만이 달려가 마왕을 뒤에서 붙들었다.
“어서 공격해요!”

심지는 철만에게 마왕을 놔주라고 말했다. 철만은 못 들은 척 공격하라는 말만 계속했다.

“새꺄, 놔주라고!” 심지가 철만의 턱에 주먹을 날렸다. 철만은 마왕을 놓치며 풀썩 쓰러졌다. 심지는 철만의 몸에 올라타 주먹을 날렸다. 심지를 말린 건 가인이었다. 심지는 숨을 몰아쉬며 뒤로 물러섰다. 가인이 철만의 상태를 살폈다. 오른쪽 눈두덩이가 부어오르고, 치아가 세 개나 부러졌다. 찢어진 입술에서 피가 흘렀다.

“내하…… 내하 여히 옹 건…… 다시니 요사이기 태무니야. 용하는…… 마와클…… 추겨야…… 해. 그래햐 내하 도늘, 돈을 바느다구.”

“아무 말 말아요.” 가인이 거즈를 꺼내 철만의 입에 물렸다.

심지는 검을 들고 마왕에게 다가갔다. 시퍼런 검이 마왕의 턱에 얕게 들어갔다. 파란색 피가 날을 타고 흘렀다. 마왕은 두 팔을 벌려 또다른 공간을 소환했다.

마왕의 뒤로 거대한 굴뚝이 솟아났다. 회색 콘크리트 외벽에 걸린 조잡한 현수막이 바람에 펄럭였다. 심지는 그 굴뚝을 기억했다. 아버지와 친하게 지내던 상규 삼촌이 사고로 손가락 네 개를 잃었다. 사측은 개인 부주의를 문제삼아 산재 처리를 거부했다. 재판에서 패배한 상규 삼촌은 공장 입구에서 목을 매달았다. 아무도 엄두를 못 내고 있을 때, 심지 아버지가 사다리를 가져와 시신을 끌어내렸다. 그날, 아버지는 밤늦게 돌아왔다. 속이 쓰려 굶겠다는 걸, 엄마가 겨우 설득해 컵라면에 물을 부었다.

"손구락도 없는 놈이 으뜩케 줄을 묶었을까." 낮고 덤덤한 말투였다. 뜨거운 국물이 아버지의 갈라진 입술 사이로 흘러들었다.

아버지는 싸웠다. 머리띠를 두르고, 사람들에게 종이를 나눠주고, 노래를 불렀다. 아버지가 무엇과 싸웠는지, 어린 심지는 알지 못했다. 아마, 아버지도 정확히는 알지 못했으리라. 그날 이후 주변에서 사람들이 하나둘 사라졌다. 학교에선 친구들이 말을 걸지 않았고, 살갑던 삼촌들이 심지를 모른 척했다. 점점 작아지는 빙하 위에 서 있는 기분이었다. 아버지는 굴뚝 위로 올라갔다. 가을에 올라간 아버지는, 다시 가을이 되도록 내려올 줄 몰랐다. 추석 전날, 음식을 올려주던 줄이 끊어졌다. 바닥에 떨어진 줄이 땡볕에 말라죽은 지렁이를 닮았다. 어머니는 도시락을 떨어뜨렸다. 살뜰히 구워낸 전과 돼지고기가 사방에 흩어졌다. 어머니가 오열하는 사이, 음식 위로 새까만 개미가 바글바글 끓었다.

"상규 삼촌과 네 아버지를 죽인 건 누구였지?" 마왕이 물었다.

"사람보다 돈을 아까워하던 쓰레기만도 못한 인간들." 심지가 대답했다.

마왕이 잠시 숨을 고르고 입을 열었다.

"지난 1년 동안 책만 읽은 건 아니야. 사람도 만났지. 처음엔 마을 사람들과 대화했어. 하지만 잘 모르겠더군. 그래서 유명하다는 사람들을 찾아다녔어. 신부와 수녀, 목사, 스님, 유력 정치인, 교수, 물리학자, 작가, 교황과 달라이라마, 말하자면 끝이 없을 정도야. 다들 좋은 이야기를 들려줬지만 그건 대답의 일부였을 뿐 전부는 아니었어. 하루는 무작정 걷다가 노숙자를 만났는데, 안주를 사주면 소주를 나눠주겠다고 하더군. 나는 편의점에서 마른오징어와 과자를 사 왔어. 취한 김에 물었어. 나는 왜 마왕이냐고."

노숙자는 종이컵에 담긴 소주를 단번에 들이켜고, 오징어를 질겅질겅 씹으며 마왕을 빤히 쳐다봤다.

"누가 정한 거야?" 노숙자가 물었다.

"뭘?"

"네가 마왕이라는 거. 그거 누가 정한 거냐고?"

"정한 사람은 아무도 없어. 나는 스스로 마왕이야."

"그럼 그만두면 되겠네."

"……뭐라고?" 마왕의 미간에 깊은 주름이 잡혔다.

"스스로 태어났다며? 그러니 스스로 그만둘 수도 있는 거 아닌가."

마왕은 들고 있던 술잔을 놓쳤다. 쏟아진 술이 허벅지를 적셨다. 차가웠다. 정말 그래도 되는 걸까? 그게 정말 가능할까? 노숙자는 그대로 박스 위에 쓰러졌다. 마왕은 엎드려 울었다. 뿔이 닳도록 바닥에 머리를 비비며, 깊게 깊게 울었다.

그날 이후 마왕은 기도하기 시작했다. 걸을 때도, 잠들기 전에도, 하늘이 맑거나 흐릴 때도, 마왕은 기도를 멈추지 않았다. 누구에게 기도하느냐고 물으면 대답하지 못했다. 그 자신도 이 기도가 누구를 향한 건지 알지 못했다. 짙은 안개 탓에 사물의 형체가 희미했던 어느 아침, 마왕은 자신이 더는 마왕이 아님을 깨달았다. 그 소식에 카밀카파라는 몸져누웠고, 나머지 사천왕은 읍내에서 삼겹살을 안주로 막걸리를 마셨다. 짐승들의 왕이었던 둘째가 삼겹살을 향해 미안하다고 소리지르다 불판을 뒤집었다.

"네가 마왕이 아니라면, 난 어떻게 해야 하지?"

"너도 용사가 아니면 되지. 마왕도 용사도 없다면, 전쟁은 처음부터 시작되지 않을 거야. 숲이 불타는 일도, 바다가 검게 오염되는 일도 없어. 수많은 상규 삼촌이 불행한 죽음을 피할 수 있을 거야. 그러기 위해선 너와 내가 다시 태어나야 해."

심지는 명석한 인간답게 마왕의 말과 그 속에 담긴 의미를 단박에 이해했다. 손에서 힘이 빠져나갔다. 칼부림보다 대화를 하고 싶었다.

가인이 심지의 뺨을 때린 건, 심지가 검을 막 거두려던 참이었다. 그녀의 눈동자가 심지를 정면으로 향했다.

"정신 차려. 그렇게 간단한 일이라면, 왜 이 싸움이 1000년이 넘도록 계속됐겠어. 알잖아, 예언은 절대 빗나가지 않는다는 걸."

"운명보다는 너 자신을 믿어야 해." 마왕이 말했다.

"저 얼뜨기가 처음으로 옳은 말을 하네. 맞아, 넌 자신을 믿어야 해. 평화를 지키는 건 저런 궤변이 아니야. 네가 마왕과 손잡고 평화를 외치면 사람들이 잘했다고 칭찬해줄까? 내 생각은 달라. 그들은 네가 용사의 의무를 다하지 않았다고 비난하기 시작할 거야. 인간은 타인의 마음이나 정의 따위엔 아무 관심도 없어. 네가 자신의 욕망을 채워주느냐 마느냐가 중요하지. 정말 삼촌과 아버지 같은 사람을 지키고 싶니? 그럼 마왕을 죽이고 권력을 가져. 정의는 설득이 아니라 힘으로 강요하는 거야. 너의 의지를 세상의 의지로 만들어야 해."

"권력을 갖고 싶은 인간들은 항상 저런 이유를 대왔지. 성공한 사례가 있기는 한가? 설령 그렇게 평화를 얻더라도, 그 평화는 너와 함께 소멸할 거야."

"적어도 타인에게 자신의 운명을 맡기지는 않게 되겠지. 네가 지금 싸움을 포기해도, 언젠가 마왕은 다시 태어날 거야. 새로운 용사가 너를 대신하겠지. 장담할 수 있어. 세상은 절대 쉽게 바뀌지 않아. 아버지가 어떻게 죽었는지 기억해."

"평화는 바로 지금, 이곳에서 시작되는 거야. 처음부터 완벽할 수는 없어. 하지만 지금 씨앗을 뿌리지 않으면 우리가 원하는 세상은 영원히 찾아오지 않아."

심지는 가쁜 숨을 몰아쉬며 마왕과 가인을 번갈아 쳐다봤다.

"혼란스럽구나." 가인이 심지의 뺨과 머리칼을 쓰다듬었다. "엄마를 생각해봐. 사랑하는 남편을 잃고, 지금껏 너만 바라보며 살아온 엄마를 말이야. 완벽할 수 없다면 적어도 사랑하는 사람만은 행복하게 해줘야지. 너는 엄마를 사랑하는 착한 아이잖아."

심지는 고개를 들었다. 이마에 땀이 맺혔다. 철만이 비틀거리며 일어나 마왕을 뒤에서 껴안았다. 마왕은 눈을 감고 긴 숨을 내뱉었다.

"언젠가 꿈에서 깨어 다시 만나길."

이것이 마왕의 마지막 말이었다. 마왕의 목에 깊숙이 들어간 검이 가슴과 배를 연거푸 찔렀다. 칼이 들어올 때마다 마왕의 입에서 짧은 신음이 터졌다. 마왕은 피를 토하며 썩은 고목처럼 쓰러졌다. 심지는 검을 떨어뜨리고 털썩 무릎을 꿇었다.

"잘했어, 당신은 이제 진짜 용사야."

가인이 심지의 입술에 입을 맞췄다. 심지는 반응하지 않았다. 시선이 오랫동안 마왕의 등에 머물렀다. 손을 뻗어 마왕의 어깨를 쓰다듬었다. 채 식지 않은 몸이 따듯했다. 그것은 충동적이고 비가역적인 죽음이 틀림없었다. 그 사실을 깨달은 순간, 심장에서 작은 얼음 조각이 깨어났다.

"이제 어떻게 할까요?"

어둠 속에 숨어 있던 카밀카파라가 정중한 목소리로 물었다. 목에 찍힌 낙인이 선명하게 빛났다.

"말순이라는 애를 죽여서 마왕 옆에 눕혀놔. 마을 사람들한테는 용사가 마왕을 죽여 소녀의 복수를 했다고 전해."

심지의 말에 카밀카파라가 송곳니를 드러내며 웃었다. 그는 바닥에 이마가 닿도록 절한 뒤, 마을을 향해 날아갔다. 잠시 후 마을에서 여자아이의 비명이 들려왔다. 그 순간 이마가 간지러웠다. 손을 대자 대추만한 뿔이 만져졌다. 초승달이 만족스러워 심지가 크게 웃었다.

그렇게

모년, 모월, 모일, 모 지방에서

예언이 성취되었다.

허물

선생님. 이렇게 편지만 남기고 떠나는 저를 용서하시기 바랍니다. 무책임하다는 걸 잘 알고 있습니다. 하지만 어쩔 수 없습니다. 동의하실지 모르겠지만, 세상 대부분의 일은 어쩔 수 없기에 선택됩니다. 때때로 우리는 공포에 질린 쥐처럼 절벽을 향해 달려갑니다. 참혹한 결과를 알고 있어도 소용없습니다. 어쩌면 우리에게 안식은 죽음, 죽음뿐일지도 모르겠습니다.

하지만 아는 것과 행하는 것은 얼마나 다른지요. 협곡에 갇혀 옴짝달싹할 수 없는 저는, 그럼에도 삶과 세상에 대한 미련을 쉽게 버릴 수가 없었습니다. 죽음이 주는 안식은 절대 돌아올 수 없는 비가역성(非可逆性)을 담보로 합니다. 그 담보가 저는 두려웠습니다. 할 수 있다면 맹수를 만난 타조처럼 땅속에 머리를 묻고 영원히 눈을 감아버리고 싶었습니다. 삶과 죽음, 고통과 안식, 유한과 무한, 가역과 비가역. 돌이켜보면 저는 평생을 이 갈등 속에서 살아온 게 아닌가 싶습니다.

어렸을 때 귀신에게 쫓기는 꿈을 꾼 적이 있습니다. 저를 쫓아온 건 티브이에서 흔히 볼 수 있는 처녀귀신이었습니다. 창백한 얼굴에 소복을 입은 그녀를 저는 도무지 따돌릴 수가 없었습니다. 그녀는 포식자였고 저는 허약한 먹잇감에 불과했습니다. 아무리 도망쳐도 뒤를 돌아보면 그녀가 있습니다. 좁은 틈에 몸을 숨기면, 어느새 다가온 창백한 손이 저를 움켜쥐려고 펄떡펄떡 달려들었습니다. 그렇다고 해서 귀신이 저를 쉽게 잡을 수 있었던 건 아니었습니다. 도망치려고만 하면 어떻게든 그녀 손에서 벗어날 수 있었습니다. 하지만 저는 지쳐갔습니다. 끝없이 반복되는 이 짓거리가 지겨웠습니다. 마침내 도망치기를 포기했을 때, 귀신은 저를 산 채로 머리부터 삼켰습니다. 제 몸을 휘감던 그 소름 끼치는 냉기를 저는 아직 기억합니다. 잠에서 깬 건, 몸이 반쯤 귀신의 목으로 넘어갔을 때였습니다. 귀신에 대해 잘 몰랐던 그 나이에, 저는 어째서 그토록 생생한 냉기를 느꼈던 걸까요? 그건 정말 꿈이었을까요? 알 수 없습니다. 확실한 것은 그때 저를 삼킨 건 귀신이 아니라 절망이었다는 겁니다.

선생님은 절망을 경험해보신 적이 있습니까. 아마 있다고 대답하시겠지요. 사람이라면 누구나 한 번쯤은 앞이 보이지 않는 절망을 만나기 마련이니까요. 하지만 그런 것들은 살아 있는 한 시간과 함께 사라지기 마련입니다. 언젠가 웃으며 추억하게 될 그것은, 진정한 의미에서 절망이라 할 수 없습니다.

*

처음 뱀이 된 건 열두 살 때였습니다.

당시 저는 아버지의 사업이 잘못되면서 홀로 외가에 맡겨졌습니다. 그 시절 부모님이 어디서 어떻게 지냈는지 저는 잘 모릅니다. 얼핏 듣기로 아버지는 빚쟁이들을 피해 여러 지역을 떠돌았고, 어머니는 대구에서 장사를 했던 것 같습니다. 아버지와 다시 만난 건 일 년이 지나서였습니다. 그동안 저는 외할머니와 단둘이 살았습니다.

외가는 시골이었습니다. 학교까지는 걸어서 한 시간이 넘게 걸렸습니다. 어느 날 친구들과 축구를 하다 귀가가 늦었는데 할머니가 마을 어귀를 서성이며 저를 기다리고 계셨습니다. 아무리 어렸다 해도 가뜩이나 집안 문제로 괴로워하시는 할머니를 저까지 걱정시킬 수는 없었습니다. 그뒤로 학교가 파하면 곧장 집으로 돌아왔고, 친구는 전혀 사귈 수 없었습니다.

심심했던 저는 마을 주변의 산과 들을 쏘다녔습니다. 그러던 어느 여름날이었습니다. 정신없이 놀다가 그만 산에서 길을 잃고 말았습니다. 산에서는 해가 빨리 떨어집니다. 좀전까지 밝았던 세계가 산그림자로 덮이면, 나무는 색깔을 잃고 숲에선 기묘한 생명들이 깨어나기 시작합니다. 그것들은 우-우- 하고, 카라크 카라크 하며 울어댑니다. 낯선 풍경에 겁먹은 저는 좁은 길을 내달립니다. 돌부리에 걸려 넘어지고 나뭇가지에 생채기가 나도 멈출 수 없습니다. 그렇게 미친듯이 달리다 멈춰 숨을 고르다보면, 보이는 대신 느껴지는 세계가 다가옵니다. 공기의 작은 진동마저도 찌릿하게 전해집니다. 눈을 감아도 상관없습니다. 냄새가, 소리가, 촉감이, 심장에 닿아 어둠에 잠긴 세계를 그대로 볼 수 있게 되는 겁니다. 그 순간 제 몸이 땅에 닿아 스르르 미끄러졌습니다. 저는 부드러운 굴곡을 만들며 나무 위로 올라갔습니다. 그리고 아늑한 틈을 찾아 몸을 동그랗게 말고 잠에 빠졌습니다. 그렇습니다, 선생님. 저는 뱀이었던 것입니다. 미친 소리처럼 들리시겠지요. 증거를 대라고 해도 그런 건 없습니다. 이유도 모릅니다. 흙이 흙이고, 나무가 나무이듯, 저의 본질은 뱀, 그 이상도 이하도 아니었습니다.

저는 환호했습니다. 그것은 제 속에서 태어난 또다른 감각에 대한 열광이었습니다. 저는 밤마다 숲으로 달려가 뱀이 되는 즐거움을 누렸습니다. 하지만 할머니는 저녁마다 사라지는 손자를 걱정하셨습니다. 하루는 잠들기 전 제 머리를 쓰다듬으시면서, “가여운 것”이라고 하시며 눈물을 훔치셨습니다. 그런 할머니를 보는 건 괴로운 일이었습니다. 저는 되도록 뱀이 되지 않으려고 자제했습니다. 대신 할머니의 밭일을 도와드리거나 그날 학교에서 있었던 시시콜콜한 일들을 화제로 조잘조잘 떠들었습니다. 할머니는 제 이야기를 좋아하셨습니다. 제 손을 매만지며 함빡 웃으셨고, 집에 돌아오면 감자나 옥수수를 삶아 간식으로 내주셨습니다.

그렇다고 제가 뱀이 되기를 완전히 그만둔 건 아니었습니다. 주말 낮이나 할머니가 장에 가는 날이면, 저는 남몰래 뱀이 되어 산을 쏘다녔습니다. 저는 제가 어떤 뱀인지 궁금했습니다. 진흙을 묻혀서 돌에다 몸을 찍어보기도 했고, 독이 있나 없나 궁금해서 지나가던 두더지를 깨물어보기도 했습니다. 거울을 보면 편했겠지만 어째서인지 사람이 있거나, 있을 법한 장소에서는 뱀이 될 수 없었습니다. 당시 저는 30센티미터가 조금 넘었고 독은 없었습니다.

제가 뱀에 열중했던 건 그 경이로움에 취한 탓도 있지만, 주변에 제 또래가 없었기 때문이기도 합니다. 다시 말하지만, 외가는 시골 중에서도 아주 외진 곳이었습니다. 드물게 이웃이 있었지만 모두 노인들이었고, 할머니께서 귀여워해주셨다 한들, 한창 뛰어놀 나이의 제 마음을 채우기엔 부족했습니다. 저는 사슴벌레와 장수풍뎅이를 잡아 싸움을 붙이거나, 닭에게 개구리를 던져주며 놀았습니다. 가끔은 할머니를 따라

가서 약초를 캐며 먹을 수 있는 풀과 독초에 대해서도 배웠습니다. 자연은 제게 끊임없이 노리개를 던져주었습니다. 하지만 평상에 누워 쏟아질 것 같은 별들을 바라보고 있노라면, 가슴 깊은 곳에 묻혀 있던 그리움이 안개처럼 피어올랐습니다. 친구들과 함께했던 시간이 손에 잡힐 듯 다가왔습니다. 그 누구보다 엄마가 보고 싶었습니다. 엄마 품과 냄새가 떠올라 절로 눈물이 났습니다. 그리움만큼이나 미움도 컸습니다. 할머니는 절대 아니라고 했지만, 저는 제가 버림받았다는 생각을 떨치기 어려웠습니다. 그런 날이면 뱀이 되어, 제가 제일 좋아하는 나무 위로 올라가 똬리를 틀고 죽은듯 잠을 잤습니다. 뱀으로 변하면 인간이었을 때 느껴지던 그리움이나 슬픔이 눈 녹듯 사라졌습니다. 파충류였기 때문일까요? 정확한 건 알 수 없습니다.

오씨 남매가 나타난 건 여름방학이 시작되던 날이었습니다. 오씨 아저씨는 장애로 허리가 굽어 있었는데, 예의가 바르고 성실해 근방에서 평판이 좋았습니다. 그는 이 집 저 집 돌아다니며 잡일을 해주고 품삯을 받아 생계를 유지했습니다. 그의 부인 역시 꼽추에다 벙어리였지만 단정한 머리에 깨끗한 한복을 즐겨 입는 청아한 사람이었습니다. 이 부부의 자식이 바로 오씨 남매였습니다. 큰아이 이름은 오나숙으로 저와 동갑내기 계집애였고, 동생은 오평재라는 여덟 살 남자애였습니다. 할머니가 그 아이들을 오씨 남매라 불렀기에 저도 그렇게 부르게 되었습니다.

저는 바로 오씨 남매를 찾아갔습니다. 두 아이는 마을 어귀에서 풀을 뽑으며 놀고 있었습니다. 저는 두 아이에게 다가가 인사를 했습니다. 하지만 나숙이는 저를 힐끔 쳐다볼 뿐 알은체도 하지 않았습니다. 대꾸하려던 동생도 나숙이가 제지했습니다. 나숙이는 저를 무척 경계했습니다. 나중에 알았지만 오씨 남매는 부모의 장애 때문에 자주 놀림을 당했습니다. 부모 욕은 예사였고, 심한 경우엔 돌팔매질을 당하기도 했습니다. 그러니 나숙이의 그런 모습은 자연스러운 것이었습니다. 하지만 그때는 그런 사정을 전혀 몰랐습니다. 다만 그런 식으로 무시당한 게 처음이었기에 분하고 서운한 마음뿐이었습니다. 그렇다 해도 모처럼 만난 또래를 무시하기란 쉬운 일이 아니었습니다. 저는 오씨 남매 근처를 배회했습니다. 남매는 일주일 넘게 제 말을 듣는 둥 마는 둥 했고, 제가 나타날라치면 다른 곳으로 쌩 도망가버렸습니다. 나숙이가 말을 걸어준 건, 그만 포기할까 생각하던 무렵이었습니다.

"우리랑 놀고 싶니?"

나숙이는 의기양양한 목소리로 제게 말했습니다. 저는 고개를 끄덕였습니다. 나숙이는 뭐가 그리 신나는지 키득거리면서 손가락으로 논두렁을 가리켰습니다.

"그럼 개구리 한 마리만 잡아 와."

저는 신발을 벗고 논으로 들어가 개구리를 잡아 왔습니다. 흙투성이가 되어 내민 개구리를, 나숙이는 너무 작다며 논으로 휙 던져버렸습니다. 그리고 다시 잡아 오라고 시켰습니다. 저는 고분고분 그 말에 따랐습니다. 세 번이나 퇴짜를 놓고 나서야 나숙이는 저를 친구로 받아주었습니다. 그뒤로 우리 셋은 함께 어울려 다녔습니다.

나숙이는 제게 여러 가지 심부름을 시켰습니다. 집에서 고구마를 가져오라고 하거나, 김씨 할아버지 댁 수박을 서리하게 했고, 동네에서 제일 사나운 개를 걷어차라고도 했습니다. 내키지 않았지만, 그 남매와 계속 어울리려면 어쩔 수 없었습니다. 그래도 나숙이는 부모를 끔찍이 사랑했고 동생도 잘 챙겼습니다. 제게 부리던 심술도 그해 가을을 기점으로 점점 줄어들었습니다.

겨울이 찾아왔습니다. 추수가 끝난 논바닥은 돌처럼 딱딱했고 바람은 칼이 되어 살을 에었습니다. 그 무렵 저는 나숙이를 좋아했습니다. 나숙이도 저를 좋아했는지는 알 수 없습니다. 그랬을 수도 있고, 단순히 동네 친구로만 여겼을 수도 있습니다. 이것도 머리가 굵어지고 나서야 든 생각일 뿐, 당시에는 여자를 좋아한다는 게 무엇인지 제대로 이해하지 못했습니다. 확실한 건 제가 나숙이에게 특별한 존재가 되고 싶어 했다는 것입니다.

저는 나숙이에게 뱀의 비밀을 털어놓았습니다. 나숙이는

제 말을 믿지 않았습니다. 사람이 어떻게 뱀이 되냐며 고개를 설레설레 저었습니다. 지금은 겨울이니까 뱀이 없다, 그러니 뱀이 나타나면 그건 틀림없이 나라는 증거다. 저는 큰소리쳤습니다. 우리는 다음날 아침 산어귀에서 만나기로 약속했습니다. 물론 저는 뱀의 모습을 하고 말입니다.

저는 약속 시간보다 일찍 산에 도착했습니다. 놀랄 나숙이의 얼굴이 떠올라 혼자 키득거렸습니다. 시간이 가까워왔고, 저는 뱀이 되어 나무 아래 똬리를 틀었습니다. 문제는 곧바로 발생했습니다. 체온 조절이 되지 않았던 겁니다. 겨울에 뱀이 없는 이유를 그제야 깨달았습니다. 다시 사람으로 돌아가려 했지만, 나숙이가 나타난 탓에 그럴 수가 없었습니다. 나숙이는 놀라서 뱀이 된 저를 막대기로 후려쳤습니다. 몸이 굼떠진 탓에, 그 매를 고스란히 맞던 저는 결국 까무러치고 말았습니다. 나무하러 가던 윤씨 할아버지가 없었더라면 전 그때 죽었을지도 모르겠습니다. 할머니 말에 따르면 저는 꼬박 사흘 동안 깨어나지 못했습니다. 아무것도 기억나지 않는 사흘입니다. 잠꼬대를 하면서 엄마를 찾았다고 하는데 그 역시 기억에 없습니다.

방에서 눈을 떴을 때 저는 혼자였습니다. 공포가 엄습했습니다. 몸에 남아 있던 통증과 추위 때문만은 아니었습니다. 바로 수치심 때문이었습니다. 특별하다고 믿었던 자신에 대한 믿음이 무너졌던 겁니다. 뱀이 될 때마다 느꼈던 환희는 절망으로 치환되었습니다. 저는 제가 혐오스러워 견딜 수가 없었습니다.

약해진 몸 때문에 학교를 나갈 수 없었던 저는 하루 대부분을 방안에서 보냈습니다. 저는 시체처럼 밥을 먹었고, 시체처럼 배변했으며, 시체처럼 누워 있다가 시체처럼 잠들었습니다. 할머니 외에는 아무도 만나지 못했습니다.

나숙이와는 그뒤로 한 번 마주쳤습니다. 화장실에 가려고 밖에 나왔을 때였습니다. 나숙이는 저를 향해 "더러운 뱀 새끼야"라고 소리친 뒤 달음질쳤습니다. 그 순간, 저는 두 번 다시 뱀으로 변하지 않겠다고 결심했습니다.

해가 바뀌고 3월이 되자 아버지가 찾아왔습니다. 아버지는 덥수룩한 수염에 남루한 옷차림을 하고 있었습니다. 아버지는 많이 지쳐 보였습니다. 외할머니는 들고 있던 상을 내려놓고 버선발로 달려나갔습니다. 황망한 말투로 박서방 왔냐며 아버지를 반겼습니다. 아버지 앞에서 죄인처럼 구는 할머니 모습이 이상하게 느껴졌습니다.

"정식이는 바로 짐 싸라."

아버지는 그 말만 하고, 품에서 꺼낸 봉투를 할머니에게 내밀었습니다.

"그동안 정식이 봐준 값입니다."

"이런 거 필요 없네, 우리 강아지 먹을 거나 사주게."

할머니가 봉투를 돌려주며 말했습니다. 하지만 아버지는

들은 체도 하지 않았습니다.

"뭐해, 빨리 일어나지 않고."

"엄마는?"

그 말에 아버지가 고개를 숙였습니다.

"엄만 죽었다."

그게 거짓말이라는 건, 아무리 어린 저라도 눈치챌 수 있었습니다. 궁금했던 건 아버지가 그렇게 말한 이유였습니다. 할머니는 애가 아프니 하루만 머물다 가라고 애원했지만, 아버지는 단호했습니다. 할머니는 제 옷가지를 싸는 내내 울먹였습니다. 저를 꼭 껴안으며 아버지 말 잘 듣고 건강하라고 몇 번이고 당부하셨습니다. 저도 울었습니다. 할머니와 살고 싶었습니다. 변해버린 아버지가 무서웠습니다. 하지만 그건 제 의지로 결정할 수 있는 일이 아니었습니다.

저는 아버지를 따라 기차를 타고 서울로 올라왔습니다. 그리고 처음 본 동네 단칸방에 짐을 풀었습니다. 좁고 낡은 집이었습니다. 저는 몸도 아프고 할머니도 보고 싶어 자주 울었습니다. 하지만 시간이 지나면서 조금씩 서울생활에 적응해 갔습니다. 아버지는 다시 출근하기 시작했고 저도 학교로 돌아갔습니다.

"네 엄마는 바람나서 다른 남자와 결혼했다."

중학교에 입학하던 날, 아버지는 탕수육을 씹으며 퉁명스럽게 말했습니다.

“죽었다면서.”

“벌써 돌쟁이도 있단다.”

“그건 누구한테 들었어?”

“그냥 건너 건너……”

아버지와 저는 식사를 계속했습니다. 조금이라도 슬프거나 우울해야 하는 게 아닐까, 하는 생각이 들었지만, 이상하리만치 아무 감정도 느껴지질 않았습니다. 그토록 냉정한 저 자신이 낯설기까지 했습니다. 그것이 우리 부자가 어머니에 대해 나눈 마지막 대화였습니다. 우리에겐 하고 싶은 말도, 해야 할 말도 남아 있지 않았습니다. 아버지와 저 사이에 커다란 공백이 자리잡은 건 아마 그때부터였을 겁니다.

저는 말없이 공부만 했습니다. 성적은 그럭저럭 상위권을 유지했습니다. 그사이 할머니와 그 신비한 숲의 기억도 조금씩 퇴색해갔습니다. 중학교와 고등학교 시절엔 특별한 기억이랄 게 없습니다. 가끔 친구들과의 일탈도 있었지만, 기본적으로는 학교와 도서관을 오가는 평범한 일과의 반복이었습니다. 육 년 동안 길고 지루한 꿈을 꾼 듯했습니다. 지금 생각하면 그토록 따분한 십대를 잘도 버텼다는 생각이 듭니다. 그렇게 고등학교를 졸업한 저는 서울에 있는 모 대학에서 건축학을 전공하게 되었습니다.

대학에 입학하게 된 저는 전공, 아니 공부 자체에 완전히 흥미를 잃었습니다. 학점은 C와 C+ 사이를 오갔고 학기중엔 공부보다는 아르바이트에 치중했습니다. 그렇게 번 돈으로 방학마다 여행을 떠났습니다. 해외나 유명한 관광지를 찾아다녔던 것은 아닙니다. 학기중에 알아본 적당한 지역에, 저렴한 숙박업소를 찾아 두 달 치 숙박비를 지불하고 머무는 것이었습니다. 바다를 좋아했던 저는 주로 동해에 있었습니다. 여행이긴 했지만 서울생활과 크게 다르지는 않았습니다. 인스턴트로 끼니를 때우며 책을 읽었고, 남는 시간엔 산책을 했습니다. 수평선이 어스름한 어둠에 잠길 때마다 저는 외가에서 봤던 그 하늘을 떠올렸습니다. 그때마다 저는, 제가 혼자이며 앞으로도 계속 그럴 거라는 사실을 예감했습니다. 이상하게 들리실지 모르지만, 그 예감은 저를 안도하게 했습니다. 어쩌면 그건 여행이라기보다 은둔이었다고 하는 편이 더 적당할지도 모르겠습니다.

아내를 만난 건 군 제대 후 떠난 첫 여행지에서였습니다. 복학을 앞둔 저는 정동진에 갔습니다. 그때만 해도 정동진은 지금 같지 않았습니다. 모텔과 유흥업소도 거의 없었고 수평선을 따라 펼쳐진 해변은 겨울 숲처럼 고요했습니다.

아내는 친구들과 여행을 온 타 대학 학생이었습니다. 그날 제 옆방에 묵었던 아내 일행은 밤이 깊도록 소란스러웠습니다. 굳이 참견하고 싶은 마음도 없었기에, 저는 읽던 책을 들고 밖으로 나가, 차가운 밤바람을 맞으며 해변을 걸었습니다.

선생님은 기적을 믿으십니까? 저는 살면서 한 번도 기적을 믿어본 적이 없고 지금도 그렇습니다. 하지만 아내와 처음 만난 순간을 저는 기적이라는 말로밖에 표현할 수가 없습니다.

보름달이 떠 있었습니다. 별빛마저 바다 깊이 가라앉아 있던 밤, 해변 끝에서 한 여자가 파도를 밟으며 다가왔습니다. 그녀는 저를 보지 못한 듯했습니다. 취했던 걸까요? 그녀가 옷을 벗었습니다. 달빛 아래 드러난 나신이 바다를 배경으로 하얀 실루엣을 그렸습니다. 가슴과 허리로 이어지는 그 둥글고 부드러운 곡선이 조금씩 길어졌습니다. 팔과 다리가 사라지고 길쭉해진 무언가가 바다를 향해 뛰어들었습니다. 자리에서 일어난 저는 뭐에 홀린 사람처럼 그녀를 향해 걸어갔습니다. 바다에 닿은 순간, 은빛을 뿜어내는 뱀 한 마리가 달을 등지고 제 눈앞에 서 있었습니다. 저는 제 눈을 믿을 수가 없었습니다. 오랫동안 잠들어 있던 감각이 껍질을 부수며 깨어났습니다. 무한히 펼쳐진 파란 냉기가 저를 향해 달려들었습니다. 차가운 피가 심장을 타고 전신에 퍼지면서, 마침내 저도 뱀이 되었습니다. 이제 저는 작은 뱀이 아니었습니다. 그녀보다 굵고 컸으며, 커다란 이빨과 근육을 가진 성체(成體)였습니다. 그녀가 다가와 갈라진 혀로 제 몸을 핥았습니다. 우리는 그 자리에서 하얀 달이 붉어질 때까지 사랑을 나누었습니다. 짠내 섞인 쾌락이 제 육신을 깊숙이 관통했습니다.

아내는 친구들을 먼저 보내고 저와 그 바다에서 여름을 함께했습니다. 시간과 함께 식어버린다는 사랑의 속성은, 적어도 우리에겐 해당되지 않았습니다.

저는 아내와의 시간을 세세히 기억합니다. 처음 같이 먹었던 점심부터, 함께 보았던 영화, 즐겨 찾던 찻집과 음료, 사랑을 나눌 때 그 작은 입에서 번지던 목소리와 가슴 깊이 스며든 따스함까지. 선생님, 저는 혼자가 아니었습니다.

아내가 졸업하던 해, 저희는 곧바로 결혼식을 올렸습니다. 아내를 향한 감정은 늘 그대로였지만 그렇다고 부부생활이 늘 좋았던 것만은 아닙니다. 가난한 이십대에는 불안했고, 취업을 한 뒤에는 시간이 없어 서로에게 소홀하기도 했습니다. 사소한 일로 다투고, 상처받고, 다시 사랑하는 날들이 이어졌습니다.

형준이가 태어난 건 제가 서른둘이 되던 해 8월이었습니다. 급한 업무 때문에 야근을 하던 중, 갑작스러운 아내의 진통 소식에 병원으로 달려갔습니다. 아내는 꼬박 스무 시간을 진통하고 나서야 아이를 출산했습니다. 다행히 아내와 아기 모두 건강했습니다. 몰랐는데 아이가 태어날 땐 굉장한 소리가 나더군요. 쭈글쭈글한 아기가 거짓말처럼 '뿅' 하고 나타났습니다. 간호사가 제 손에 가위를 내밀었습니다. 떨리는 손을 겨우 진정시키며 탯줄을 잘랐습니다. 고생한 아내와 건강히 태어나준 아이에게도 고마웠지만, 그 누구보다 할머니가 보고 싶었습니다.

돌아가시기 일 년 전, 병상에 누운 할머니는 제게 엄마를 미워하지 말라고 했습니다.

"엄마 미워하지 않아요."

제가 말했습니다.

"그렇다니 다행이구나." 할머니는 눈을 지그시 감았다 떴습니다. "살아보니까 말이다, 태어난 사람은 모두 죽더구나. 그런데 세상엔 여전히 이렇게 많은 사람이 살고 있지 않니. 할미가 네 어미를 낳고, 네 어미가 너를 낳았다. 이 얼마나 고마운 일이냐."

그것이 할머니와의 마지막 대화였습니다. 그 말을, 갓난애를 품에 안고 나서야 이해할 수 있었습니다.

저는 가끔 아들의 침대에 숨어들곤 했습니다. 어릴 땐 좋아하더니, 제법 덩치가 커진 뒤에는 그런 저를 징그럽다며 싫어했습니다. 그래도 저는 몰래 숨어들기를 멈추지 않았습니다.

아들이 중학생이 되던 해, 아내는 다이어트를 한다며 마라톤을 시작했습니다. 일 년 뒤에는 철인 3종 경기를 완주하기도 했습니다. 덕분에 우리 부자는 몇 달 동안 편의점 도시락만 먹어야 했습니다. 아내가 회복을 핑계로 밥을 안 했기 때문이었습니다. 훈련할 땐 훈련을 핑계로 밥을 하지 않았던 아내였습니다. 화가 난 우리는 아내를 빼놓고 참치 회를 먹으러 갔습니다. 취한 김에 저는 아들에게 술도 가르쳤습니다. 그날 저는 아내에게 파리채로 맞았습니다. 체력이 좋아진 아내가 쉬지 않고 파리채를 휘두르는 바람에 도망 다니느라 진이 다 빠졌습니다. 취한 아들이 아내를 껴안으며 사랑한다고 하지 않았다면, 저는 그날 파리채에 맞아 죽었을지도 모르겠습니다.

선생님, 저는 욕심이 많은 사람이 아닙니다. 높은 지위나 많은 돈을 원한 적도 없고, 그런 걸 손에 쥘 만큼 특별한 재능도 없습니다. 이런 제 모습은 직장에서도 비슷했습니다. 눈에 띄는 실적을 내진 못하지만 사소한 실수도 저지르지 않는 사람. 무난하다는 평가가 저의 꽁무니를 따라다녔습니다. 젊었을 때는 그런 저 자신을 바꾸고 싶었던 적도 있었습니다. 하지만 나이를 먹으면서, 저는 있는 그대로의 저를 받아들이게 되었습니다. 누군가는 그걸 변명이라며 비난했습니다. 하지만 그런 평가는 아무래도 상관없었습니다. 저에겐 가족이 있었으니까요.

끝이 정해진 연극처럼 그날이 왔습니다.

하늘은 흐렸습니다. 아내는 비틀거리면서도 끝내 제 부축을 거절했습니다. 그녀는 홀로 걸어 무심한 바다와 마주했습니다. 방파제에 부딪힌 파도가 하얗게 부서졌습니다. 비명으로 가득찬 그 바다를 향해 우리 부부는 아무 대답도 해주지 못했습니다.

보름이 지나서야 우리는 아들을 만날 수 있었습니다. 시체는 깨끗했습니다. 어디 하나 큰 상처도 없었고 입고 있던 옷도 그날 그대로였습니다. 어깨를 흔들면 눈을 비비면서, 지금 몇시야, 하고 눈을 뜰 것만 같았습니다. 저는 아이의 얼굴을 조심스럽게 매만졌습니다. 차가웠습니다.

"형준아."

대답이 없었습니다. 당연하게도.

주변 색이 흐려집니다. 발을 디딘 바닥도 사라집니다. 딱딱거리며 이가 부딪혔습니다. 의사가 하얀 천으로 아이의 얼굴을 덮자, 아내의 무릎이 꺾였습니다. 그녀는 오열했습니다. 누군가 저 작은 몸을 비틀어 쥐어짜는 듯했습니다. 저는 쓰러진 아내를 일으키려다 그만 함께 넘어지고 말았습니다.

기절한 아내는 입원했습니다. 저는 그 옆에 앉아 수액 방울이 떨어지는 걸 지켜봤습니다. 작게 맺힌 방울이 점점 커지다가 똑 하고 떨어졌습니다. 하지만 까맣게 말라버린 아내의 입술은 나아질 기미가 없었습니다.

저는 영안실로 걸음을 옮겼습니다. 계단은 퍽이나 길었습니다. 영안실은 새벽임에도 환했습니다. 망연자실 서 있는 중에도, 또하나의 죽음이 하얀 천을 뒤집어쓰고 들어왔습니다. 죽음이 이토록 흔한 것인지 예전엔 미처 몰랐습니다.

저는 영안실 냉장고를 열었습니다. 하얀 천을 들치고, 아무 망설임 없이 아들 옆에 누웠습니다. 아들이 있는 곳은 얼음처럼 차가웠습니다. 손가락으로 하얀 얼굴을 조심스럽게 쓰다듬었습니다. 슬프지 않았습니다. 미칠 것 같던 그리움과 분노도 사라지고 없었습니다. 아들과 처음 만났던 순간부터 지금까지 긴 꿈이라도 꾼 기분이었습니다. 저는 팔을 뻗어 아이를 감싸안았습니다. 이대로 영원히 있을 수 있다면 얼마나 좋을까, 하고 생각했습니다.

그때 어디선가 이상한 소리가 들려왔습니다. 저는 자리에서 일어났습니다. 검은 그림자가 문틈 사이로 언뜻언뜻 보였습니다. 뒷덜미에 소름이 돋았습니다. 저게 뭘까? 저는 본능적으로 불길함을 느끼고 숨을 죽였습니다.

그것이 영안실 문을 열고 안으로 들어왔습니다. 붉은 몸통에 세모난 머리, 세로로 그어진 눈동자. 그것은 거대한 뱀이었습니다. 저는 녀석의 크기에 압도되었습니다. 몸통은 양팔로 감싸지도 못할 만큼 두꺼웠고, 길이도 너무 길어 꼬리가 보이지 않았습니다. 녀석은 미끄러지듯 바닥을 쓸며 다가왔습니다. 저는 주춤거리며 물러서다 엉덩방아를 찧고 말았습니다. 붉은 뱀이 혓바닥을 날름거리며, 시신이 담긴 냉장고 문을 열었습니다. 그 속엔 미영이가 있었습니다. 아들과는 초등학생 때부터 친구였던 아이입니다. 놈은 미영이를 끄집어내 통째로 삼키고는 머리를 흔들었습니다. 즐거워 보였다면 착각이었을까요? 붉은 뱀의 시선이 아들을 향했습니다. 저는 녀석이 원하는 게 뭔지 한눈에 알 수 있었습니다. 깊은 곳에 잠들어 있던 덩어리가 움찔거렸습니다. 녀석을 막아야 했습니다. 주변이 파랗게 변하면서 몸이 차가워졌습니다. 뱀이 된 저는 달려들어 녀석의 몸통에 이빨을 박았습니다. 녀석이 가볍게 몸을 흔들었고 저는 지푸라기처럼 나동그라졌습니다. 그사이 녀석이 제 아들을 물었습니다. 다시 달려든 저는 죽을힘을 다해 놈의 목을 졸랐습니다. 하지만 녀석의 몸은 쇠처럼 단단했습니다. 붉은 뱀은 가소롭다는 듯 육중한 몸으로 저를 깔아뭉갰습니다. 안간힘을 써봤지만, 꼼짝도 할 수 없었습니다. 붉은 뱀은 제 눈앞에서 우리 형준이를 개구리처럼 삼켰습니다. 나머지 냉장고 문도 차례로 열어, 남은 아이들까지 남김없이 먹어치웠습니다. 저는 제 머리를 바닥에 내리쳤습니다. 차라리 죽고 싶었습니다. 붉은 뱀은 마지막 아이까지 삼키고 나서야 저를 풀어주었습니다. 그리고 고개를 숙여 저와 눈을 마주했습니다. 녀석의 혀가 제 콧잔등을 핥았습니다.

"가만히 있어라."

낮고 탁한 목소리였습니다.

"선택은 네가 아니라 내가 하는 거다."

붉은 뱀은 통통해진 배를 이끌고 영안실을 떠났습니다. 저는 텅 빈 아들의 자리를 차마 돌아볼 수 없었습니다.

상처투성이가 되어 나타난 저를, 아내는 먹먹한 얼굴로 쳐다봤습니다. 저는 의자에 앉아 고개를 숙였습니다. 아내가 손을 뻗어 제 얼굴을 어루만졌습니다.

"미안해."

제가 말했습니다.
"당신 잘못이 아니야."
아내가 다정하게 말했습니다. 저는 아내의 손에 뺨을 부비다 잠이 들었습니다.

분노가 치밀어오르면, 잠시 후 슬픔이 그것을 덮고, 슬픔이 목까지 차오르면 그리움이 그것을 덮습니다. 그러다 다시 분노가 찾아오면 마음은 갈피를 잃고 어둠 속을 헤맵니다. 잠드는 것조차 죄스러운 날들이 이어졌습니다.

장례식이 끝나고 우리 부부는 오랜만에 집으로 돌아왔습니다. 차마 바로 들어갈 수가 없어, 근처에 있는 술집을 찾았습니다. 아내가 평소보다 많은 술을 마시는 바람에 저도 덩달아 주량을 넘겼습니다. 아내가 가방에서 담배를 꺼내 불을 붙였습니다. 저는 아내가 담배 피우는 걸 처음 봤습니다.
"당신 만나고 끊었었어."
아내가 말했습니다.
"왜?"
"날 싫어하게 될까봐."
"내가 어떻게 당신을 싫어할 수 있겠어."
제 대답에 아내는 살짝 미소를 지었습니다. 우리의 대화는 거기서 끊겼습니다. 아내는 십 분에 한 번꼴로 담배를 피웠고, 저는 티브이 야구 중계를 봤습니다. 안타가 나오자 관중들은 긴 풍선을 두드리며 환호했습니다. 저는 잔에 소주를 채웠습니다.

손님이 모두 떠난 가게에 둘만 남겨졌습니다. 주문한 계란말이는 어느새 식어 있었습니다. 계란말이는 아이가 제일 좋아하던 반찬이었습니다. 아내는 담배를 재떨이에 비벼 끄며 돌아가자고 말했습니다.

집으로 가는 길이 아득했습니다. 아내는 술기운이 도는지 제게 몸을 기댔습니다. 또 울며 쓰러지지 않을까 걱정했지만, 다행히 그런 일은 벌어지지 않았습니다.

"우리 오늘 할까?"

아파트에 다다랐을 무렵 아내가 팔짱을 끼며 말했습니다.

"요즘 들어 우리 처음 만났던 때가 자주 생각나. 한번 더 당신과 그런 사랑을 해보고 싶어."

저는 그러자고 대답했습니다. 하지만 그날 우리의 관계는 잘되지 않았습니다. 저는 발기가 되지 않았고, 아내의 몸도 젖어들지 않았습니다. 애를 쓰면 쓸수록 왠지 비참한 기분이 되었습니다. 우리는 포기하고 알몸으로 마주앉았습니다. 아내가 사과를 감싸듯 제 얼굴을 감쌌습니다. 그리고 아주 오랫동안 저를 바라봤습니다.

"나랑 결혼해서 행복했어?"

저는 고개를 끄덕였습니다. 그러자 아내는 빙긋이 웃으며 저를 안아주었습니다. 그녀에게서, 시간이 지울 수 없는 온기가 전해졌습니다. 영원히 지워지지 않을 거라고, 그때는 정말 그렇게 믿었습니다.

아내는 거실에서 목을 맸습니다.

햇살에 눈이 따가웠습니다. 슬프다거나 놀랍다는 감정은 없었습니다. 아내를 이해할 수 있었습니다. 그럼에도 한동안 발걸음이 떨어지질 않았습니다. 정신을 차리고, 돌처럼 굳어버린 몸을 억지로 움직였습니다. 저는 아내가 쓰고 남은 줄을 찾아 이리저리 헤맸습니다. 마음이 바뀐 건, 일단 아내의 시신을 수습해야겠다는 생각 때문이었습니다. 제 차례는 잠시 미뤄두기로 했습니다. 아내를 내리기 위해 안아든 순간 묘한 위화감이 찾아왔습니다. 너무 가벼웠습니다. 땅에 내려놓자 시신이라 생각했던 그것이 기묘한 형태로 구겨졌습니다.

선생님, 그것은 허물이었습니다.

뱀은 오래전부터 불사의 존재로 추앙받아왔습니다. 사람들은 허물을 벗는 뱀에게서, 묵은 육체를 버리고 새롭게 태어나는 모습을 본 것입니다. 그래서 뱀은 지금까지도 의료의 상징으로 남아 있습니다.

그렇습니다. 아내는 죽은 것이 아니었습니다. 상처와 슬픔으로 채워진 육체를 버리고 새로운 육신으로 다시 태어난 것입니다. 그때 제가 본 것은 아내의 껍질에 불과했습니다. 저는 30년 전 그 숲을 떠올렸습니다. 슬픔과 행복이 없는, 경이와 생명으로 넘쳐나던 그 세계를 말입니다. 제 가슴은 일찍이 경험하지 못한 충만함으로 가득했습니다. 아이가 죽은 뒤 처음으로 눈물이 쏟아졌습니다. 계속 억누르고 감춰야 했던 것들이 일제히 해방되었습니다. 저는 확신했습니다. 이 해방이 저를 자유롭게 할 것이며, 저 거대한 악의와 싸우는 힘이 될 것임을 말입니다.

이제 시간이 되었습니다. 저는 아내를 따라 뱀의 길을 가려 합니다. 도망치기 위해서가 아니라 고통과 절망에 대항하기 위해서입니다. 그러기 위해 저도 아내를 따라 이 낡은 육신을 버리려 합니다. 그리고 새로 시작할 생각입니다. 제 걱정은 마십시오. 그동안 저희를 위해 애써주셨던 선생님께 진심으로 감사드립니다. 인연이 닿으면 다시 만날 수 있을 겁니다. 그날이 올 때까지 건강하시길 바랍니다.

안녕히 계십시오.

하얀 바다

집으로 오는 내내 비가 내렸다. 차창 위로 쏟아지는 촘촘한 비가, 작은 벌레의 군집처럼 보였다. 와이퍼가 멈춘 틈을 타 사물이 각자의 경계를 잃고 섞여들었다. 이대로 괜찮은 걸까. 하지만 머리가 하는 경고를 손과 발이 들어먹으려 하질 않았다. 핸들이, 손이, 와이셔츠와 안경이, 차례로 비에 녹아내리는 상상을 했다. 모든 것이 질척거렸다.

정신이 든 건 날카로운 경적 때문이었다. 재빨리 와이퍼로 유리를 닦았다. 앞차가 저멀리 있었다. 한숨을 내쉬며 액셀을 밟았다.

"무슨 일이야?" 아내가 물었다.

"아냐, 아무것도. 더 자. 길이 막혀."

아내는 무릎담요를 어깨까지 끌어올리며 다시 눈을 감았다. 와이퍼가 벌레들을 쓸어냈다. 투명함을 되찾은 유리 너머로 도시의 야경이 빠르게 달려들었다. 적당한 간격과 적당한 노력. 그렇게 찾아온 예측 가능한 결과. 와이퍼는 훌륭하다. 하지만 비는 멈출 생각이 없어 보였다.

아내는 집에 오자마자 아무렇게나 옷을 벗고 안방으로 들어갔다. 바닥에 흩어진 옷가지를 주워 빨래 바구니에 넣었다. 혹시나 싶어 문고리를 돌려봤지만 잠겨 있었다. 나는 불을 끄고 쓰러지듯 소파에 몸을 던졌다. 피로가 어깨를 짓눌렀다. 굵어진 빗방울이 베란다 창문을 격렬하게 두드렸다. 다급한 소리가 거실에 요동쳤다.

티브이를 켜자 고릴라가 나왔다. 거대한 수컷이 암컷 주변을 우물쭈물 맴돌았다. 암컷은 먼 곳을 보며 딴청을 부렸다. 두 고릴라 사이로 긴장감이 흘렀다. 국내 유일의 로랜드 고릴라. 시가 10억. 암컷의 대를 잇기 위해 동물원은 영국에서 스물한 살이나 어린 수컷을 공수해 왔다. 30년 가까이 암컷의 곁을 지켰던 고리롱은 죽은 뒤에야 무정자증으로 밝혀졌다. 수컷이 다가가자 암컷은 몸을 돌려 우리 밖으로 도망쳤다. 방청객 사이에서 안타까운 탄성이 터져나왔다.

나는 티브이를 껐다. 소리와 빛이 사라진 틈새로 어둠과 습기 그리고 지친 몸뚱어리가 남겨졌다. 문뜩 거실 한구석을 차지하고 있는 시커먼 덩어리가 눈에 들어왔다. 아기 젖병, 아기

욕조, 아기 이불, 아기 옷…… 주인을 잃어버린, 한덩어리의 불편함이 되어버린 쓰레기들.

눈을 감았지만 좀처럼 잠이 오질 않았다.

*

6년 만에 생긴 아이였다.

산부인과에서 처음 찍은 초음파 사진을 들고, 아내는 반나절 동안 울다 웃기를 반복했다. 난임 판정부터 임신까지, 아내는 길고 긴 터널을 홀로 걸었다. 인공수정은 시간과 돈이 많이 들었지만, 그보단 감정의 소모가 더 심각했다. 아이가 없어도 행복할 수 있다는 나의 위로는 어느새 해선 안 될 금기어가 되었다. 임신 테스트 결과를 본 아내가 일주일 동안 방에 틀어박혀 나오지 않은 적도 있었다. 기독교 신자가 무당을 찾아다녔고, 믿을 수 없는 이야기를 맹신했다. 그렇게나 아이를 좋아했던 아내는 조카 보기가 힘들어 가족 모임에 나가길 꺼렸다.

"마지막이야." 병원 입구에서 아내는 말했다. "이번에도 안 되면 포기할 테니까."

얼굴을 감싼 작은 손이 떨려왔다. 나는 아내를 안아주었다. 손가락 틈으로 번지는 숨결이 가슴 깊이 닿았다.

아내는 아이에게 '희망이'라는 태명을 지어주었다. 집에선 항상 클래식이 흘러나왔고, 퇴근하는 내 손엔 늘 제철 과일이 들려 있었다. 바닥에 드리운 햇살 한 조각만으로도 아내는 웃었다. 뭐라 설명하기 어려운 온기가 삶 속에 넘실거렸다. 행복하냐고 물으면 그렇다고 대답할 수 있었다.

"유산입니다." 백발의 의사가 퉁명스럽게 말했다. "나쁜 일이 아니에요. 산모의 몸이 정상이 아닌 태아를 걸러낸 거죠. 유산은 기형이나 유전적 결함을 가진 태아에게 일어나는 경우가 많아요. 그런 결함을 배제하지 못할 때가 있는데, 대표적인 게 다운증후군입니다."

나쁜 일이 아니다. 오히려 좋은 일이다. 아내의 몸이 정상이 아닌 태아를 걸러낸 것이다. 나는 의사의 말을 소처럼 되새겼다. 기형, 유전적 결함…… 생각해보면 이 얼마나 끔찍한 단어들인가.

아내는 일반 병실로 옮겨진 상태였다. 내가 갔을 땐 이미 잠들어 있었다. 백화점에서 아기용품을 구경하다가 갑자기 통증을 호소했다고 장모님은 말했다. 하혈을 했고, 구급차에 실려 병원으로 이송되었다. 급하게 달려왔지만 내가 할 수 있는 일은 아무것도 없었다.

나는 멀뚱히 서서 아내를 내려다봤다. 창백한 얼굴과 긴 속눈썹, 하얀 베개 위로 흐트러진 머리칼. 아내는 강에서 막 건져낸 시체처럼 보였다. 침대 옆에 놓인 봉투 속에는 작은 양말과 모자 따위가 들어 있었다.

"회사는 어쩌나?" 장모님이 물었다.

"그렇지 않아도 급한 일이 있어서 오래는 못 있습니다. 무슨 일 있으면 연락 주세요."

물론 거짓말이었다.

회사 동료들이 왜 벌써 왔냐며 의아해했지만, 굳이 대답하지 않았다. 밀린 서류, 폴더에 처박아두었던 기획안들과 보고서, 꼭 처리해야 할 일과 손댈 필요가 없는 일까지 세밀하게 검토했다. 퇴근 시간이 지나고 하늘이 어두워질 때까지 단 한 번도 자리에서 일어나지 않았다. 타이핑을 했고, 서류를 검토했으며, 내일 할 일과 다음주에 할 일을 살폈다. 컴퓨터와 서류가 세계의 전부인 것처럼 그렇게 일했다.

정신을 차린 건 새벽 한시가 조금 넘어서였다. 사무실은 어두웠다. 내 책상만이 밤바다를 떠도는 섬처럼 빛을 밝혔다.

커피 자판기로 걸어가며 휴대폰을 열어봤다. 부재중 통화도 남겨진 메시지도 없었다. 종이컵에 커피가 채워지는 동안 전화기는 다시 주머니로 들어갔다.

나는 소파에서 눈을 떴다. 커튼을 걷자 비에 씻겨 간 하늘이 눈부시게 빛났다. 지난밤이 거짓말 같았다.

땀에 젖은 옷을 벗고 욕실로 들어갔다. 샤워를 하고 밤새 자란 수염을 깎았다. 출근 전, 거실에 있는 아기용품을 베란다로 옮겼다. 물건마다 새겨진 '희망이'라는 이름이 눈에 밟혔다.

"다녀올게."

방에선 아무 대답도 없었다.

"듣고 있어? 나 출근한다고."

침묵이 불안한 상상을 부추겼다. 문을 두드리며 큰 소리로 아내를 불렀다. 문고리를 거칠게 흔들었지만 열리지 않았다. 목덜미에서 식은땀이 흘렀다. 곧장 작은방으로 달려가 망치를 가져왔다. 문고리를 노려봤다. 무엇을 보게 될지 몰라 두려웠다. 문고리를 내려치려던 순간 잠옷 차림의 아내가 문을 열었다. 긴장이 풀리면서 손에 힘이 빠졌다. 망치가 쿵 하고 바닥에 떨어졌다.

"당신 뭐해?"

아내가 잠이 덜 깬 목소리로 물었다. 안도감보다 짜증이 밀려왔다.

"왜 대답을 안 해?"

망치가 떨어진 곳이 움푹 꺼져 있었다. 아내의 시선이 그곳에 잠시 머물렀다.

"피곤해."

방문이 닫혔다.

계절이 바뀌도록 아내의 우울은 끝나지 않았다. 대화는 물론이고, 내 손이 스치는 것조차 질색했다. 얼굴도 모르는 아이는 제 어미의 뭔가를 손에 쥐고 떠났다. 남겨진 어미는 하릴없이 배를 만지며 시간에 녹슬었다.

나는 거의 매일 늦게까지 회사에 머물렀다. 매일 자정을 넘겨 집에 들어가 소파에서 잠들었고, 아내가 일어나기 전에 출근했다. 가끔 일찍 퇴근하는 날이면, 하릴없이 집 근처를 산책하거나 혼자 술을 마셨다. 그마저도 싫을 땐 창녀를 찾았다. 낯선 몸에 사정하고 나면 짙은 허무가 몸을 검게 물들였다.

그 무렵, 나는 어떤 소문을 듣게 되었다. 재활용 쓰레기를 버리고 돌아가는 길이었다. 늙은 경비가 할말이 있다며 구부정한 걸음으로 다가왔다.

"민원이 심해요. 그렇지 않아도 층간소음이다 뭐다 말들이 많은데 매일 그러면 어쩌자는 겁니까."

"그게 무슨 소리죠?"

경비가 내 얼굴을 빤히 쳐다봤다.

"정말 몰라서 묻는 거요?"

바짝 마른 입술이 움찔거리며 혀를 찼다. 경비는 가랑가랑한 목소리로 말을 이었다.

금요일. 나는 연차를 쓰고 층계참에 앉았다. 여덟시가 넘어가자, 어디선가 노인의 낮은 울음소리가 들려왔다. 신경이 곤두섰다. 배경으로 낯선 현악기가 울렸다. 자리에서 일어나 복도로 나왔다. 순간 짐승의 포효와도 같은 함성이 터져나왔다. 낯선 언어와 멜로디, 반복되는 북소리가 하늘을 쥐어짜는 듯했다. 경비의 말처럼 우리집에서 들려오는 소리였다.

몇몇 사람들이 복도로 나왔다. 반바지 차림의 중년 남자가 구겨진 얼굴로 우리집 문을 노려봤다. 현관문을 두드리며, 왜 매일 지랄이냐며 소리를 질렀다. 그 뒤로 젊은 주부가 서성거렸고, 문틈으로 보이는 꼬마들의 눈동자가 호기심에 빛났다. 나는 황급히 달려갔다. 중년 남자가 당신이 이 집 주인이냐며 눈을 부라렸지만 아무 대꾸도 하지 않았다.

집으로 들어가자 스피커 소리가 머리를 때렸다. 나는 복사해둔 열쇠로 잠겨 있는 안방 문을 열었다. 방은 사막처럼 뜨거웠다. 그 속에서 아내는 알몸으로 춤을 추고 있었다. 두 팔을 날개처럼 펼친 채, 북소리에 맞춰 바닥을 박차고 뛰어올랐다. 아내는 눈을 감고 소리 없이 울고 있었다. 그 눈물이 침대 위로 뚝뚝 떨어졌다.

내가 오디오를 끄자 아내의 무릎이 꺾였다. 좀전까지 자신이 뭘 했는지 모르는 표정이었다. 배를 움켜쥐고 허공을 응시하던 아내는, 웅크리며 비명 같은 울음을 토해냈다. 앙상한 등뼈가 기묘하게 꿈틀거렸다. 나는 뒷걸음질쳤다. 복도로 나왔을 때, 낯선 시선들이 질문을 던졌다. 끈질기게 달라붙는 시선들을 털어내며 그곳을 빠져나왔다.

시작과 끝이 없는 길을 걸었다. 정신을 차리자 낯선 골목이었다. 두 사람이 겨우 지나갈 수 있을 정도로 좁았고, 길 좌우로 작은 집들이 다닥다닥 붙어 있었다. 시멘트로 마감한 바닥이 거칠었다. 개 짖는 소리가 들렸지만, 정작 개는 보이지 않았다. 여기까지 온 기억이 없었다. 어떻게 집으로 돌아가야 할지 알 수가 없었다. 나는 벽에 이마를 기댔다. 손에 땀이 묻어났다. 아내는 내가 알던 그 아내가 아니었다. 누구라도 좋으니 익숙한 사람과 만나고 싶었다.

망설이다 서영에게 전화를 걸었다.

*

후반기 공채로 들어온 다섯 명의 인턴 중 서영은 유일한 여자였다. 눈에 띄는 미인은 아니었지만, 웃을 때마다 눈이 작아지는 편안한 인상의 소유자였다. 우리는 마지막까지 사무실에 남아 있는 경우가 많았다. 인턴들은 얼핏 똑같아 보이지만, 조금만 주의를 기울이면 각각의 차이가 확연히 드러난다. 입사 목적이 뭔지, 무엇을 위해 일하는지, 열정은 있는지, 있다면 어느 정도인지. 그녀는 회사를 스쳐간 수많은 인턴 중에서도 단연 눈에 띄는 존재였다. 우리는 짬짬이 커피를 마시며 영양가 없는 농담을 주고받는 사이가 되었다. 서영은 자신에 대해 많은 이야기를 들려주었다. 가난한 시골, 늙은 부모, 무엇을 원했고, 무엇을 포기했으며, 상처 입은 마음을 어떻게 달래야 했는지. 그런 이야기는 가슴을 아프게 했다. 고생했다고 말하면, 서영은 시선을 피하며 웃었다.

서영은 정장 차림이었다. 퇴근 후 바로 온 것 같았다. 먼저 도착한 나는 두 잔째 맥주를 막 주문한 참이었다. 막상 서영이 마주앉자 말문이 막혔다. 그런 나에게 서영은 아무것도 묻지 않았다. 대신 종업원을 불러 맥주를 추가했다.

"전 빨리 결혼하고 싶어요."

반 정도 비워진 맥주잔을 만지작거리며 서영이 말했다.

"왜?"

"피곤하잖아요. 만나고, 서로 눈치보고, 상처받고."

"결혼해도 비슷해."

"하지만 포기할 수 있잖아요. 안 좋은 일이 생기면, 헤어질지 말지 고민하는 대신 '힘들지만 어쩔 수 없어, 결혼해버렸으니까' 하고 포기하는 거죠. 어쨌든 지금보다는 덜 피곤할 거 같아요."

"그러다 진짜 헤어지면 어쩌려고."

"애초에 제대로 된 놈을 골라야죠."

"상민이 괜찮던데. 인상 좋고, 싹싹하잖아."

"인턴은 싫어요."

피식, 웃음이 나왔다. 음악이 크라이슬러의 〈사랑의 슬픔〉으로 바뀌었다. 구질구질한 선율이 바를 축축하게 적셨다. 시계가 열한시를 가리켰다.

"결혼 후회하세요?"

나는 고개를 저었다.

"외로워서 그럴 틈이 없어."

"외롭나요?"

"하나가 되는 거라 믿었거든. 그럴 수 없다는 걸 뻔히 알고 있었는데. 부부란 그저 가장 가까운 타인일 뿐이야."

"이해하기 어려워요."

"넌 없어?"

"가까운 타인 말인가요?"

내가 고개를 끄덕이자 서영은 생각에 잠겼다. 천장에 매달린 선풍기가 느리게 회전했다. 보고 있자니 조금 어지러웠다. 맥주를 마시고 사과를 입에 넣었다. 시큼했다. 슬슬 일어날 시간이었다. 어떻게 집으로 들어가야 할지 고민이 되었다.

"전 대리님이에요."

"응?"

"가장 가까운 타인."

순간, 머릿속을 채우고 있던 복잡한 수식이 하얗게 지워졌다. 그게 무슨 의미냐고, 굳이 물어볼 필요는 없었다. 하지만 결국 물어보고 말았다. 서영은 쓰게 웃었고, 나는 미안하다고 말했다.

"뭐가 미안하죠?"

"그냥, 모든 게."

우리는 술집에서 나와 모텔로 향했다. 붉은 네온사인이 모텔 입구를 가리키며 바쁘게 깜박였다. 카운터를 지키는 깡마른 남자가 일회용품이 담긴 봉투와 키를 내밀었다. 엘리베이터 숫자가 조용히 늘어갔다.

창은 두꺼운 커튼으로 가려져 있었다. 서영이 샤워하러 들어간 사이, 나는 벽에 붙어있는 스위치를 하나하나 눌러봤다. 세번째 스위치를 누르자 은은한 초록빛이 침대를 비췄다. 나는 침대에 앉아 초록이 비추는 것들을 조용히 응시했다.

방향을 알 수 없는 곳에서 희미하게 여자의 신음이 들려왔다. 하지만 남자의 소리는 없었다. 섹스를 두 사람이 하는 거라 가정한다면 이상한 일이 아닐 수 없었다. 여자 혼자 자위라도 하는 걸까. 욕실에선 좀더 알기 쉬운 소리가 들려왔다. 샤워기에서 쏟아지는 물줄기가 서영의 몸에 닿는 소리다. 그 소리에 성기가 부풀었다. 전원이 꺼진 텔레비전. 그 검은 브라운관 속에서 한 남자가 침대에 걸터앉아 나를 바라봤다. 그는 뭔가를 기다리고 있는 듯했다.

저 남자는, 도대체, 무엇을, 기다리는 것일까.

나는 욕실에서 나온 서영에게 곧장 달려들었다. 채 마르지 않은 손가락이 내 셔츠 단추를 하나하나 풀었다. 갇혀 있던 흙냄새가 물안개처럼 퍼졌다. 침대 위에서 그녀의 몸은 온통 초록이었다. 내 성기도 그랬다. 두 초록이 하나로 섞이자, 아까 들었던 신음이 다시 들려왔다. 선명하고 생생한 소리다. 하지만 이번에도 남자의 소리는 없다.

"도대체 무슨 일이 있었던 거예요?"

서영이 내 빰을 쓰다듬으며 물었다.

"모르겠어."

"자기한테 무슨 일이 있었는지 모른다는 게 말이 돼요?"

"하지만…… 정말 모르겠는걸."

나는 모르겠다는 말을 잠꼬대처럼 반복하다 잠이 들었다. 서영과 나는 새벽녘이 되어서야 모텔에서 나왔다. 데려다주겠다는 걸 서영은 한사코 사양했다. 가벼운 인사를 나누고, 우리는 각자 집으로 돌아갔다.

*

집 어디에서도 아내의 모습은 보이지 않았다. 휴대폰 전원도 꺼져 있었다. 처가에 전화하자 장모님이 받았다.

정말인가? 언제 없어진 건가? 어디로 간다는 말도 없었나? 아무리 다그쳐도 대답할 수가 없었다. 어제까진 집에 있었습니다. 그럼 새벽에 나갔단 말인가? 모르겠다는 말에 장모님의 목소리가 격해졌다. 남편이라는 사람이 왜 그리 무신경한가. 사람이 없어졌는데 도대체 어디서 뭘 했는가? 자네 혹시 우리 애랑 각방 쓰나? 그렇다고, 대답했다. 왜? 아기 못 가져서? 그건…… 아닙니다. 애가 얼마나 힘든지 알고는 있는가. 압니다. 안다는 사람이 보듬고 위로는 못해줄망정 각방을 써? 죄송합니다. 지금 가겠네. 오지 마세요, 제가 찾아보고 다시 전화드리겠습니다. 수화기 저편에서 훌쩍이는 소리가 들려왔다. 고개를 숙인 채 장모님이 진정되기를 기다렸다. 자식 없다고 부부 아니라던가. 다 내 탓일세. 어미가 덕이 없어 새끼가 그 모양인가보네. 그래도 어쩌나. 하려고 해도 안 되는 걸 어쩌나. 부디 미워하지 말고 내 딸 잘 부탁하네. 제가 집으로 가겠습니다. 아닐세. 피곤할 텐데 그럴 필요 없네. 들어오거든 전화나 주게. 답답하니 어디 바람이라도 쐬러 갔나보지.

베란다 창문을 열자, 후끈한 열기가 바람을 타고 들어왔다. 나는 집안을 이리저리 돌아다니며 아내의 흔적을 찾아보려 애썼다. 새삼 집이 깨끗하다는 걸 깨달았다. 물건들은 잘 정리되어 있었고, 바닥은 먼지 하나 없이 말끔했다. 깨끗한 싱크대와 냉장고, 희미하게 락스 냄새를 풍기는 화장실까지. 아내는 그랬다. 일 년에 한두 번, 고민이 있거나 생각이 많아지면 이렇게 온 집안을 뒤집어놓으며 청소를 했다. 그때마다 난 공원이나 피시방으로 도망쳐야 했다. 도와주고 싶었지만 늘 거절당했다. 이 행위엔 어떤 순서와 규칙이 존재했고, 아내는 그런 것들을 나와 공유하고 싶어하지 않았다.

나는 안방으로 들어갔다. 머리맡에 걸린 웨딩사진 속에서, 아내는 활짝 웃고 있었다. 화장대 위로 시디 케이스 하나가 눈에 들어왔다. 커버에는 '현대 민속 음악'이라는 타이틀이 적혀 있었고, 그 옆에 두툼한 해설집이 놓여 있었다.

"지옥의 춤이란 뜻의 〈야밤피라〉는 동아프리카 소수민족이었던 이파라크족의 신화에서 유래한다. 그 신화는 아프리카

전역에 퍼져 있던 토템에서 벗어난 아주 이례적인 것이었다. 신화의 내용은 이렇다. 먼 옛날 효심 지극한 젊은이가 죽은 어머니를 만나기 위해 저승으로 찾아갔다. 저승으로 가기 위해선 '로욜나'라는 긴 통나무를 사흘 동안 건너야 했다. '로욜나'는 많은 사자(死者)가 지나간 탓에 표면이 미끄러워 걷기가 매우 어려웠다. 젊은이는 졸음을 참지 못해 실족했고, 그대로 깊고 어두운 지옥으로 떨어졌다. 그곳에는 세상에 존재하는 사람보다 많은 사람이 흥겹게 춤을 추고 있었다. 젊은이는, 여기는 지옥인데 사람들이 행복한 이유가 뭐냐고 악마에게 물었다. 악마는 '저들은 모두 자신을 잃어버린 사람들이다. 자기가 누군지 모르고 알고 싶어하지도 않는다. 춤을 추는 건 그래서다'라고 대답했다. 젊은이는 고향으로 돌아와 사람들에게 자신이 지옥에서 본 춤을 가르쳤고, 그것이 이파라크족 전통춤인 '야밤피라'가 되었다."

볼륨을 낮추고 오디오를 켰다. 2번 트랙, 〈야밤피라〉. 아내를 춤추게 했던 바로 그 노래였다. 노래는 바리톤의 낮은 울음으로 시작했다. 비장한 북소리와 우울한 멜로디. 음악은 저번에 들었을 때와 사뭇 달랐다. 나는 침대에 누웠다. 이불에 밴 냄새가 기억을 자극했다. 처음 만났던 대학시절, 입대, 결혼식과 신혼여행, 유산, 부모님의 교통사고…… 셀 수 없이 많은 순간을 아내와 함께했다. 도대체 무엇이 이 기억들을 지워가고 있는 것일까. 나는 그대로 잠이 들었다.

그리고 꿈을 꾸었다.

알몸으로 지평선 위에 서 있었다. 황토색 땅은 메말라 있었고, 하늘은 온통 회색이었다. 똑같은 풍경 탓에 동서남북이 구분되지 않았다. 어쩔 수 없이 한 방향을 잡아 걷기 시작했다. 버석거리는 촉감이 발바닥을 통해 전해졌다. 얼마나 걸었을까. 아무리 걸어도 풍경이 그대로였다. 기준이 될 만한 나무도, 언덕도, 바위도 없었다. 걸음을 멈추고 주변을 돌아볼 때마다 제자리걸음을 했나 싶었다. 목이 말랐고, 발에서 배어나온 피로 발자국이 찍혔다. 아무 목적도, 이유도 없는 행진. 꿈은 걷는 것 말고는 아무것도 허락하지 않았다.

그러다 구덩이를 만났다. 커다란 쇠구슬이 박혔다 빠진 것 같은 반구(半球) 형태였다. 나는 구덩이 중심에 시선을 고정한 채, 육상 선수처럼 테두리를 따라 걸었다. 왜 여기에 구덩이가 있는 걸까? 운석이라도 떨어진 걸까? 알 수 없다. 나는 걸음을 멈추고 테두리에 걸터앉았다. 허공에 뿌린 흙이 설탕처럼 녹아들었다. 비단 흙뿐만이 아니었다. 구덩이 속에선 아무것도 움직이지 않고 변하지 않았다. 그것은 한 번도 경험하지 못한 공허였다. 그 농밀한 공허가 무서웠다. 도망치고 싶었다. 그럴 수 없다면 차라리 몸을 던지고 싶었다. 구덩이는 끈질기게 나를 향해 손짓했다. 지금껏 멈춰 있던 바람이 등 쪽에서 불어왔다.

"왜 계속 거기 있어? 이곳으로 내려와."

구덩이가 입을 열었다.

"싫어, 무서워."

"하지만 여긴 아무도 없고, 나는 너무 외로워."

나는 다시 모래를 뿌렸다.

"모래는 이미 충분해. 당신, 당신이 필요해."

구덩이가 슬픈 목소리로 울먹였다. 몸이 비탈진 경사를 뒹굴었다. 나는 구덩이 중심에 누워 하늘을 바라봤다. 바람에 닿은 몸이 부서지기 시작했다. 손가락과 팔, 발과 무릎, 가슴과 머리가 차례차례 모래가 되었다. 편안했다. 이제 곧 허공이 된다고 생각하니 웃음이 나왔다.

꿈은 여기까지였다. 나를 현실로 데려온 건 휴대폰 벨소리였다.

"잠시 여기서 지낸다고 하네."

장모님은 그렇게만 말했다.

"바꿔주세요."

말이 끝나기가 무섭게, 수화기 저편에서 아내의 고함이 들려왔다.

"나중에 전화함세."

전화가 다급히 끊어졌다. 나는 내 귀를 의심했다. 연애시절을 포함해, 아내는 한 번도 큰 소리를 낸 적이 없었다. 어쩌면 내가 기억하지 못하는 것일 수도 있다. 설령 그렇다 해도 분명 흔한 일은 아니었다.

*

여름이 다 지나도록 아내는 돌아오지 않았다. 연락도 없었다. 몇 번인가 찾아갔지만 끝내 만나주지 않았다. 낡은 전봇대처럼 서 있던 나는 번번이 발걸음을 돌려야 했다. 그러는 사이 아내는 공백이 되어갔다. 침대와 화장품, 남겨진 옷가지와 칫솔 따위가, 한때 여기에 존재했던 인간을 증명했다. 그 증명만으로는 공백을 피해 갈 수 없었다. 공백은 어느새 나의 일부가 되었다. 원하던 바는 아니었다. 다만 시간이 제 역할에 충실했을 뿐이다.

서영과는 일주일에 한 번꼴로 만났다. 섹스를 할 때도, 하지 않을 때도 있었지만, 그것과 별개로 그녀는 위안이 되었다. 물론 우리 관계가 스무 살짜리들의 관계 같지는 않았다. 서영은 내게 정직원이 될 수 있도록 도와달라고 요청했다. 거절할 이유가 없었다.

아내와 다시 만난 건 가을이었다. 그날 나는 차에서 꼬박 하루를 기다리다 잠들었다. 새벽녘, 아내는 조수석 문을 열고 조용히 들어왔다. 잠에 취해 있던 탓이었을까. 그림자에 가려진 아내의 얼굴이 잘 보이지 않았다.

"당신이야?"

내 말에 그림자가 고개를 끄덕였다. 실내등을 켜려고 했지만, 아내가 제지했다.

"미안해."

아내가 말했다.

"당신은 아무 잘못도 하지 않았어."

"난 아직도 포기할 수가 없어."

"마지막이라고 한 건 당신이었어."

그녀가 내 손을 배로 가져갔다.

"여기 있었어."

"어쩔 수 없는 일이란 게 있어. 앞으로도 마찬가지야."

"남들처럼 평범하게 살고 싶은데 그럴 수가 없어. 사람들이 모두 손가락질하는 것 같아서, 너무 무서워……"

"그냥 나랑 살면 안 돼? 당신과 나, 그냥 둘이서 말이야."

그녀는 고개를 저었다. 나는 뱃속에서 뛰쳐나오려는 뜨거운 덩어리를 억지로 삼켰다. 내 손이 아내의 어깨와 목을 타고 올라가 입술에 닿았다. 그림자에 가려져 있던 얼굴이 그제야 눈에 들어왔다.

"이제 그만하자."

그 한마디로 아내는 다시 그림자가 되었다.

우리는 이혼했다. 법원 앞에서 아내가 탄 택시가 멀어지는 걸 보며, 나는 남아 있는 그녀의 물건들을 떠올렸다. 무엇보다 아기용품을 어찌해야 좋을지 알 수가 없었다. 집에 돌아와 아내의 물건을 정리하던 중, 나는 다시 〈현대 민속 음악〉 해설집을 펼쳤다.

"이렇듯 독특한 신화 체계를 만들어낸 이파라크족은 18세기 말 노예무역 상인들에 의해 아메리카 대륙으로 건너왔다. 이 노련한 사냥꾼들은 단 한 명의 이파라크족도 남겨두지 않았다. 이파라크족은 노예 신분임에도 야밤피라를 멈추지 않았다. 백인들은 흑인이 사악한 주술 행위를 한다며 이파라크족을 탄압했다. 그 과정에서 야밤피라는 사실상 사라지고 말았다. 하지만 1962년 야밤피라를 추며 부르는 노래 중 한 곡이 기적적으로 살아남았다. 민속학 연구자들은 탄압 당시 글을 알던 이파라크족 누군가가 기록했을 것으로 추정했다. 언어 체계가 사라져 의미 불명이었던 노래가 영어로 번역될 수 있었던 건, 자신을 이파라크족의 후예라 주장하던 노숙자 에반 덕이었다. 그는 초로의 노인으로, 이파라크족에 대해 묻자 눈물부터 흘렸다. 그리고 막대기를 흔들며 이렇게 노래했다."

해설 마지막에 적혀 있던 〈야밤피라〉의 가사를, 나는 읽고 또 읽었다. 해설집을 쥔 손이 떨려왔다. 나는 해설집을 박박 찢어버린 뒤 시디를 조각냈다. 그 모든 걸 한 조각도 남기지 않고 쓰레기봉투에 쑤셔넣고 나서야, 나는 비로소 혼자가 되었다.

*

한낮의 도로는 평소보다 덜 번잡했다. 라디오에선 새해 다짐이라는 주제로 토크가 이어졌다. 게스트 농담에 웃음소리가 떠들썩했다. 광고가 나오고, 오후부터 눈이 올 거라는 짧은 예보가 나왔다. 슬쩍 바라본 하늘은 화창했다. 가늠할 수 없는 저편을 상상해봤지만 아무것도 떠오르지 않았다.

차는 외곽순환도로를 지나 경부고속도로에 들어섰다. 서영은 차에 탄 순간부터 코트 단추를 만지작거리며 창밖만 바라봤다. 옆으로 흘러내린 머리칼 사이로 그녀의 눈이 보였다. 불규칙하게 깜박거리는 속눈썹, 그 속에 담긴 눈동자가 먼 곳에 고여 있었다. 휴대폰이 울리자 귀찮다는 듯 전원을 껐다.

지난 금요일, 서영은 중요한 이야기가 있다며 나를 찾아왔다. 우리는 회사에서 멀리 떨어진 커피숍을 찾았다.

“그게 중요한가요?”

누구의 아이냐는 질문에 그녀가 말했다.

“걱정하지 마세요. 대리님은 아니니까.”

“그럼 상민이야?”

“아마도.”

“결혼할 거라면서.”

“그래도 시작을 이렇게 하고 싶진 않아요.”

더이상은 묻지 않았다. 커피를 마시며, 코트에 가려진 서영의 배를 물끄러미 쳐다봤다. 만져보고 싶다는 충동을 억눌러야 했다.

"이번이 처음은 아니에요."

공기가 멈추고 소리가 사라졌다.

"그래도…… 너무 무서워."

나를 움직인 건, 결국 그 한마디였다.

구름이 몰려드는가 싶더니 병원에 도착할 무렵엔 펑펑 쏟아졌다. 승강기가 올라가는 동안 서영은 내 손을 놓지 않았다. 접수하고, 그녀의 이름이 호명되는 순간에도 마찬가지였다. 짙은 화장을 한 간호사가 종이를 내밀었다. 수술 결과에 책임을 묻지 않겠다는, 그런 내용이었다. 서명하려는 순간 서영의 손이 죄어왔다.

"괜찮겠어?"

서영이 고개를 끄덕였다.

"힘들면 나중에 다시 와도 돼."

서영이 고개를 저었다.

수술중임을 알리는 초록색 등이 켜지고 나는 대기실에 홀로 남았다. 티브이라도 볼까 싶어 전원을 눌렀지만 켜지지 않았다. 간호사가 고장이라는 말을 짧게 던졌다.

나는 주차장으로 내려가 서영의 가방에서 담배를 꺼냈다. 불을 붙이자 폐 깊숙이 연기가 스며들었다. 어지러웠다. 차에 기대어, 내리는 눈을 묵묵히 지켜봤다. 세계는 조금씩 단조롭고 지루한 색으로 변해갔다.

그 지루한 백색의 세계 속에서 아이들은 나타났다. 한 명은 붉은 점에서, 다른 한 명은 초록빛에서 시작되었다. 그들은 흩날리는 눈 사이를 번잡하게 오갔다. 마치 하얀 바닷속을 헤엄치는 물고기처럼, 달리고, 엉키고, 눈을 던지다가, 다시 달렸다. 아이들은 나를 향해 손을 흔들었다. 무인도에서 비행기를 본 사람처럼, 펄쩍펄쩍 뛰며 알아듣기 힘든 말로 소리질렀다. 주변을 둘러봤지만 나 말고는 아무도 없었다. 나는 아이들을 향해 손을 흔들었다.

그 순간 두 아이가 춤을 추기 시작했다. 마주보며 손을 놀리고 흥겹게 발사위를 했다. 손을 뻗으면 바람이 불었고 그 끝에 함박눈이 모여들었다. 눈이 땅에 닿을 때마다 쇠막대로 유리병 두드리는 소리가 퍼졌다. 그 소리에 맞춰 아이들이 〈야밤피라〉를 노래했다.

이름이 무엇입니까. 당신을 기억하겠습니다.
이름이 무엇입니까. 그것은 정말 당신입니까.
믿을 수 없습니다. 진짜 이름이 무엇입니까.
어둠이 삼키기 전에, 마음이 슬퍼지기 전에.
이름이 무엇입니까. 당신을 기억하겠습니다.

거짓말처럼 눈이 그치고, 아이들은 아무도 밟지 않은 눈 속으로 사라졌다. 한동안 움직일 수가 없었다. 문득 아내의 얼굴이 떠올랐다. 한 뼘의 햇살에도 웃던 그 시절의 아내다. 행복하냐고 물었을 때 그녀는 뭐라고 대답했던가? 아무리 더듬어도 기억나지 않았다.

눈감아봤지만, 여전히 그랬다.

경계

재인은 두부를 살피다, 돌아오는 수요일이 아내의 기일임을 떠올렸다. 두부조림은 아내가 가장 좋아하던 음식이었다. 그는 카트 속에 놓인 식재료를 물끄러미 바라봤다.

마트 구석으로 자리를 옮겨 딸에게 전화를 걸었다. 신호는 갔지만 받지 않았다. 재인은 통화를 포기하고 더듬더듬 문자를 보냈다. 올 수 있겠느냐는, 짧은 메시지였다. 답장은 아마 없을 것이다. 딸은 한 번도 제 어미의 기일에 찾아오지 않았다. 이유를 묻고 싶었으나, 무엇을 어떻게 물어야 할지조차 알 수 없었다. 문자를 보낸 건 의무감 때문이었다. 재인은 트렁크에 물건을 싣고 뻐근한 허리를 폈다.

퇴근시간과 겹쳐 차가 밀렸다. 라디오에선 헨델의 〈알라 혼

파이프〉가 흘러나왔다. 귀에 익숙한 멜로디였지만 진행자가 말하지 않았다면 몰랐을 제목이기도 했다. 음악에 취미가 없을뿐더러, 젊었을 때부터 이름이나 전화번호 같은 건 잘 외우지 못했다. 평생을 숫자와 기호만 보며 살아온 그에게 나머지 것들은 순간에 불과했다. 순간은 쉽게 사라지거나 변했다. 재인은 라디오를 껐다. 저물어가는 태양에 눈이 부셨다.

우편함을 뒤적이다 그 편지를 발견했다. 처음엔 고지서나 전단지인 줄 알았다. 하지만 모서리에 붙어 있는 우표를 보고 그것이 진짜 편지라는 걸 알았다. 언제였을까, 이런 편지를 마지막으로 받아본 것은. 그는 편지를 봉투에 넣고 엘리베이터에 올랐다. 집은 조용했다. 냉장고를 열어 찬거리를 넣고 나자 무릎이 아팠다. 재인은 지난주 퇴행성관절염 진단을 받았다. 다른 말도 많이 했건만 유독 '퇴행성'이라는 단어가 머릿속을 맴돌았다. 혼자 살림을 하게 되면서, 대부분의 집안일이 무릎으로 하는 것임을 깨달았다. 청소와 분리수거, 정리 정돈처럼 청결을 요하는 일이 특히 그랬다. 아내가 끙끙거리며 아파했던 부위도 무릎이었을까. 영원히 알 수 없는 일이다.

재인은 거실에 앉아 돋보기를 쓰고 편지를 살폈다. '보내는 사람' 쪽에는 우민영이라는 이름이 적혀 있었다. 모르는 이름이었다. 하지만 '받는 사람' 쪽에 적혀 있는 이름은 자신의 것이 틀림없었다. 그는 커터 칼로 봉투를 찢었다.

현재인 선생님께.

안녕하십니까. 저는 선우고등학교 38회 졸업생 우민영이라고 합니다. 선생님은 지금 이 편지를 읽으며 의아해하실지도 모르겠습니다. 이해합니다. 선생님은 저를 기억조차 못하실 테니까요. 그건 선생님 탓이 아닙니다. 38회 졸업생만 400명이 넘고, 저는 선생님과 개인적인 친분이 있던 학생도 아니었습니다.

저는 지금 교편을 잡기 위해 임용고시를 준비중입니다. 전공은 수학입니다. 진로 선택에 가장 많은 영향을 주신 분이 바로 선생님입니다. 선생님이 수업 시간마다 들려주시던 수학에 관련된 일화를, 전 지금도 빠짐없이 기억합니다. 그 정도로 흥미로운 수업이었습니다. 그렇게 수학에 매료되어 지금에 이르렀습니다. 대학시절까지 포함해서, 선생님은 제가 제일 존경하는 스승이십니다.

하지만 선생님. 이것은 감사의 마음을 전하는 편지가 아닙니다. 편지는 다소 불편한 내용을 포함하고 있습니다. 이 편지를 쓰기까지 제가 아주 많이 망설였다는 걸 알아주십시오.

저는 동성애자입니다.

고등학교 시절, 저는 이 문제로 인해 많은 일을 겪었습니다. 일반인들이 상상하기 어려운 일들이었고, 개인적으로 가장 힘들었던 시기가 아닌가 싶습니다. 여기서 그 사건들을 일일이 열거하고 싶은 마음은 없습니다. 제가 하고 싶은 이야기는 그런 게 아닙니다.

2학년 2학기였던 것으로 기억합니다. 가을이었습니다. 저는 친구와 동성애를 주제로 대화를 나누고 있었습니다. 그 친구는 제가 동성애자라는 걸 몰랐습니다. 당연합니다. 그때 저는 무엇 하나 확신할 수 없었습니다. 설령 확신이 있다 해도 입 밖으로 꺼낼 수 없었을 겁니다. 돌이켜보면 누구에게라도 괜찮다는 이야기를 듣고 싶었던 게 아닌가 싶습니다. 하지만 그 친구는 동성애자를 변태로 취급하며 역겹다고 말했습니다. 저는 필요 이상으로 화를 냈습니다. 큰 언성이 오가던 논쟁은, 선생님께서 들어오신 줄도 모르고 계속되었습니다. 만일 그 자리에 선생님께서 계시지 않았다면 사태는 훨씬 심각해졌을지도 모르겠습니다. 선생님은 조용히 저희 논쟁을 듣고 계셨습니다. 그리고 다가와 수업이 시작되었다며 저희를 진정시켰습니다. 수업이 진행되는 동안 제 화도 가라앉았습니다. 일은 그렇게 일단락되는 듯 보였습니다. 수업이 끝나갈 무렵 선생님께선 학생들을 둘러보며 이렇게 말씀하셨습니다.

"수학이란 자연이 품은 원대한 질서, 그 근원에 존재하는 수(數)를 탐구하는 학문이다. 남녀의 사랑은 자연스러운 순리다. 역행하는 건 질서에 반하는 일이다. 순리 속에 살아라. 고리타분해 보일지는 몰라도 여러분의 삶과 근원 역시 순리 속에 있음을 기억해라."

수업이 끝나고 저는 곧바로 화장실로 달려가 쉬는 시간 내내 숨죽여 울었습니다. 무엇이 저를 울게 했는지 그때는 알지 못했습니다.

지난달 동성애자 모임에서 우리는 학창시절에 대해 이야기 했습니다. 많은 동성애자가 선생님들로부터 상처받은 일을 털어놓았습니다. 우리는, 우리에게 상처 줬던 선생님들에게 편지를 쓰기로 했습니다. 감정적인 동기였음을 부정하진 않겠습니다. 하지만 저는 선생님을 비난하고자 이 편지를 쓴 게 아닙니다. 이보다 더한 일도 많았습니다. 그런 일에 비하면, 선생님이 하신 말은 모욕 축에 끼지도 못합니다. 그럼에도 저는 선생님의 모습을 떠올릴 수밖에 없었습니다. 그날의 풍경과 공기가, 소리가, 생생하게 살아나 눈앞에 펼쳐졌기 때문입니다. 이유를 알기 위해 긴 시간을 고민해야 했습니다.

타인에게 온전히 이해받겠다는 소망이 얼마나 어리석은 것인지 잘 알고 있습니다. 하지만 제가 자신을 온전히 받아들였고, 그래서 행복하다는 말을 꼭 전하고 싶었습니다. 편지를 쓴 이유는 그뿐입니다.

무례한 편지를 읽어주셔서 감사합니다.

안녕히 계십시오.

재인은 편지를 두 번 더 읽었다. 가벼운 피로감이 일었다.

그는 소파에 등을 기댔다. 몸이 소파 깊숙이 꺼져 드는 기분이었다. 하얀색 천장에 그려진, 아무 의미도 없는 무늬가 낯설게 느껴졌다. 재인은 언젠가 이와 비슷한 일이 있었음을 기억했다. 일상에 균열이 생기는 순간. 언제였을까. 기억은 장롱 밑으로 굴러들어간 동전처럼 닿을 듯 말 듯 했다.

그런 말을 했던가?

했을 것이다. 그렇지 않다면 굳이 이렇게 정중한 편지를 보낼 이유가 없다. 순리라는 말도 그가 즐겨 쓰는 표현 중 하나였다. 재인은 돋보기를 벗어 탁자에 올려놓았다. 눈이 뻑뻑했다.

38회라면 2007년 졸업생이다. 재인은 3년 뒤 정년을 맞이했고, 다시 3년 뒤 아내를 보냈다. 남겨진 건 넓은 아파트와 길게 늘어진 하루가 전부였다. 산악회에 가입하고, 혼자 이곳저곳 여행도 다녀봤지만 한번 길어진 하루는 좀처럼 짧아지지 않았다.

수학자로 살고 싶었다. 그래서 시작한 교직이었다. 학생들은 끓어 넘치는 주전자와도 같았다. 주전자는 매년 교체되었고, 해를 거듭할수록 전에 없던 놀라운 기능이 추가되었다. 하루가 끝나면 안도감이 들었다. 주변 평가와 상관없이, 삶은 노동자의 그것과 별반 다르지 않았다. 잠시 머무는 곳일 뿐이라고 매일 자신을 설득해야 했다. 그를 막다른 골목으로 몰아붙인 건 시간이었다. 마흔이 되던 해, 학기가 시작되기 전날, 재인은 태어나 처음으로 혼자 술집을 찾았다. 소주 한 병을 다 마신 것도 그때가 처음이었다. 기름진 고기를 우물거리며 급하게 소주를 삼켰다. 가게에서 나왔을 때, 거리를 가득 메운 알록달록한 네온사인이 불규칙적으로 깜박거렸다. 재인은 좁은 골목으로 들어가 먹은 것을 게워냈다. 목이 쓰렸고 눈물이 났다. 그날 재인은 수학자의 꿈을 접었다.

재인은 교사의 직에 성실히 임했다. 말을 아꼈고, 매사 공정해지려 애썼다. 엄하면서도 애정을 잃지 않아 학생들과 동료들에게 존경을 받았다. 그것은 수학자가 될 수 없었던 재인이 마지막으로 찾은 의미이기도 했다. 그런데도 이런 편지를 받았다.

이런…… 편지.

재인은 편지를 서랍에 넣어두고 아픈 무릎을 달래가며 운동화를 신었다. 여덟시가 넘었지만 하늘은 여전히 밝았다. 시원한 바람이 불어왔고, 길 따라 심긴 가로수는 푸르렀다. 머리 허연 노인이 난간에 앉아 알 수 없는 말을 중얼거렸다. 재인은 그를 보며 헤로도토스를 떠올렸다.

역사가이자 수학자였던 헤로도토스는 가족과 나들이를 하던 중, 작은 강과 마주쳤다. 줄자를 꺼내든 헤로도토스는 아이들 키의 평균치와 강 깊이의 평균치를 계산했다. 강의 평균 수심보다 아이들 키의 평균값이 크다고 계산한 그는 아이들 모두 무사히 강을 건널 수 있을 거라고 호언장담했다. 하지만 아이들은 물에 빠지고 말았다. 허우적거리는 자식들을 뒤로 하고, 헤로도토스는 자신의 계산을 검증하기 위해 모래 위에 계산식을 적었다.

젊었을 때는 이 이야기가 거짓말인 줄 알았다.

*

8년 전 처음 만났을 때 민수는 스물다섯이었다. 담당 과목은 국어였다. 말수가 적고 눈에 띄지 않는 스타일로 감정 표현을 거의 하지 않았으며, 누구에게 잘 보이려는 노력도 하지 않았다. 일을 받으면 묵묵히 했고 남이 미룬 야근도 마다하지 않았다. 무기력한 남자, 무골호인(無骨好人) 따위의 수식이 그의 꼬랑지에 붙었다.

하루는 퇴근 준비를 하는 재인을 찾아와 수학자에 대한 책을 소개해달라고 말했다. 왜 그러냐고 묻자, 소설을 쓰기 위해서라고 대답했다. 어떤 소설을 쓰는가? 사랑에 관한 소설입니다. 주인공이 수학자인가? 평범한 회사원입니다. 그런데 왜? 주인공 아버지가 수학 교수이기 때문입니다. 눈빛이 여느 때와는 확연히 달랐다. 민수는 다른 형태로 자신과 닮은 존재였다.

"기억나네요."

민수는 우민영이라는 이름을 듣자마자 곧바로 대답했다.

"자네가 담임이었는가?"

"아니요. 그냥 일이 좀 있었을 뿐이에요."

그가 고개를 저으며 말했다.

"동성애자라는 건, 알고 있었는가."

"……예." 시간을 두고 민수가 대답했다. 재인은 그에게 편지를 내밀었다.

민수는 예의 그 심각한 표정으로 편지를 들여다봤다. 각진 얼굴과 긴 머리칼에서 담백한 젊음의 냄새가 났다. 하지만 재인은 민수가 변했음을 느꼈다. 그것은 막 얼어붙어가는 호수처럼 겉보기엔 잘 알 수 없는 변화였다. 민수가 편지를 읽는 동안 재인은 교정을 둘러봤다. 낡은 4층 건물과 빨간 벽돌로 쌓아올린 강당, 20년 전에 만들어진 교문까지, 너무 익숙해서 떠났다는 게 실감나지 않았다.

"어떤 학생이었나?"

"소심하고 예민했어요. 그것만 빼면 평범했지요."

"혹시, 전화번호를 알고 있는가?"

"만나고 싶으세요?"

"잘 모르겠군." 망설임 끝에 재인이 대답했다.

"언젠가 제게, 학생은 여럿이지만 선생은 늘 혼자라고 말씀하셨죠."

그의 말이 옳았다. 이미 자신에게 여러 번 던진 질문이기도 했다.

"전화번호를 줄 수 있겠는가?"

민수는 문자로 전화번호를 전송한 뒤 자리에서 일어났다.

"이제 들어가겠습니다. 4교시 수업이 있어서요."

둘은 악수를 하고 헤어졌다. 재인은 민수의 모습이 사라지는 걸 확인한 뒤 건물 안으로 들어갔다. 복도엔 아무도 없었다. 3교시 수업이 끝나려면 아직 20분 정도가 남아 있었다. 그는 2층 화장실로 들어갔다. 편지에서 언급된 그 화장실이었다. 아무도 없는 화장실은 적막했다. 화장실 칸은 하나를 제외하고 모두 열려 있었다. 재인은 닫혀 있는 문 앞에 섰다. 인기척은 느껴지지 않았다. 얼핏 숨죽여 우는 소리가 들리는 것 같기도 했다. 재인은 문을 열었다. 아무도 없었다. 그때 남학생 한 명이 화장실로 들어왔다. 가늘고 짧은 눈이 재인을 위아래로 훑었다. 재인은 고개를 숙이고 황급히 밖으로 나갔다.

3교시 끝을 알리는 종이 교정에 울려퍼졌다.

*

저녁 아홉시쯤 딸에게서 전화가 왔다. 재인은 소파에서 티브이를 보다 막 잠든 참이었다. 번호를 확인한 재인은 목소리를 가다듬고 통화 버튼을 눌렀다.

"어쩐 일이냐?"

"주무셨어요?"

"아니다."

"촬영이 잡혔어요."

"촬영?"

"수요일이에요. 저녁에나 끝날 것 같은데, 버스를 타면 제사에 늦을 것 같아요. 데리러 와주실 수 있나 해서요."

잠시 뜸을 들이다, 그러겠노라 말했다. 시간과 장소를 말한 딸은 고맙다는 인사를 하고 전화를 끊었다. 휴대폰 화면이 한동안 딸의 이름으로 채워졌다. 재인은 휴대폰을 내려놓았다. 티브이에선 떼죽음 당한 물고기들이 허연 배를 드러내고 둥둥 떠다녔다. 아나운서는 절제된 목소리로 가뭄으로 인한 녹조 현상이 원인이라 말했다. 리포터는 녹색 물이 든 컵을 카메라 앞에 내밀었다. 찐득한 초록색이 보기에도 역겨웠다. 고인 물은 썩는다. 이것이 재인이 알고 있는 진리였다. 누가 뭐래도 세상은 질서를 따라 움직인다. 이미 증명되었거나 증명되어야 할 것들로 말이다.

딸이 제대로 된 직장을 잡고 평범하게 살기를 바랐다. 하지만 딸은 배우가 되고 싶어했다. 재인은 반대했고, 그 일로 두 사람은 크게 다퉜다. 딸은 다니던 대학을 중퇴하고 집을 나갔다.

딸은 드라마 조연을 맡기도 했다. 아내가 살아 있을 때, 재인은 저녁마다 아내 손에 붙들려 티브이 앞에 앉았다. 드라마 속 딸은 자주 화를 냈다. 표독스러운 얼굴로 남자의 뺨을 때렸고 성질을 못 이겨 기절하기도 했다. 혼자 눈물을 흘리며 남자에게 위로받는 주인공과는 많이 달랐다. 드라마 내용도, 딸의 역할도 알 수 없었던 재인은 늘 바보처럼 화면을 쳐다봤다.

아내가 죽던 날, 딸은 촬영이 늦어져 자정 무렵에야 병원에 도착했다. 써늘한 눈동자가 재인을 쳐다봤다.

"아빠가 실패했으니까, 나도 실패하길 바라는 거잖아."

딸이 울부짖으며 소리쳤다. 이건 언제의 기억일까. 딸이 집을 나가던 순간? 아니면 바보 같은 생각이라며 딸을 꾸짖었을 때? 아내의 빈소? 알 수 없다. 증명할 수 있는 건 눌려 있던 감정과 날 선 목소리, 그게 전부였다.

재인은 책꽂이에서 『페르마의 정리』를 꺼내 무작정 펼쳤다. 힐베르트는 말했다.

'우리는 우리 안에서 다음과 같은 외침을 듣는다. 문제가 있다면 해를 찾아라. 앞으로 수학에는 '앞으로도 모를 것이다' 따위의 말은 없을 것이다.'

재인은 힐베르트의 말을 되뇌며 잠자리에 들었다.

*

거실은 어스름한 빛에 잠겨 있었다. 시계는 네시를 가리켰다. 숨쉴 때마다 아직 데워지지 않은 공기가 가슴 깊숙이 스몄다. 재인은 베란다로 걸어가 창문을 열고 아래를 내려다봤다. 움직이는 건 하나도 보이지 않았다. 세상은 여전히 잠들어 있었다. 언젠가 티브이에서 봤던 다큐멘터리를 떠올렸다. 성우는 지구 표면에 드리운 빛과 어둠의 경계를 이렇게 표현했다.

지구의 자전으로 빛과 어둠의 경계는 움직인다. 경계를 따라 알람이 울리고 사람들은 눈을 뜬다. 하루가 시작되는 것이다. 어떤 이에겐 슬픔과 눈물의 하루가 되기도 하지만, 어떤 이에겐 풍요와 행복의 하루가 되기도 한다. 희망도 절망도 모두 경계가 만든다. 그리고 지구 반대편에선 경계가 그 모든 걸 잠재운다.

재인은 하늘을 올려다봤다. 저 높은 곳에서 본 이곳이 빛과 어둠의 경계라면, 앞으로 마주해야 할 경계와 그 경계의 끝은 어딜지 궁금했다.

일곱시를 기점으로 기온이 가파르게 올라갔다. 차가 막히기 전에 서둘러야 했다. 재인은 제수(祭需) 목록이 적힌 메모지를 챙겨 마트로 갔다. 손님은 거의 없었고, 직원들은 진열품과 매대를 정리하느라 분주했다. 과일과 어포, 두부, 고기가 차례로 카트에 담겼다. 이중 아내가 좋아했던 건 두부가 유일했다.

남자의 고함이 들려온 건, 재인이 계산대 위에 물건을 올려놓고 있을 때였다. 뚱뚱한 남자가 계산원에게 삿대질을 하며 소리를 질렀다. 40대로 보이는 여자는 고개를 숙이고 죄송하단 말을 반복했다. 그 장면을 멍하니 보고 있던 재인은, 일시불 여부를 묻는 점원의 말에 정신을 차렸다. 계산이 끝날 때까지 남자의 고함은 계속되었다. 끝내 여자는 울음을 터뜨렸고, 어디선가 달려온 남자 직원이 손님을 다독였다.

"직원 관리를 어떻게 하기에 이런 멍청한 년한테 손님을 받게 해!"

멍청한 년이라니. 재인은 걸음을 멈추고 눈살을 찌푸렸다. 손에 힘이 들어갔다. 굳게 닫힌 입술이 꿈틀거렸다. 하지만 남자는 학생이 아닐뿐더러 자신도 더는 선생이 아니었다. 재인은 눈이 빨갛게 물든 여자를 등지고 주차장으로 향했다.

오후가 되자 하늘이 조금씩 어두워졌다. 공기는 덥고 습했다. 핸들을 쥔 손에 땀이 흥건했다. 일기예보에선 저녁부터 비가 온다고 했다. 재인은 기침 때문에 좀처럼 틀지 않던 에어컨을 켰다.

촬영장에 도착하자 바쁘게 움직이는 사람들이 눈에 들어왔다. 카메라와 마이크가 이곳이 뭘 하는 곳인지 알려주었다. 재인은 멀찌감치 떨어진 장소에 주차한 뒤, 촬영장을 기웃거렸다. 하지만 딸의 모습은 보이지 않았다. 휴대폰 전원도 꺼져 있었다. 재인은 운전석에 앉아 책을 펼쳤다.

잠시 후, 염소수염을 한 남자가 다가와 다짜고짜 창문을 두드렸다.

"아저씨 누구세요?"

"딸이 여기서 촬영을 하는데……"

"진입에 방해되니까 저쪽으로 차 빼세요."

재인은 헛기침을 하며 개울가 옆으로 차를 옮겼다. 개울은 콘크리트에 막혀 있었다. 잠시 후 살수차 두 대가 들어왔다. 살수차에서 내린 남자가 펌프를 설치한 뒤 콘크리트에 고여 있는 물을 탱크로 퍼 올렸다. 모터 소리가 거슬렸지만, 창문을 닫기엔 너무 더웠다.

재인은 차에서 내려 호스가 개울 빨아들이는 걸 구경했다. 더러운 물이었다. 바위마다 초록색 이끼가 껴 있고, 수면 위엔 쓰레기들이 떠다녔다. 재인에게 차를 빼라던 염소수염이 개울로 걸어왔다. 그는 신경질적으로 담배를 빨아대며 연신 개울에 침을 뱉었다. 그러는 동안에도 펌프는 계속 물을 빨아들였다. 수위가 점점 낮아지면서, 벌레와 작은 물고기들이 모습을 드러냈다. 아무것도 살지 않을 것 같은 개울 속에서, 그 작은 것들이 호스를 피해 분주하게 움직였다. 하지만 도망칠 곳은 없었다. 그것들은 차례로 펌프에 빨려들어갔다.

관광버스가 도착했다. 문이 열리고 한복 차림을 한 사람들이 차례로 내렸다. 딸은 그 속에 있었다. 얼굴에 피곤한 기색이 역력했다. 딸은 염소수염의 지시에 따라 촬영장 안쪽으로 들어갔다. 이어서 도착한 밴에선 젊은 여자가 손부채질을 하며 내렸다. 재인마저도 그녀가 이 극의 주인공이라는 걸 한눈에 알 수 있었다. 대관절 어느 시대, 어떤 여자가 저토록 화려하고 아름다웠을까. 문뜩 딸의 역할이 궁금했다.

버스에서 내린 엑스트라들이 각자 위치에 서고 카메라가 높이 올라갔다. 개울물을 담았던 살수차가 하늘을 향해 물을 뿌리자 사람들이 빗속을 걷기 시작했다. 땅이 삽시간에 젖어 들었다.

"안 돼, 깨끗한 물은 이따가 뿌릴 거야."

펌프를 조작하던 남자가 말했다. 재인이 힐끔 그 남자를 쳐다봤다.

엑스트라들은 흠뻑 젖은 몸으로 똑같은 거리를 맴돌았다. 촬영이 멈추면, 무심히 걷던 이들이 천막에 모여 몸을 웅크리고 수건을 걸쳤다. 그것도 잠시, 다시 큐 사인이 떨어지면 그들은 양떼처럼 질척한 거리로 내몰렸다. 멀리서 장정 여섯이 진 가마가 빗속으로 들어왔다. 가마는 사람들을 지나쳐 기와집 계단 앞에 멈췄다. 주인공이 가마에서 막 나오려던 참이었다.

"맞지 마세요, 그거 더러운 물이에요."

염소수염이 소리쳤다. 그 말에 여자가 가마에서 내리지 못하고 멈칫거렸다. 거리의 사람들이 염소수염을 쳐다봤다. 염소수염은 아랑곳 않고 말을 이었다.

"새로운 물 나가야 하니까 잠깐 대기요."

살수차가 교체되는 동안 주변 공기가 무겁게 가라앉았다. 저잣거리 한복판에 서 있는 딸이 재인의 눈에 들어왔다. 그녀는 붉어진 목을 긁적이고 있었다. 어렸을 때부터 피부가 약한 아이였다. 깊은 곳에서 뜨거운 것이 치밀어올랐다. 재인은 딸을 향해 성큼성큼 걸어갔다. 갑작스러운 난입에 사람들의 시선이 쏠렸다. 촬영장에 다가갈수록 악취가 심해졌다.

"아빠……."

딸이 놀란 눈으로 재인을 쳐다봤다.

"집으로 가자."

재인의 말에 딸이 얼음처럼 굳었다. 재인은 이 얼굴을 기억했다. 반복되던 무수한 순간들이 뇌리를 스쳤다. 재인은 고개를 숙여 흙탕물이 고여 있는 웅덩이를 쳐다봤다.

"아저씨 뭐예요? 여기가 어디라고 들어와요?"

염소수염이 다가와 재인의 어깨를 밀쳤다.

"왜 더러운 물을 뿌린 거요?" 재인이 물었다.

"당신이 뭔 상관인데."

"그만해, 아빠."

염소수염은 재인과 딸을 번갈아 쳐다보며 어이가 없다는 듯 웃었다.

"야, 너 이름 뭐야?"

"네?"

"이름 뭐냐고."

재인이 딸 앞을 가로막고 남자의 얼굴을 마주했다. 염소수염이 툭 튀어나온 이빨을 드러냈다.

"현지선이오."

재인의 말에 남자는 피식 웃었다. 그는 딸을 향해, 여기 너 말고도 일하겠다는 사람 많으니까 꺼지라고 했다. 카메라 쪽에서 빨리 마무리하라는 외침이 들려왔다. 마무리라니, 도대체 무엇을 마무리한단 말인가. 재인은 주변을 둘러보다 스태프가 앉아 있는 천막 쪽으로 걸어갔다. 그는 테이블 위에 굴러다니는 종이컵을 집어 웅덩이에 고인 물을 떴다. 재인은 염소수염의 눈을 똑바로 바라보며 컵에 담긴 물을 마셨다. 비리고 역겨웠다. 물이 목으로 넘어갈 때마다 구역질이 났다. 하지만 재인은 멈추지도, 염소수염의 눈을 피하지도 않았다. 마지막 모금을 삼킨 재인은 종이컵을 구겨 바닥에 던졌다. 이 사이로 황토색 물이 흘러내렸다. 재인은 딸의 팔목을 잡고 황당한 표정의 남자를 지나쳐 차로 향했다.

"이런 씨발, 당신 뭐야!"

남자가 재인에게 다가가려는 순간, 더러운 물에 젖은 이들이 남자를 막아섰다. 고함으로 주변이 소란스러워졌다. 재인은 개의치 않고 걸음을 재촉했다. 빨리 이곳에서 벗어나고 싶었다. 차에 오르고 시동을 거는 동안 머릿속엔 오로지 그 생각뿐이었다.

딸은 조수석 창에 머리를 비스듬히 기댄 채, 붉은 발진이 올라온 목을 계속 긁어댔다. 젖은 머리칼을 본 재인은 히터를 틀었다. 입에서 계속 비린내가 났다. 침을 뱉고 싶었지만, 그냥 삼켰다. 어두운 하늘에서 진짜 빗방울이 떨어지기 시작했다.

차가 시내에 진입하자, 딸이 내려달라고 말했다.

"제사는?"

"혼자 있고 싶어요."

"집까지 데려다주마."

"괜찮아요."

"하지만 비가 너무 많이 오는데."

"괜찮으니까, 그냥 좀 세워줘요!"

재인은 길가에 차를 세웠다.

"도대체 뭐가 문제냐." 딸은 재인의 눈을 피해 고개를 돌렸다. "오늘은 엄마 제사다."

"저도 알아요, 엄마 죽은 거."

"그게 내 잘못이라는 거냐."

"제가 언제 아빠 잘못이랬어요?"

그녀는 울먹이며 쏟아지는 빗속으로 걸어나갔다. 수많은 우산이 딸의 뒷모습을 삼켰다. 재인은 손바닥으로 눈을 지그시 눌렀다. 뒤에서 울리는 경적 소리가 멀게 느껴졌다.

아파트에 도착한 재인은 차에서 내리자마자 누런 토를 쏟아냈다. 칼로 그어대는 것처럼 배가 아팠다. 재인은 힘겹게 현관문을 열고 들어가 거실 바닥에 쓰러졌다. 몸살이 난 듯 온몸이 쑤셨다. 오늘은 아내 기일인데, 이렇게 누워 있으면 안 되는데……. 거실에 펼쳐놓은 상이 어지럽게 흔들렸다.

그는 잠들다 깨기를 반복했다. 눈을 감을 때마다, 의식이 어두운 구덩이 속에 던져졌다. 끝없이 추락했고, 마침내 바닥에 닿으면 눈이 떠졌다. 주변이 온통 암흑이었다.

아내는 암으로 죽었다. 아주 오래전 같은데 겨우 5년밖에 지나지 않았다는 게 거짓말 같았다. 길어야 6개월이라고, 의사는 덤덤하게 말했다. 항암 치료를 하면 몇 달 더 살 수 있지만 이미 전이가 끝나 어려운 치료가 될 거라고도 말했다. 어쩌겠냐는 질문을, 굳이 뭐하려고 했을까. 아내와 재인은 정중히 인사하고 병원을 나왔다. 발이 납처럼 무거웠다. 그런 재인을 아내가 종종걸음으로 앞질렀다.

"어디 불편해요?" 재인의 질문에 아내가 걸음을 멈췄다.

"오늘은 당신이 내 뒤에서 걸으세요."

그렇게만 말했다. 뭐라 대꾸할 틈도 없이 아내는 다시 걸음을 옮겼다. 그날 재인은 아내의 뒷모습을 보며 집으로 돌아왔다. 계절도, 장소도, 풍경도 모두 가물가물했다. 그저 내 뒤에서 걸으라던, 그 차갑고 건조한 목소리만이 가슴에 새겨졌다. 아내는 어쩌자고 내게 그런 걸 새겼을까.

드르륵 소리와 함께 서랍이 열렸다. 우민영의 편지가 들어 있는 서랍이었다. 그곳에서 작고 왜소한 남자가 걸어나왔다. 창을 등진 탓에 그림자처럼 보였다. 그림자는 서랍장 위에 놓인 아내 사진 앞에 섰다. 사진 속에선, 바다를 배경으로 아내와 딸이 어깨동무하고 환하게 웃고 있었다. 아내가 죽기 한 달 전이었다. 그림자는 조심스럽게 손을 뻗어 사진을 들었다. 그리고 한동안 사진을 응시했다. 재인은 묻고 싶었다. 아내를 웃게 한 게 무엇인지, 당신은 알 수 있겠냐고.

"정수……" 그림자가 말했다. "정수 전체의 집합은 '덧셈'이라는 연산에 대하여 하나의 군을 이루고 있다. 정수에 정수를 더하면 그 결과로 항상 정수가 나타나기 때문에, 정수는 덧셈에 대하여 닫혀 있다. 반면에 정수의 집합은 나눗셈 연산 하에서 군을 형성하지 않는다. 한 정수를 다른 정수로 나누었을 때, 그 결과는 정수가 아닐 수도 있기 때문이다."

이 말을 끝으로, 그림자는 사진을 가슴에 품은 채 바닥에 웅크렸다. 어깨를 들썩이며 소리 없이 울었다. 재인은 몸을 일으키려 했지만 잘되지 않았다. 묻고 싶은 게 너무 많은데, 마른 입술은 한마디도 뱉어내지 못하고 벙어리처럼 어, 어, 소리만 냈다. 어느 순간 그림자는 소금이 물에 녹듯 더 큰 그림자에 스며들었다. 바닥에 놓인 액자가 부표처럼 출렁였다. 손을 뻗었으나 잡히지 않았다. 점점 눈이 감겼다. 정신을 차리려고 안간힘을 썼지만 소용없었다. 재인의 의식은 무거운 추를 매달고, 다시 바다 깊은 곳으로 가라앉았다.

그가 잠든 사이에도 비는 계속 내렸다. 하천이 범람하고 차는 침수되었으며, 천둥이 칠 때마다 아이들이 이불 속으로 파고들었다. 개와 고양이가 물에 휩쓸렸으며, 사라진 개와 고양이를 찾으러 나간 주인들마저 사라졌다. 한 치 앞도 보이지 않는 빗줄기에 사람들은 서로 간의 거리를 잃어버렸다. 빗방울마다 서려 있던 악몽이 도시의 가장 낮은 곳으로 모여드는 밤이었다.

재인이 깨어났을 때, 비는 잦아들어 있었다. 온종일 내린 비가 창문에 엉켜 있었고, 하늘은 여전히 흐렸다. 바닥엔 아내의 사진이 놓여 있었다. 그는 천천히 몸을 일으켜 액자를 제자리에 두고 소파에 앉았다. 복통이 남아 있었지만 지난밤에 비해 견딜 만했다. 초침 소리에 침묵이 조각조각 부서졌다.

새벽 네시. 재인은 또다시 빛과 그림자의 경계에 섰다. 그는 이 경계가 자신을 어서 지나치기를 기다렸다. 하지만 더뎠다. 모든 것이 어제보다 느려진 것 같았다. 그는 소파에서 내려와, 책상다리를 하고 앉았다. 휴대폰 화면에 메시지가 떴다. 민수가 보낸 것이었다.

'그건 선생님의 잘못도, 민영이의 잘못도 아닙니다.'

재인은 이 문장을 소리 내어 읽어봤다.

"그건 선생님의 잘못도, 민영이의 잘못도 아닙니다."

마침내 창밖이 밝아졌을 때, 재인은 휴대폰에서 우민영을 검색했다. 통화 버튼을 누르자 수화기 저편에서 익숙한 음악이 흘러나왔다. 재인은 이 음악을 기억했다. 헨델의 〈알라 혼 파이프〉.

"여보세요?"

청명한 목소리가 귀를 깨웠다. 재인은 숨을 깊이 들이마셨다.

"우민영씨 되십니까?"

"맞습니다만, 누구시죠?"

"저는 현재인이라고 합니다."

재인은 자신의 목소리가 낯설게 느껴졌다. 우민영은 더듬거리며 전화 주셔서 고맙다는 말을 했다. 그다음은 잘 들리지 않았다. 재인은 전화기를 들고 베란다로 나가 창문을 열었다. 구름 사이로 드리운 햇살이 먼산의 그림자를 지워가고 있었다. 그 빛과 그림자의 경계가 너무 눈부셔, 재인은 그만 울고 말았다.

연극의 시작

눈을 떴을 때, 영준은 조잡한 나무의자에 묶여 있었다. 구속감에 호흡이 힘들었고 몸은 땀으로 젖어 있었다. 어딜까, 여긴? 주변이 온통 어둡고 조용했다. 그는 발끝으로 바닥을 두드려봤다. 소리가 작았다. 진동 자체가 어떤 무게에 짓눌리고 있는 듯했다. 오랫동안 환기되지 않은 공간 특유의 눅진 곰팡내가 코를 자극했다. 영준은 기침을 했다. 바늘로 찌르는 것처럼 목이 아팠다. 반복되는 기침에 얼굴이 콧물로 범벅이 되었다. 어깨로 닦아보려 했지만, 팔이 뒤로 묶인 탓에 볼만 겨우 닿았다. 그는 포기하고 목을 뒤로 젖혔다. 목이 뻐근했다. 뭔가로 얻어맞은 것 같은데 기억나지를 않았다. 영준은 이것이 물리적 공간의 문제인지, 의식의 문제인지 구분하지 못했다.

물건을 배달하는 중이었다. 광수 조직 의뢰였다. 물건은 백팩에 들어갈 정도로 작은 나무상자였다. 가벼웠고, 덜그럭거리지도 않았다. 비중이 낮은 뭔가로 채워져 있는 것 같았는데, 경험상 이런 물건은 마약일 확률이 높았다. 하지만 내용물 따위야 아무래도 좋았다. 지금까지 수많은 물건을 배달해왔지만, 보내는 쪽이나 받는 쪽에서 내용물에 대해 알려준 적은 한 번도 없었다. 그래도 일을 오래 하다보니 총이나 약 같은 건 포장만 봐도 대략 짐작이 갔다. 모른 척했던 건, 알아봐야 좋을 게 없기 때문이다. 이 일을 오래 하려면 자신의 위치를 명확히 하는 게 중요하다. 눈에 띄지 않는 행동과 무거운 입은 일종의 직업윤리 같은 거였다. 이 윤리를 우습게 봤다간 단순히 일이 끊기는 걸로 끝나지 않는다. 3년 전, 물건을 탐냈던 배달부가 시멘트로 채워진 드럼통에 담겨 바다에 던져졌다는 소문이 돌았다. 실제로 소문이 돌기 얼마 전부터 그 배달부 모습이 보이지 않았다. 악의적인 농담일 수도 있지만, 물건의 가치에 따라 충분히 벌어질 수 있는 일이었다. 지난 5년간 영준이 직업윤리를 목숨처럼 지킨 이유였다. 의뢰에 따라 물건을 목적지까지 수송했고, 나머지 사항들은 완전히 잊었다. 그의 손을 거친 물건 대부분이 아무 탈 없이 수송될 수 있었던 건, 행운과 더불어 그런 사소한 노력이 축적된 결과였다.

도대체 어디서부터 잘못된 걸까.

기억을 더듬어 지난 과정을 복기해봤다. 24번 골목에서 받은 메모는 곧장 태워버렸다. 물건은 사람을 만나지 않고 코스에서 습득하는 방식으로 수령했다. 미행은 없었다고 확신할 수 있다. 단순히 감으로 하는 말이 아니라, 시행착오를 통해 얻은 노하우로 내린 결론이었다. 시작과 끝, 그 모든 게 설정된 루트에서 한 발짝도 어긋나지 않았다.

"빌어먹을."

목이 말랐다. 영준은 혀로 입술을 축이고, 침을 모아 삼켰다. 별로 효과가 없었다.

가늠하기 힘든 시간이 흘렀다. 멀지 않은 곳에서 녹슨 쇳소리가 들려왔다. 영준은 소리 나는 쪽으로 시선을 돌렸다. 어둠 속에서 ㄱ자 모양의 빛이 새겨졌다. 빛은 점점 커졌다. 그 틈새로 검은 실루엣이 들어왔고 '쿵' 소리와 함께 빛이 사라졌다. 무거운 구둣발 소리가 실내에 울렸다. 발소리는 점점 가까이 다가와 영준 앞에서 멈췄다. 영준은 고개를 들어 보이지 않는 존재를 응시했다. 존재는 어둠보다 더 짙은 어둠을 품고 있었다. 곧이어 바스락거리는 소리가 들리더니 영준의 머리 위로 물이 쏟아졌다. 영준은 비명을 질렀다. 하지만 그것이 평범한 물이라는 걸 깨닫고 재빨리 입을 벌렸다. 말라붙었던 입안이 축축이 젖었다. 마침내 물줄기가 멈추고, 페트병이 바닥에 떨어지는 소리가 들렸다. 영준이 기침을 하는 동안 발소리는 점점 멀어졌다.

머리 위로 불이 켜졌다. 영준을 중심으로 반경 2미터의 빛이 동그랗게 비쳤다. 서치라이트였다. 원 안쪽은, 떠다니는 먼지가 보일 정도로 밝았지만, 바깥쪽은 여전히 칠흑 같은 어둠이었다. 이 정도로 극단적인 빛과 어둠의 경계를 마주한 건 처음이었다.

"모든 일에는 원인이 있다네. 자네는 원인에 대해 생각해본 적이 있는가?"

낮게 갈라지는 음성이 노인의 것이었다.

"누구시죠?"

"어떤 사건의 원인은 계속 거슬러올라갈 수밖에 없다네. 너무 서둘러서 사고가 났다. 왜 서둘렀는가? 급한 약속이 있었기 때문에. 왜 약속을 급하게 잡았지? 예정에 없는 방문이 있었기 때문에. 뭐, 이런 식이지. 원인을 거슬러올라가다보면 결국 '이 세상에 태어났기 때문에'라는 지점과 마주하게 되는데, 사실 그것도 근원적인 원인이라 할 수 없다네. 그 인간을 낳은 게 바로 인간이니까. 만일 원인이 끝없이 거슬러올라갈 수 있다고 가정한다면, 우주가 탄생한 순간 우리의 운명은 이미 정해진 건지도 모르겠네. 자넨, 이 말을 이해할 수 있겠는가?"

영준은 대답하지 못했다. 우주의 탄생부터 정해진 운명이라니. 자신의 얄팍함으론 쳐다볼 수조차 없는 세계였다.

"그래서 기준점이 필요한 거라네. 자연스럽게 지금과 연결되는 지점. 영화의 첫 장면, 소설의 첫 페이지 같은 것 말이야."

덜컥 소리가 나더니 의수(義手)가 빛 안쪽으로 들어왔다. 정확히 말하자면 빛과 어둠에 반쯤 걸쳐 있었다.

"거기서부터 시작해보지. 그래, 자넨 어쩌다 왼손을 잃게 되었나?"

영준은 바닥에 놓인 의수를 바라보며 침을 삼켰다.

"사고를 당했어요."

"어떤 사고?"

"공장에서 일하다가, 기계에 옷이 말려들어갔어요. 너무 순식간이라 미처 손을 빼지 못했어요."

짧은 침묵이 지나고 노인이 말했다.

"내가 듣고 싶은 건 신문 기사 같은 게 아니라네. 자넨 왼손을 잃었어. 자네의 일부가 영원히 상실되었다고. 그런데 그렇게 간단히 한두 마디로 끝낼 수 있나? 감정, 변화, 타인과의 관계까지, 나는 자네의 모든 걸 알고 싶은 거라네."

모든 것이라니. 영준은 노인이 말하는 '모든 것'의 정체를 알지 못해 혼란스러웠다.

"자네는 무엇을 겪었고, 무엇을 잃었고, 무엇을 원했나?"

그는 노인의 질문을 곱씹어봤다. 나는 무엇을 겪었고, 무엇을 잃었으며, 무엇을 원했던가.

귓전에서 기계 돌아가는 소리가 들려왔다. 고개를 돌리니 어둠 속에서 그날의 공장이 모습을 드러냈다. 벌써 5년이나 지났지만 바로 어제 벌어진 일처럼 모든 게 생생했다. 요란하고 번잡스러운 소음, 뜨거운 열기, 기계처럼 움직이며 일하는, 말을 잃은 사람들. 일요일이었다. 영준은 보름째 연속 근무 중이었다. 그날은 꼭 쉬고 싶다고 요구했으나, 물량이 부족하다는 이유로 팀장이 억지로 투입시켰다. 아침부터 커피만 여섯 잔을 마셨다. 그런데도 정신이 깜빡깜빡했다. 휴대폰 게임을 하던 팀장이 다가와 어린 녀석이 왜 이렇게 빌빌거리냐며 뒤통수를 때렸다. 불쾌감을 느끼기도 전에 몸이 먼저 휘청거렸다. 지랄한다, 지랄해. 이건 팀장의 목소리였던가. 모르겠다. 넘어지지 않으려고 어딘가에 손을 짚은 순간 뭔가가 영준의 손을 확 잡아당겼다. 속절없이 몸이 따라갔다. 옆에 있던 박씨 아저씨가 소리를 지르며 기계를 껐다. 영준은 바닥에 풀썩 쓰러졌다. 기계 속으로 말려들어가는 작업복을 바라보며, 영준은 식은땀을 흘렸다. 기계에서 뭔가 으깨지는 소리가 들려왔다. 박씨 아저씨가 다가와 괜찮으냐고 물었다. 너무 놀란 얼굴이라 미안할 정도였다. 영준은 괜찮다고 대답했다. 몸을 일으키려고 바닥에 손을 짚은 순간 몸이 다시 쓰러졌다. 왜 이러나 싶어 왼손을 들었다. 있어야 할 손바닥 대신 천장이 보였다. 손이 투명해진 줄만 알았다. 옆 라인에서 돌아가는 기계음이, 영준이 지른 비명을 전부 삼켰다.

"이따위 가짜 손, 있으나 없으나 마찬가지예요. 오히려 불편할 때가 더 많지요. 싸구려라 그런지 무게도 제법 나가고, 살이 쓸리면 아프거든요. 그런데도 꼭 차게 되더라고요. 외출할 땐 필수죠. 의사가 그러더라고요. 상실감이 큰 상처가 될 거라고. 마음에도 몸처럼 치유될 수 없는 상처가 생길 수 있다는 걸 그때 처음 알았어요."

"좋아, 이야기의 시작으로 손색이 없군."

높이가 낮은 곳에서 주황색 라이터 불이 켜졌다. 영준은 자신이 있는 곳이 무대라는 걸 확신했다. 그렇다면 노인이 있는 곳은 관객석일 터였다. 점멸하는 담뱃불이 비행기 조명처럼 반짝였다. 침묵을 깨고 노인이 입을 열었다.

"담배 피우나?"

"피우지 않아요."

"그건 조금 아쉬운 일이군. 비극엔 담배가 어울리거든. 물론 피우지 않는 게 여러모로 좋긴 하다네. 이건 멍청한 짓이야. 2년 전, 15년 만에 이걸 다시 물었지. 인생이 희극에서 비극으로 전환되는 시기였다네. 보통 사람들은 이런 전환을 알아채지 못하지. 내 입으로 말하긴 좀 그렇지만, 나는 감이 좋은 사람이야. 주변과 나의 경계를 조율하는 일에 익숙하다고나 할까. 타인에게는 그럴듯한 껍질을 보여주고, 알맹이는 깊숙이 숨겨두는 거라네. 마술사가 트릭을 꾸미는 동안 계집 엉덩이를 보여주는 것과 비슷하지. 삶의 전환이라는 것도 결국 그런 경계가 움직이는 것과 크게 다르지 않다네."

노인은 담배를 바닥에 던지고 폐병 환자처럼 두터운 기침을 했다. 그는 목을 긁어 가래를 뱉은 뒤 말을 이었다.

"삶이 희극에서 비극으로 바뀌는 경험을 자넨 이미 해봤네. 단순히 손을 잃어버린 것 이상의 의미가 있지. 풍경의 색이, 소리의 억양이 바뀌는 거야. 마치 여름이 가을로, 가을이 겨울로 변하는 것처럼. 불평해도 소용없지. 그건 그냥 그런 거니까. 살아남으려면 적응하는 수밖에."

영준은 묻고 싶은 게 많았다. 여기가 어딘지. 자신에게 원하는 게 뭔지. 하지만 참았다. 이 상황에서 그런 질문은 도움이 될 것 같지 않았다.

"물이 더 있나요?"

"아까 마신 게 오늘 자네의 마지막 물이라네."

마지막이란 단어가 머릿속을 맴돌았다.

"어쩌다 배달 일을 시작했나?"

"돈이 없어서요."

"누가 처음으로 제안했지?"

"공장에서 함께 일했던 선배가, 돈 벌어야 하지 않겠냐며……"

서치라이트가 잠시 꺼졌다 켜졌다. 서치라이트 안으로 말쑥한 정장을 빼입은 남자가 들어왔다. 선배였다. 선배가 품에서 명함을 꺼내 영준에게 내밀었다. 하얀 바탕에 전화번호만 덩그러니 새겨진 이상한 명함이었다. 앞뒤로 살폈지만 역시 전화번호 외엔 아무것도 없었다. 이게 뭐냐고 묻자, 선배는 배달 업체라고 대답했다. 뭘 배달하죠? 네가 알면 절대 안 되는 것들. 그는 구체적인 업무와 보수에 대해 설명했다. 그의 입에서는 한나절 일하고 받기엔 너무 큰 액수가 나왔다. 영준은 미심쩍은 눈초리로 명함과 선배를 번갈아 쳐다봤다. 의심스럽겠지. 당연해. 나라도 이런 제안을 받으면 의심부터 했을 거야. 솔직히 말하자면, 네가 감당해야 할 것에 비하면 그렇게 큰 금액은 아니야. 대충 예상했겠지만, 합법적인 물건들이 아니야. 위험하고. 무엇보다 보안이 제일 중요하지. 배달하는 과정에서 벌어지는 모든 귀찮은 일들, 경찰에게 체포되거나 일을 그르치게 하는 사소한 교통사고까지, 잘잘못과 상관없이 전부 네 몫이 될 거야. 당연히 관련자들은 시치미를 뗄 거고. 그런 표정 하지 마. 솔직히 그런 일은 거의 벌어지지 않아. 실제로 본 건 나도 몇 번 안 돼. 하지만 만에 하나라도 문제가 발생하면 그땐 어떤 일이 벌어질지 나도 확신할 수 없어. 이 금액에는 그런 리스크까지 포함돼 있어. 하지만 어쩌겠어. 굶어 죽으나, 일하다 죽으나, 죽는 건 매한가지잖아. 해고됐다며? 뾰족한 수라도 남아 있어? 선배는 뭐가 웃긴지 낄낄대며 웃었다. 영준은 그가 내민 명함을 지갑에 넣으며 생각해보겠다고 말했다. 하지만 알고 있었다. 선배 말이 옳다는 걸. 뾰족한 수 같은 건 처음부터 없었다는 걸. 오래된 영화 대사처럼, 그것은 거절할 수 없는 제안이었다.

선배의 말처럼 귀찮은 일은 거의 벌어지지 않았다. 3년 전 사건을 제외하면 말이다. 그때 영준은 밀수로 들어온 다이아를 배달했다. 깔끔하게 처리했다고 믿었는데 장물아비가 욕심을 부리다 경찰에 덜미를 잡혔다. 액수가 컸던 탓에 경찰이 대대적인 인력을 투입해 근방을 들쑤시고 다녔다. 영준은 거점을 버리고 반년 동안 섬에서 숨어 지냈다. 처음으로 배달의 위험성을 몸으로 깨달았다. 왼손이 없는 그에게 배달 일은 유일한 벌이였다. 안정적으로 계속 일하려면 새로운 시스템이 필요했다. 물건과 정보, 마지막엔 자신을 보호할 수 있는 시스템. 영준은 코스를 만들어 물건과 돈을 수령하는 방식을 고안했다. 이 구조의 최대 장점은 사람과 사람이 만나지 않는다는 데 있었다. 사건이 일단락되고 섬에서 나온 영준은 원룸 몇 개를 얻어 번갈아가며 사용했다. 처음엔 미심쩍어하던 의뢰인들도 조금씩 영준의 방식을 신뢰하기 시작했다. 일이 안정기에 접어들자 수많은 배달이 몰려들었다. 하지만 무리하지 않았다. 1주일에 두 건. 의뢰는 무조건 순서대로. 그 과정에서 금액과 의뢰인의 신상은 고려되지 않았다. 초반엔 다소 마찰이 있었지만, 장기적으로는 이 공정함이 힘이 되었다.

"그래서 자네를 찾는 게 쉽지 않았던 거로군. 아니, 쉽지 않은 정도가 아니었어. 솔직히 말하면 정말 힘들었네. 마치 안개 속을 헤매는 것 같았지. 눈에 빤히 보이는데도 손에 잡히지 않았으니까."

그 말에 영준은 조금 놀랐다. 쫓기고 있다는 걸 전혀 눈치채지 못했기 때문이다.

"자넨 내가 만난 그 어떤 젊은이보다 뛰어나다네. 이건 괜한 칭찬이 아니야. 자네처럼 어린 친구들의 가장 큰 문제가 뭔지 아나? 자신을 제대로 보지 못한다는 거야. 모든 젊은이에겐 야망이 있네. 그 자체는 나쁘지 않아. 문제는 현실과 야망 사이에 존재하는 공백을 무시한다는 거지. 젊은이들은 허세를 부리며 모든 걸 낙관하는 경향이 있어. 진짜 마주해야 할 문제는 냉소하며 무시해버리는 주제에 말이야. 하지만 자네는 달랐네. 자신이 어떤 인간인지, 어떻게 살아가야 하는지 세심하게 살폈지. 스스로를 객관화한 인간만큼 무서운 건 없다네. 사심이 없기 때문에, 가장 효율적인 방식을 추구하거든."

"그럼, 제 방식을 이토록 자세하게 설명한 이유도 아시겠군요."

"결백하다는 거겠지."

말 끄트머리에 짧은 웃음이 섞여들었다.

"맞아요. 저는 의뢰인이나 물건에 대해 아무것도 아는 게 없어요. 그냥 하는 말이 아니라, 그렇게 되도록 만들어져 있거든요. 제게서 알아낼 수 있는 건 아무것도 없을 거예요."

노인은 크게 웃고는 자리에서 일어났다. 그는 어둠에 몸을 숨기고 빛의 가장자리를 따라 영준의 뒤로 다가왔다. 차갑고 메마른 손이 영준의 얼굴을 감싸쥐었다.

"가만히 있어 보게."

손에서 적당한 압력이 가해졌다. 노인은 손에 쥔 벌레를 죽일지 말지 고민하는 아이 같았다.

"보이는 만큼이 세계라네. 예를 들어, 조명이 만든 이 원이 자네의 세계라면, 이 너머의 어둠은 자네의 세계라 할 수 없지. 뭐가 있는지 알 수 없으니까. 이것이 데카르트가 말한 이원론의 실체라네. 데카르트를 아는가?"

"몰라요."

영준은 침을 삼켰다. 머리가 점점 차가워졌다.

"여기서 중요한 건, 자네의 인식이 미치지 않는다고 해서 저 어둠이 사라지는 게 아니라는 사실일세. 다만 보이지 않을 뿐이지. 자네가 한 행동도 마찬가지야. 아무리 모른다고 발뺌해도, 설령 그게 사실이라 해도, 자네의 행동은 이미 어떤 결과를 만들었다네."

이마에서 식은땀이 흘렀다.

"신중하고 또 신중해야 하네. 영리한 친구니까, 이게 무슨 뜻인지 이해할 거라 믿네."

영준은 떨리는 목소리로 알겠다고 대답했다. 노인은 "좋아"라고 말하며 영준의 뺨을 툭툭 때렸다. 그리고 영준의 눈앞에 손바닥만한 사진을 내밀었다. 통통한 얼굴에 하얀 피부를 가진 여자였다. 스무 살쯤 되었을까. 영준은 사진을 가만히 쳐다봤다.

"내 딸이라네. 2년 전에 죽었지. 혹시 이 아이가 왜 죽었는지 알고 있는가?"

"아니요. 저는 선생님의 딸을 알지 못해요."

"그럼 재작년에 있었던 정서역 지하철 방화 사건은 기억하는가?"

정서역 방화 사건이라면 알고 있다. 한동안 뉴스 첫머리를 장식했으니까. 노숙자 한 명이 인화 물질이 담긴 종이상자를 짐칸에 올려놓고, 지하철이 정서역에 멈췄을 때 불을 붙였다. 불꽃은 순식간에 좌석에 옮겨붙었다. 지하철 한 량이 통째로 연기에 휩싸였다. 화재 자체는 크지 않았지만, 출근 시간이어서 진압과 대피가 지연되었다. 그 바람에 발화점 근처에 있던 승객 구조가 늦어졌다. 다섯 명이 중상을 입고 세 명이 사망했다. 사인은 가스중독이었다. 노숙자는 사회에 대한 불만 때문에 방화를 저질렀다고 주장했다.

영준의 말이 끝나자, 노인은 사진을 쥐고 있던 손을 떨었다. 그는 비틀비틀 걸어 영준 앞에 모습을 드러냈다. 생기 없는 눈동자와 하얗게 센 머리칼, 검은 정장과 나비넥타이까지, 그는 흑백 갱스터 영화에서나 나올 법한 차림을 하고 있었다.

"그때 죽은 세 사람 중 한 명이 바로 내 딸이라네."

딸의 장례가 끝나고, 노인은 한동안 집에만 머물렀다. 그는 아무것도 하지 않았다. 가끔 약간의 물과 음식을 먹었고, 잠은 거의 자지 않았다. 아니, 잠들 수 없었다는 게 더 정확한 표현이었다. 그저 의자에 앉아 초점 없는 눈으로 허공을 응시했다. 딸이 죽고 한 달이 지나서야, 노인은 딸의 방을 찾았다. 오래 망설인 끝에 문고리를 돌렸다. 침대와 화장대, 드레스 룸, 방에 딸린 화장실까지, 그는 방을 서성이며 딸의 물건들을 하나하나 만져봤다. 거기엔 자신이 알지 못하는 딸의 모습이 녹아 있었다. 후회가 넝쿨처럼 그의 목을 감아왔다. 아내가 살해당한 뒤, 그는 절대로 딸을 혼자 돌아다니지 못하게 했다. 하지만 대학에 입학한 딸은 자유를 원했다. 자신의 딸로서, 그것이 얼마나 위험한 일인지 그녀는 이해하지 못했다. 노인은 딸의 눈썹 칼을 들어 자신의 팔뚝을 쿡쿡 찔렀다. 송글송글 솟아오르던 피가 이불 위로 뚝뚝 떨어졌다. 아팠으나, 아프지 않았다. 어쩌면 도망칠 곳이 필요했던 건지도 모른다. 이유야 아무래도 좋았다.

"피붙이라고 해봐야 그 아이뿐이었네. 그 아이를 잃고 나서야 돈이라는 게 아무짝에도 쓸모없다는 걸 깨달았지. 자네도 손을 잃었을 때 비슷한 생각을 했을 거야."

영준은 그렇다고 대답했다.

"나는 노숙자 놈의 주변을 철저하게 확인했네. 가진 게 있다면 전부 빼앗고, 가족이 있다면 모두 죽여버릴 생각이었네."

그러던 중 노숙자의 통장으로 거액의 돈이 입금된 사실이 발견되었다. 대포통장이었지만, 실소유주는 그 노숙자가 틀림없었다. 노인은 끈질기게 계좌를 추적했다. 그 끝에는 '유화단'

이라는 조직이 있었다. 10년 전부터 인천에 자리잡은 화교 조직이었다.

"중국에서 약이 들어왔다네. 당시 '유화단'은 지역 조직과의 잦은 충돌로 경찰의 주목을 받고 있었지. 자네만큼이나 신중한 배달부가 셋이나 고용되었어. 그리고 놈들은 물건이 거래되는 걸 숨기려고 일부러 지하철에 불을 질렀다네. 내 딸이 타고 있던 바로 그 지하철 칸에 말이야."

영준은 입술을 깨물었다. 2년 전 정서역 코인로커는 영준이 사용하던 코스 중 하나였다.

"자, 이제 이야기를 계속해보게."

"무슨 이야기를 할까요?"

"무엇이든. 날 설득하고 자네의 삶을 구원할 수 있는 이야기." 노인은 담배를 꺼내 물며 말을 이었다. "사실 나는 망설이고 있다네. 약해졌다는 증거지. 복수는 무의미해. 위대한 건 용서야. 그건 이미 알고 있네만, 새벽마다 딸아이가 방문을 두드린다네. 문을 열면 차갑게 식은 얼굴을 하고 내게 칼을 내밀지. 그리고 웃는다네. 왜 웃느냐고 물으면 칼을 내 발치에 떨어뜨린다네."

묶여 있는 오른손이 저릿저릿했다. 자력으로 도망치는 건 불가능했다. 일단은 이야기해야 했다. 살기 위해선 이 노인을 설득하는 것 외에는 방법이 없었다. 영준은 숨을 깊이 들이쉬고 뱉었다.

"저도 1주일에 한두 번씩 악몽을 꿔요."

영준이 입을 열었다.

"손목을 잃어버리는 꿈인가?"

"그 꿈도 가끔 꾸지만, 이건 다른 꿈이에요. 혼자가 되는 꿈이거든요."

그렇다. 매주 방영되는 티브이 드라마처럼, 영준은 규칙적으로 혼자가 되는 꿈을 꾸었다. 그래서일까. 그는 꿈을 꾼다는 감각보다 꿈에 빠진다는 감각에 익숙했다. 악몽은 늪처럼 꿀렁거리며 그를 삼켰고, 아무리 허우적거려도 벗어날 수 없었다.

혼자가 되는 내용은 매번 달랐다. 침몰한 배에서 살아남아 무인도에 남겨지거나, 병에 걸린 노인이 되어 단칸방에 누워 죽음을 기다리기도 했다. 죄를 지어 독방 50년 형을 선고받았고, 거대한 뱀에게 삼켜진 적도 있었다. 끔찍하고 쓸쓸한 이미지들이 밤의 침묵을 틈타 그의 목덜미를 움켜쥐었다. 잠에서 깨면 침대는 온통 땀으로 젖어 있었다. 그때마다 영준은 거실 바닥에 앉아 티브이를 켜고 동이 트기를 기다렸다. 아침은 늘 더뎠다.

"가장 인상 깊었던 꿈은 무엇이었는가?"

영준은 혀로 입술을 축이며, 작년 가을에 꾼 꿈을 이야기했다.

길을 걷고 있었다. 목적지가 없는 일종의 산책이었다. 그건 무척 이상한 일이었다. 영준은 목적 없이 걷는 걸 아주 싫어하기 때문이다. 그것은 돼지고기를 절대 먹어서는 안 된다는 어느 종교의 율법처럼, 그의 내부에 단단히 박혀 있는 터부이기도 했다. 나는 지금 어디로 가고 있는 걸까? 영준은 생각했다. 엄습하는 불안감을 누르며 태연하게 주변을 둘러봤다. 익숙한 풍경이었다. 이 길을 따라가면 마트가 나온다. 생각이 거기에 미치자 영준은 장을 보기로 했다. 목적이 없다면 만들면 된다. 마음이 한결 편해졌다.

영준은 자신을 안도하게 만든, 그 구체적인 지점을 정확히 이해하지 못했다. 그럼에도 크게 신경쓰지 않은 건, 세상이 불완전하다는 사실을 이미 알고 있었기 때문이다. 그가 경험한 세상은 몇 가지 잣대로 이해하기엔 너무 복잡한 곳이었다. 그 속에 속한 자신도 예외가 아니었다. 영준에게 '나'라는 건 누구보다 어렵고 먼 존재였다.

그는 식료품과 세제 같은 자잘한 물건들을 사서 봉투에 담았다. 마트 입구를 나서는 순간, 주변 풍경이 빠르게 흘러가기 시작했다. 재생 속도가 수백 배 빨라진 영상처럼 사물의 형체가 무시무시한 속도로 곁을 스쳤다. 영준은 걸음을 멈췄다. 눈앞에서 건물이 무너졌고, 그 위를 초록이 뒤덮었다. 초록은 이내 검게 말라 점점 황량한 색으로 변해갔다. 입고 있던 옷과 손에 들고 있던 봉투도 먼지가 되었다. 시간의 흐름이 원래대로 돌아왔을 때, 그가 알고 있던 풍경은 완전히 사라지고 없었다. 대신 날카로운 가지를 하늘로 치켜세운 나무와 거친 금속 파편들이 풍경을 대신했다. 흙은 검었고 하늘은 붉었다. 영준은 흙을 한 움큼 집어봤다. 물기가 전혀 느껴지지 않았다. 흙이라기보다는 돌 부스러기에 가까웠다. 하늘도 낯설긴 마찬가지였다. 보통 노을이 넓은 붓으로 옅게 채색한 수채화라면, 그곳에서 본 하늘은 원색의 유성물감을 두껍게 덧바른 유화 느낌이었다. 그 선명한 원색을 계속 보고 있자니 숨이 막히고, 속이 지글지글 끓어올라 견딜 수가 없었다. 그는 맨발로 걸음을 옮기며, 이 세계에 생명은 전부 사라졌으며, 살아 움직이는 건 그 혼자임을 실감했다.

"태양이 커지더니 지구를 삼켜버렸어요. 주변이 불에 타서 용암처럼 녹아내렸어요. 땅이 사라지고, 저는 우주인처럼 허공을 떠다녔죠. 그 지경이 되었는데도 저는 어째서인지 멀쩡했어요. 숨도 쉬어지고, 추위도 느껴지지 않았어요. 이게 어떤 기분인지 아시겠어요?"

"모르겠네. 그건 나의 꿈이 아니지 않은가."

"너는 혼자다. 너는 혼자다. 너는 혼자다. 꿈이 이 사실을 잊지 않게 하려고 끊임없이 절 찾아오는 거였어요."

노인이 다가와 영준 앞에 쪼그려 앉았다. 침묵하던 노인은, 고개를 돌려 어둠을 길게 훑어봤다. 영준의 시선도 노인을 따라 움직였다. 어둠은 여전히 어둠이었다. 보이지 않는 지점에 시선을 고정한 노인이 입을 열었다.

"누군가 그랬지, 인생은 연극이라고. 그럼 우린 배우란 소린데…… 나는 늘 궁금했다네. 도대체 누가 이 연극을 기획한 걸까. 꼭두각시처럼 던져준 대본이나 읊으며 살아가는 우리에게, 삶이란 도대체 무엇일까."

노인은 자리에서 일어나 영준의 가방을 들고 돌아왔다. 주름진 손이 가방에서 나무상자를 꺼냈다. 영준이 배달하려던 바로 그 상자였다. 노인은 손톱으로 상자 봉인을 뜯고 뚜껑을 열었다. 안에는 투명한 액체가 담긴 주사기와 종이 한 장이 들어 있었다. 종이에는 영준의 얼굴과 이름이 인쇄되어 있었다. 종이를 본 영준이 세차게 고개를 흔들었다.

"협조할게요. 시키는 건 뭐든지 하겠어요. 어차피 혼자시잖아요. 저도 혼자예요. 그저 일을 했을 뿐이에요. 그 배달로 누군가 죽게 될 거라고는 상상도 못했어요. 제가 방금 말한 꿈은 거짓이 아니라고요."

"나도 자네 꿈이 거짓이라고는 생각하지 않네."

"살려주세요."

"……"

"제발."

노인은 나무상자에서 주사기를 꺼내 눈높이까지 들어올렸다. 잠시 망설이던 그는 어둠 속으로 주사기를 던졌다. 노인은 영준의 고개를 들게 했다. 그 상태로 테이프를 감아 머리를 의자에 고정했다. 노인은 품에서 수술용 장갑과 칼을 꺼냈다.

장갑 낀 손으로 영준의 입에 플라스틱 막대기를 물렸다. 영준은 오열하며 사시나무처럼 떨었다. 빛을 반사한 칼날에 눈이 부셨다.

"연극이라 생각하게."

노인은 칼로 영준의 양쪽 눈을 그었다. 물고 있던 막대기에 이가 박혔다. 불로 지진 것처럼 눈이 뜨거웠다. 칼을 바닥에 떨어뜨린 노인은 손수건을 꺼내 이마를 훔쳤다.

"막이 올랐군."

노인은 자리를 떠났다.

이번에도 역시, 영준의 비명을, 아무도 들어주지 않았다.

*

영준은 고개를 젖힌 채 가쁜 숨을 몰아쉬었다. 바닥을 적신 오물에서 역겨운 냄새가 올라왔다. 노인은 그 오물을 닦지도, 옷을 갈아입혀주지도 않았다. 그래도 눈의 통증만 어떻게 해준다면 냄새 같은 건 아무래도 좋을 것 같았다.

식사는 하루에 한 번 노인이 떠주는 죽 한 그릇이 전부였다. 식사가 끝나면 얼굴 위로 물이 쏟아졌다. 그때마다 영준은 애원하거나 비명을 질렀다. 노인은 쇠붙이처럼 아무 말도 하지 않았다. 점점 악화되어가는 상처가 영준을 갉아먹었다. 시간과 감각을 잃어버린 그는, 점점 통나무를 닮아갔다.

하루에 한 명씩 무대 위에서 사람이 죽었다. 두 명의 배달부와 유화단의 말단 조직원, 말단 조직원의 상급자, 상급자의 상급자…… 마침내 유화단의 늙은 보스와 불을 지른 노숙자까지. 모두가 순서대로 죽음을 맞이했다. 노인이 어떻게 그들을 여기까지 데려올 수 있었는지 영준은 알지 못했다.

"나를 설득할 수 있는 이야기를 해보게."

노인은 매번 같은 말을 꺼냈다. 의자에 묶인 자들의 입에선 대체로 비슷한 이야기가 흘러나왔다. 그렇게 될 줄 몰랐다. 의도했던 게 아니다. 시키니까 어쩔 수 없었다. 명색이 보스라는 자도 예외는 아니었다. 그는 돈을 줄 테니 살려달라며 어린아이처럼 떼를 쓰며 울었다. 하지만 어떤 이야기도 노인의 마음을 움직이지 못했다. 이야기가 끝날 때마다 노인은 그들의 혈관에 염화칼륨을 주사했다. 그들은 짧은 경련과 함께 죽어갔고, 그 모든 과정이 고작 2분에서 3분밖에 걸리지 않았다. 시체는 의자에 묶인 채 무대에 방치되었다.

방금 노숙자를 죽인 노인은, 바닥에 주저앉아 딸의 사진을 보며 담배를 피웠다.

그런 노인에게, 영준은 딸의 죽음에 가장 책임이 무거운 사람이 누구냐고 물었다.

"당연히 나라네."

노인이 말했다.

"저들 중 한 명이라도 자신의 잘못을 시인했다면, 살려줬을 건가요?"

"어쩌면…… 아니, 모르겠네. 정말 모르겠군."

그는 말을 더듬었다.

"나도 꾸었네."

"예?"

"자네가 꾸었다는, 혼자가 되는 꿈 말일세."

"어떻던가요?"

"검은 나무는 정말 검고, 붉은 하늘은 정말 붉더군."

노인은 바닥에 꽁초를 비벼 끈 뒤, 무대 구석에 있는 스위치를 올렸다. 오렌지색 조명이 관객석을 비췄다. 좌석엔 관객 대신 휘발유로 가득찬 드럼통이 자리하고 있었다. 노인은 그것들을 잠시 바라봤다. 그리고 영준에게 다가가 어깨를 움켜쥐었다. 노인은 굳게 다문 입술을 달싹거리며 눈물을 흘렸다.

"연극이 끝날 시간이라네."

노인이 말했다.

"잠깐만요."

영준이 다급한 목소리로 그를 붙잡았다.

"그 주사, 저에게도 놔주세요."

"그럴 순 없네."

"어째서죠?"

"자네가 이 연극의 시작이자 끝이기 때문이지."

거대한 나무가 태풍에 쓰러졌다. 영준은 더 애원하고 싶은 충동을 힘겹게 억눌렀다. 발소리가 점점 멀어졌다. 할 수 있다면 귀를 막고 싶었지만 그럴 수조차 없었다. 문이 닫히고, 영준은 결백한 자들 사이에 홀로 남겨졌다. 뜨거운 열기와 함께 휘발유 냄새가 진동했다.

그때 뚱뚱한 팀장이 서치라이트 안으로 들어왔다. 영준은 병실에 누워 창밖을 멍하니 바라보고 있었다. 초록색 나무 위로 따사로운 햇살이 쏟아져 내렸다. 몸은 좀 어떠냐고 물으며, 팀장은 냉장고에서 오렌지주스를 꺼냈다. 영준은 문병온 팀장에게 물었다. 그때 날 때린 걸 후회하지 않느냐고. 그건 그냥 장난이었다. 내가 이렇게 될 줄 어찌 알았겠느냐. 연속 근무도, 일이 너무 밀려서 어쩔 수 없었다. 내가 아니라 누구라도 그렇게 할 수밖에 없었을 거다. 팀장은 오렌지주스를 마시며 태연하게 말했다. 순간 냉장고 위에 올려둔 과도가 눈에 들어왔다. 영준은 떨리는 몸을 추스르며 그만 나가달라고 말했다. 팀장은 다 마신 유리병을 쓰레기통에 던지고는, 아무 대꾸도 없이 휘적휘적 병실을 나갔다. 영준은 왼쪽 손목을 쥐고 홀로 신음을 삼켰다.

관객석에서 시작된 불이 무대를 향해 무심히 다가왔다. 우주가 시작된 순간 우리의 운명은 이미 정해졌는지도 모르겠다는 노인의 말을, 영준은 조금 이해할 수 있을 것 같았다. 마침내 영준의 숨이 멈췄을 때, 바닥을 뒹굴던 의수도 함께 타올랐다.

25분

부대에 고양이가 있어. 몸은 까만데, 다리만 하얀색이라 꼭 부츠를 신은 것 같아. 이마에 동그란 무늬가 있어서 애들이 호빵이라 불러. 아마 근처 길고양이가 흘러들어 왔겠지. 몇 살인지는 잘 모르겠어. 내가 전입 왔을 때부터 있었으니까, 꽤 나이들지 않았을까. 취사장에서 나온 고기나 생선을 먹고 살아. 취사병들이 일부러 챙겨줘. 안 그러면 쓰레기봉투를 자꾸 찢거든.

지난주였어. 주임원사실에서 커피를 마시고 있는데, 갑자기 밖에서 까치떼가 미친듯이 울더라고. 무슨 일인가 싶어 나갔더니, 거짓말 안 보태고 100마리 정도 되는 까치가 전깃줄에 앉아서 칵- 칵- 하고 있었어. 정말 100마리였다니까. 부대 근처에 사는 까치가 전부 모인 것 같았어. 나랑 한 중사, 주임원사님이 같이 있었는데 분위기가 심상치 않더라고. 그러다 호빵을 봤어. 간부 식당 앞에 파란색 쓰레기통이 있는데, 그 위에서 호빵이 까치를 물고 있는 거야. 그제야 까치가 모여든 이유를 알았어. 동족을 죽인 데 대한 일종의 시위였던 거지. 순간 호빵이 엄청 멋있어 보였어. 생각해봐. 입에 사냥감을 물고, 까치 100마리와 대치하고 있는 고양이를. 저게 진짜 포식자구나 싶더라니까. 그렇게 얼마쯤 있다가 호빵이 사냥감을 물고 쓰레기통에서 뛰어내렸어. 그리고 후다닥 사라졌지. 까치 중 어느 한 놈도 호빵에게 달려들지 못했어.

시훈은 흥분한 목소리였다. 나일은 적당히 맞장구쳤다. 정말? 신기하네? 부대 근처에 까치가 100마리나 살아? 시훈은, 그럼 진짜지, 정말 신기하지 않아, 까치는 영물인가봐, 하며 신이 나서 떠들었다.

실상 나일은 그의 말에 별 관심이 없었다. 그녀의 신경은 까무잡잡한 피부와 그 속에 깊게 밴 땀냄새에 쏠려 있었다. 나일은 시훈의 목을 바라보며, 거기에 돋은 굵은 혈관을 쓰다듬었다.

늘 그랬던 것처럼 이야기는 갑자기 끊겼다. 작은 여관방에 무거운 정적이 찾아왔다. 아래가 질척거렸다. 씻고 싶었지만, 시훈이 몸을 놔주지 않았다. 나일은 억지로 몸을 일으켜 시훈을 내려다봤다. 구름이 태양을 가리자 커튼이 살짝 어두워졌다. 나일은 시훈의 가슴에 손을 얹었다.

생리를 안 해.

커튼이 밝아지고, 시훈이 눈을 떴다.

두 달 정도 됐어.

두근거림이 과장되게 전해졌다.

약국 갔다 올까?

시훈의 말에 나일이 고개를 흔들었다.

원래 좀 불규칙해. 좀더 기다려볼게.

나일은 시훈의 품으로 파고들었다. 시훈은 그녀의 등을 쓰다듬었다. 나른했지만 잠이 오질 않았다.

어둡다 밝아지기를 반복하던 커튼이 결국 새카매졌다. 시침이 찰칵 여덟시를 가리켰다. 둘은 여관 근처 식당에서 콩나물국밥을 먹었다. 손님은 두 사람뿐이었다. 형편없는 맛이었지만 아무도 불평하지 않았다. 식당에서 나온 나일과 시훈은 2차선 도로를 마주하고 각자 반대편 정류장에 섰다. 먼저 온 건 시훈의 버스였다. 나일이 조심히 들어가라고 소리쳤다. 시훈이 손을 흔들었다. 시훈을 태운 버스가 뽀얀 먼지를 흩날리며 멀어졌다. 나일은 의자에 앉았다. 버스는 좀처럼 오지 않았다. 정류장으로 날벌레가 어지러이 모여들었다. 나일은 빛이 닿지 않는 곳으로 몸을 옮겼다.

밤하늘이 얼음처럼 맑았다.

*

중대원들이 연병장에 모였다. 중대장은 허리춤에 손을 얹고 분대장에게 인원 보고를 받았다. 중대장 업무 지시가 끝나기도 전에 스탠드에 앉아 있던 행보관이 어슬렁거리며 걸어왔다. 중대장 얼굴이 살짝 구겨졌다.

다 대가리 까바라. 선임 병사 몇이 한숨을 쉬었다. 행보관이 한 손에 육군수첩을 들고 머리를 일일이 손가락으로 짚었다. 이름이 적힐 때마다 벌점 2점과 유예 기간 하루가 주어졌다.

옛날 가트만 바리깡으로 다 빡빡 미리버리는 긴데. 군대 좋아졌다, 그쟈? 행보관이 입술을 삐죽이며 말했다.

행보관이 연병장을 가로지르는 시훈을 칼칼한 목소리로 불렀다. 시훈이 관등성명을 외치며 달려왔다. 행보관의 가늘고 짧은 눈이 시훈을 위아래로 훑었다.

간부란 새끼가 대가리 꼴 하고는. 혀를 차는 행보관에게, 시훈은 오늘 바로 깎겠다고 대답했다.

되얏고, 강식이 데라고 훈련용 총기다이 용접 점 해놔라.

행보관은 담배 하나를 꺼내 물고 본청으로 들어갔다. 연병장 끝에서 모래바람이 일었다. 시훈은 소매로 눈을 가리고 바람 반대쪽으로 몸을 돌렸다. 이중사. 중대장이 불렀다. 시훈은 듣지 못했다. 이중사! 고개를 돌리자 중대장이 굳은 얼굴로 시훈을 내려다보고 있었다. 시훈은 뛰걸음으로 계단을 올라가 중대장 앞에 섰다. 씨발, 개나 소나 중대장 알기를…… 너도 중대장이 우습냐? 아닙니다. 시훈은 고개를 숙였다. 전투화가 먼지로 뽀얗게 뒤덮였다.

습하고 무더운 날이 며칠째 이어졌다. 계속 햇볕 아래 있던 탓에 입맛이 없었다. 시훈은 손에 쥔 고양이 간식을 조몰락거리며, 식당 주변을 살폈다. 하지만 어디에서도 호빵을 찾을 수 없었다. 점심시간이면 늘 간부 식당 앞에 앉아 있었는데…… 시훈은 테니스장에서 흡연장을 거쳐 PX까지 부대를 한 바퀴 돌았다. 마지막 도착한 곳은 시가지 교장 옆에 있는 작은 연못이었다. 시훈은 전투화 끈을 느슨하게 풀고 벤치에 앉았다. 땀으로 등과 목이 끈적거렸다. 고양이 간식을 꺼내, 비닐 끝을 이빨로 뜯어 살짝 혀를 대봤다. 조금 비렸지만 나쁘지 않았다. 먹을 게 입에 닿자 잠들어 있던 허기가 슬며시 고개를 들었다. 고양이 간식을 쫍쫍거리며 시훈은 생각했다. 호빵은 어디로 간 걸까? 생각해보니 호빵에 대해 아무것도 알지 못했다. 매일 그 자리에 있었으니 오늘도 있을 거라고 막연히 생각했다. 고양이도 떠나고 싶을 때가 있는 걸까? 어쩐지 바보가 된 기분이었다.

휴대폰을 열었다. 앨범에 담긴 나일의 사진은 다섯 장이었다. 어색한 웃음과 연갈색 머리칼. 그녀는 늘 비슷한 표정으로 자신을 바라봤다. 시훈은 엄지로 그녀의 얼굴을 쓰다듬다가 앨범 창을 닫았다. 시훈은 납작해진 비닐을 연못에 던졌다. 소금쟁이가 비닐을 피해 도망쳤다. 작은 동심원이 우아하게 퍼졌다.

*

말레 한 갑 주세요. 팔에 문신을 한 남자가 퉁명스럽게 말했다. 나일은 알아듣지 못하고 “네?”라고 물었다. 말보로 레드요. 남자가 짜증스럽게 말했다. 죄송합니다. 담배를 받아든 남자가 나일을 보며 피식 웃었다. 4500원입니다. 신용카드가 카운터 위로 툭 떨어졌다. 영수증과 카드를 내밀자, 남자는 카드만 쏙 빼서 편의점을 나갔다. 문에 달린 방울이 딸랑거렸다.

그 남자를 마지막으로 한동안 손님이 없었다. 차들이 편도 1차선 도로를 무심히 지나쳤다. 편의점 주차장에 새겨진 균열마다 잡초가 삐죽삐죽 솟아 있었다. 휴대폰을 열었다. 메시지도 부재중 통화도 없었다. 시훈이 담배를 피웠던가? 나일은 카운터 뒤에 가지런히 놓인 담배를 쳐다봤다. 담배에 그려진 경고 그림 하나가 눈에 들어왔다. 임산부가 담배 연기를 뿜어내고, 태아가 그 연기를 마시는 그림이었다. 두 주먹을 오므린 태아는 여전히 엄마를 믿고 있는 것처럼 보였다.

한심해.

나일은 현관에 ‘Closed’ 팻말을 걸고, 담배 한 갑과 라이터를 챙겨 화장실로 갔다. 변기에 앉아 주머니에서 테스트기를 꺼냈다. 임신이면 빨간 선이 두 줄, 아니면 한 줄. 이렇게 간단하다는 사실에 조금 화가 났다. 나일은 담배를 물고 불을 붙였다. 숨을 들이쉬자 기침이 나왔다. 석탄 가루를 삼키는 것 같았다. 목이 아리고 머리가 어지러웠지만, 참고 마지막 모금까지 피웠다. 꽁초를 변기에 던지고 물을 내렸다. 아직 뜯지 않은 테스트기가 다시 가방 속에 담겼다.

거울을 보니 눈이 빨갛게 충혈되어 있었다. 머리를 정리하고, 옷매무새를 다듬었다. 아랫배를 만져봤다. 아무런 변화도 없었다. 어쩌면 단순한 생리불순일지도 모른다. 고등학교 때, 3개월 넘게 생리를 안 한 적도 있으니까. 여기에서 무언가 자라고 있을지도 모른다고 생각하니 속이 울렁거렸다.

괜찮아, 익숙해질 거야, 늘 그랬으니까.

나일은 이 세 문장을 주문처럼 외웠다. 구토감이 올라와 변기에 대고 헛구역질을 했다. 목이 쓰릴 정도로 길게 이어졌다.

편의점으로 돌아온 나일은, 현관에 걸려있던 'Closed'를 떼어내고 담배와 라이터 값을 계산했다. 맥락 없이 졸음이 쏟아졌다.

*

밤 열한시, 행보관이 드럼통에서 기름을 빼고 있었다. 휘발유가 자바라를 타고 20리터짜리 기름통에 흘러들었다. 순찰 중이던 시훈은 발걸음을 멈추고 그 모습을 말없이 바라봤다. 행보관은 하던 일을 멈추지도, 시훈의 눈을 피하지도 않았다. 담배를 물고 다가와, 오늘 근무냐고 물어왔다. 시훈은 그렇다고 대답했다.

손전등 꺼바라.

예?

손전등 꺼보라고 새캬, 귀 머건나.

손전등을 끄자 행보관의 모습이 사라졌다. 그 자리로 빨간 담뱃불이 반복적으로 커졌다 사그라들었다. 담배를 다 피울 때까지 행보관은 말이 없었다. 행보관이 던진 담뱃불이 시훈의 뒤로 날아갔다.

유류고라 위험한데…… 시훈이 혼잣말을 했다.

우리 이중사야, 최근 부대에 사고가 참 많다. 그쟈?

그렇습니다.

그 때매 대대장님 심기가 많이 불편하시다 이기다.

그렇습니다.

여가 또 사고 터지면 대대장님 진급이 어이 되겠나?

……

대답하기 싫나?

아닙니다.

이번에 장기 들어갔지?

그렇습니다.

행보관이 어깨를 툭툭 두드린 뒤, 뺨을 때렸다. 행보관은 자바라를 빼고 기름통을 차에 실었다. 차가 미끄러지듯 수송부를 떠났다. 멀어지는 차를 지켜보며 뺨을 문질렀다. 무수히 많은 바늘로 찔린 것처럼 따가웠다. 시훈은 다시 손전등을 켜고 지휘통제실로 돌아갔다.

다음날 아침, 행보관이 동원물자 실셈과 창고 정리를 지시했다. 중대 영점사격으로 인원은 지원받지 못했다. 부대일지 작성을 끝낸 시훈은, 대대장에게 근무교대 신고를 끝낸 뒤 창고로 갔다. 조립식 5단 선반 위로 박스 수십 개가 촘촘히 놓여 있었다. 박스를 꺼내 내부 물자를 실셈하고, 현황 일치 여부를 기입한 뒤 제자리에 위치시켰다. 오전 내내 일했지만 스무 박스도 채 끝내지 못했다. 시훈은 창고 구석에 등을 기대고 앉았다. 점심시간이었지만 배가 고프지 않았다. 눈꺼풀이 절로 감겼다.

행보관이 발로 시훈의 허벅지를 찼다. 화들짝 깬 시훈이 허벅지를 문지르며 신음을 삼켰다. 행보관 목소리가 귀에서 뭉개졌다. 시훈은 절뚝이며 자리에서 일어났다. 어지러웠다. 병사들이 활동복 차림으로 창고 앞에 모여 있었다. 시계가 네 시 15분을 가리켰다.

내가 빙신 같나?

아…… 아닙니다.

아니긴, 씨발아. 어제 내 초과 근무 승인은 왜 안 했는데?

똑같은 얼굴을 한 병사들이 시훈을 힐끔거렸다. 햇빛에 눈이 찌푸려졌다.

지금 니 인상 쓰나?

아니라는 말이 나오지 않았다. 행보관이 헛웃음을 지었다. 시훈은 입이 건조해 쩝쩝거렸다. 타인의 시선이 집요하게 달려들었다. 행보관이 바지춤을 올리고 어긋난 이빨로 담배를 물었다.

귀에 좆대가리 박았나?

아닙니다.

다음은 잘 기억나지 않았다. 행보관이 소릴 지를 때마다 짧게 대답했다. 그 모든 과정이 너무 느리고 흐릿했다. 그때 커터 칼이 눈에 들어왔다. 수업중 잠에서 깨기 위해 볼펜으로 손바닥을 문지르던 기억이 났다. 자해할 생각은 없었다. 다만 정신이 없어, 날이 있는 줄 몰랐을 뿐이다. 두 번 그었다. 그제야 살짝 튀어나온 날과 길게 그어진 상처가 눈에 들어왔다. 손바닥 오목한 곳에 피가 고였다. 이상하게도 전혀 아프지 않았다.

의무실 좀 가겠습니다.

행보관은 뒤로 주춤 물러설 뿐, 그래라 마라 대꾸하지 않았다.

다섯 바늘 꿰맸다. 의무병이 소독 후 붕대를 감아줬다. 군

의관이 항생제를 주며 하루에 한 번 꼭 소독해야 한다고 말했다. 시훈은 고맙다고 인사한 뒤 독신자 숙소로 향했다. 속이 울렁거렸다. 쇠로 된 잠수복을 입고 심해를 걷는 듯, 세계가 위아래로 둥실거렸다.

숙소 앞 분리수거장에서 호빵과 만났다. 녀석은 날카롭게 세운 발톱으로 쓰레기봉투를 찢고 있었다. 시훈은 계단참에 앉아 주머니를 뒤적거려 고양이 간식을 꺼냈다. 끝을 찢어 내밀자 호빵이 느릿느릿 다가와 혀로 살코기를 핥았다. 자세히 보니 배가 나오고 젖이 불어 있었다.

암컷이었구나.

늘어진 젖을 보고 있자니 가슴 한쪽이 무겁게 내려앉았다. 간식을 다 먹은 호빵이 뒤뚱거리며 부대 방향으로 걸어갔다. 그 뒷모습에서 좀처럼 시선이 떨어지질 않았다.

*

뒤척이다 시계를 보니 새벽 두시였다. 벌써 며칠째 제대로 잠들지 못했다. 수면제는 어제 먹은 게 마지막이었다. 처방전 받으러 병원에 가는 건 내키지 않았다. 나일은 침대에서 일어나 컵에 수돗물을 받아마셨다.

공기가 차가웠다. 낮 기온만 생각하고 가볍게 입은 게 후회가 됐다. 하지만 그냥 걷기로 했다. 방으로 돌아가봐야 기다리는 건 불면뿐이다.

마을은 어두웠다. 멀리 보이는 가로등을 향해 걸었고 다다르면 다음 가로등을 찾았다. 가로등과 가로등 사이는 어둠에 잠겨 있었다. 몽롱한 의식을 달래며 어둠 속을 한 걸음씩 걷다보면 어느새 목표했던 가로등에 닿았다. 불안이 사라지고 안도가 찾아오는 그 순간이 좋아, 나일은 곧장 다음 가로등을 찾았다. 일곱번째 가로등을 지나쳤을 때, 깜빡거리던 등이 일제히 꺼졌다. 새까만 어둠이 나일을 뒤덮었다. 휴대폰도 두고 나왔다. 어둠을 향해 내민 손에 냉기와 공허함이 닿았다. 쪼그려 앉아 옷깃을 여미고 몸을 웅크렸다.

지금 몇시지? 얼마나 걸었지? 다시 등이 켜지려나? 그러고 보니 내일이 무슨 요일이더라? 오늘은? 달이 보이지 않는 걸 보면 비가 올지도 모르겠어.

하지만 비 냄새는 나지 않았다. 나일은 어렸을 때부터 비 냄새를 잘 맡았다. 방에 누워 있어도, 놀이터에서 놀고 있어도, 샤워하거나 소변을 볼 때도, 비가 오기 전엔 늘 비 냄새가 났다. 나일은 왜 이런 순간 자신이 비 냄새를 기다리는 건지 이해하지 못했다.

잠시 후 가로등이 켜졌다. 꺼졌을 때와 마찬가지로, 몇 번 깜빡이다 일순간 주변을 환하게 비췄다. 그 빛 속에서 한 남자가 검은 봉투를 들고 서 있었다. 마르고 단단해 보이는 몸, 까무잡잡한 피부와 짧은 머리칼. 시훈이었다. 너무 반가워 눈물이 날 것 같았다. 나일이 일어서자 남자가 뒤로 한 발짝 물러섰다.

나는 네가 생각하는 그 사람이 아니야.

나일의 놀라는 모습에 남자가 슬쩍 웃었다. 그리고 침묵을 던졌다. 몸을 옥죄는, 꼼짝할 수 없을 정도로 무거운 침묵이었다. 움츠러든 나일을 향해, 이 정도면 충분하다는 듯, 남자가 입을 열었다.

날 죽일 거지?

나일은 고개를 끄덕였다.

아무 잘못도 없는 나를?

내가 사랑하는 건 시훈이지, 네가 아니니까. 우리는 널 원하지 않아.

우리라고? 시훈에게 물어봤어? 아, 연락 안 되지. 한 달 넘었나?

바쁘니까.

이번엔 소리 내어 웃었다. 그는 들고 있던 검은 비닐을 나일 앞에 던졌다. 비닐이 물풍선처럼 찌그러졌다. 남자가 칼로 비닐을 찔렀다. 구멍에서 붉은 피가 콸콸 쏟아졌다. 나일이 입을 막고 뒤로 물러섰다.

뭘 무서워하고 그래. 어차피 죽는 건 네가 아니잖아.

다리가 후들거리고, 자꾸 눈물이 나왔다. 남자가 나일을 지그시 바라봤다. 입술을 깨물고 손으로 눈을 가렸다.

무서우면 빨리 도망쳐. 하지만 빛을 다시 되짚으려면 눈을 감아선 안 돼.

너…… 너는?

난 못 가. 알잖아. 내가 있을 곳은 거기가 아니라는 걸. 아니면 굳이 이 봉투를 열어보고 싶어?

나일이 고개를 저었다. 남자는 천천히, 천천히, 뒤로 걸었다. 남자의 얼굴이, 목과 어깨가, 가슴과 손이, 골반이, 차례로 어둠에 스며들었다. 그는 하얀 운동화만 남겨놓고 걸음을 멈췄다. 피를 전부 뱉어낸 봉투가 짜부라진 채 움직이지 않았다.

나일은 달렸다. 가로등 빛이 또다시 깜박거렸다. 안 돼, 꺼지면. 하지만 이내 불이 꺼지고 나일은 바닥에 넘어졌다. 어둠이 무서워, 그녀는 가슴을 쥐어뜯으며 울었다. 잠에서 깬 뒤에도, 베개를 껴안고 한참 더 울었다.

*

호빵은 간부 식당 입구에서 볕을 쬐고 있었다. 시훈은 PX에서 종이상자를 가져와 수건을 깔고, 사료가 담긴 그릇을 그 옆에 두었다. 사료 한 알을 떨어뜨리자, 호빵은 무거운 몸을 움직여 날름 먹었다. 그렇게 유인해 호빵을 상자 안에 넣었다. 생각보다 쉬워서 허무했다. 녀석은 자리가 마음에 드는지 상자 안에 자리를 잡았다.

칼로 손바닥을 그은 이후, 부대에선 아무도 시훈에게 말을 걸지 않았다. 병사들의 형식적인 경례와 행보관 업무 지시가 전부였다. 시훈은 혼자 용접을 하거나 창고를 정리했다. 점심시간이면 PX에서 산 과자를 들고 혼자 끼니를 때웠다.

그날 점심시간에도, 시훈은 본청 앞에서 벌어지는 간부들의 족구 시합을 구경하며 과자를 먹고 있었다. 행보관에게서 메시지가 왔다. 저녁에 시간 좀 비워두라는 간략한 내용이었다. 알겠습니다. 답장을 보낸 시훈은, 반 넘게 남은 과자 봉지를 구겨 쓰레기통에 던졌다.

퇴근시간이 되자마자 옷을 갈아입고 행보관 차를 탔다. 차는 한 시간 넘게 달려 시내에 도착했다.

니는 뭐 좋아하나?

전 아무거나 괜찮습니다. 행보관님 드시고 싶은 거 드십시오.

내가 좋아하는 거라…… 행보관이 손가락으로 핸들을 툭툭 쳤다. 그럼 회나 한사바리 하자.

횟집에 들어간 지 30분 만에, 테이블 위로 빈 소주병이 세 개나 놓였다. 행보관은 회 한 점에 소주를 한 잔씩 마셨다. 행보관은 자기 예전 군생활과 중대장 뒷담화 따위를 두서없이 늘어놓았다. 시훈은 벌겋게 달은 얼굴로 듣기만 했다.

니 혹시 개미가 어떻게 일하는지 아나? 행보관이 꼬인 혀로 물었다. 시훈은 모른다고 했다. 밖에 나가 일하는 넘들은 다 늙은 넘들이야. 어린 새끼들은 굴에서 안전한 일을 하고, 늙은 넘들은 밖에서 먹이도 주워 오고, 사냥도 하고 그런단다. 왜? 밖이 위험하니까. 밟혀 디지고, 새한테 먹히가 디지고, 바람에 나라가뻬고, 그러니 이왕지사 젊은 넘보단 늙은 넘이 뒤지는 게 나으니까. 니, 이게 무슨 뜻인지 아나?

모르겠습니다.

우리는 소모품이란 기다, 소모품. 재산 대장에서 그냥 까도 티도 안 나는 거. 처음부터 그리 만들어져써. 그러니까니 내가, 내 끄가 아니야. 몸뚱아리 하나까지도 다 넘의 것이지. 아무리 지랄발광을 해도, 우린 암것도 가질 수가 없다 이 말이다.

긍정도, 부정도 할 수 없었다. 행보관은 소주를 한 병 더 주문했다. 소주잔을 든 행보관 손이 달달 떨렸다. 시간이 더디게 흘렀다.

횟집에서 나온 행보관은 시훈을 데리고 골목으로 들어갔다. 두 사람은 골목에서 골목으로, 다시 골목으로 걸었다. 골목은 마치 미로 같았다. 미로는 시끄럽고 화려했다. 행보관은 성큼성큼 걸으며 소음과 취객 사이를 거침없이 지나쳤다. 도착한 곳은 큰길에선 눈에 띄지 않는 골목 입구였다. 긴 천으로 가려진 입구에는, 미성년자 출입금지 표지판이 붙어 있었다. 안으로 들어가자 오래된 벽과 그 맞은편에 줄지어 늘어선 투명한 유리문이 보였다. 행보관은 여자들의 교태를 뿌리치고 세번째 가게 유리문을 열었다. 마누라 나 왔어! 행보관이 소리쳤다. 잠시 후 자주색 원피스를 입은 뚱뚱한 중년 여성이, 서방님 오셨냐며, 종종걸음으로 나왔다. 시훈은 차마 들어가지 못하고 벽에 등을 기대고 섰다. 유리 안쪽에 앉아 있던 젊은 여자가 턱을 괴고 시훈을 위아래로 훑었다. 사랑이로 붙여줘, 내가 제일 아끼는 후배야. 사랑이는 손님이랑 있어서 좀 기다려야 하는데. 행보관이 불같이 화를 냈다. 가슴이 조마조마했지만 이내 그것이 투정이라는 걸 알았다. 저 인간이 투정을 부리다니. 자주색 원피스가 진정하라며 그의 가슴을 문질렀다. 갑자기 행보관이 어린애처럼 울었다. 그래, 그래, 착하지. 내 방에 들어가 있어. 금방 가서 예뻐해줄게. 행보관은 그녀의 말을 고분고분 따르며 유리문 너머에 있는 문으로 들어갔다. 자주색 원피스는 시훈을 가리키며 의자에 앉아 있는 여자에게 귓속말을 소곤거린 뒤, 행보관을 따라 들어갔다. 대충 무슨 말이 오갔는지 짐작이 됐다. 남겨진 여자가 유리문으로 고개를 내밀고 이리 오라며 손짓했다. 시훈은 움직이지 않았다. 여자가 팔짱을 끼고 시훈을 바라봤다. 얼마나 지났을까. 여자는 신발을 신고 골목으로 나왔다. 그녀는 담배에 불을 붙이고 시훈 옆에 등을 기댔다.

안 할 거야?

내키지 않아.

왜, 더러워?

그런 뜻이 아니야.

어떻게 생각해도 상관없어. 나야 좋지, 편하게 돈 벌고.

바람이 쌀쌀했다. 탱크톱 차림의 여자가 팔을 쓰다듬었다.

춥다, 들어가 있어.

그럴 순 없어.

왜?

돈 받았잖아. 안 하는 건 오빠 자유지만, 정해진 시간 동안은 함께 있어야지.

얼마나 남았는데?

원래 30분인데, 5분 지났으니까, 25분.

여자의 팔에 소름이 돋아 있었다. 시훈은 어쩔 수 없이 여자와 유리문 안으로 들어갔다.

혹시 하고 싶어지면 말해. 남은 시간 동안 최대한 서비스해 줄게.

뭐 마실 거나 있으면 줘.

여자는 작은 냉장고에서 싸구려 캔커피를 꺼내 왔다. 시훈과 여자는 의자에 나란히 앉아 커피를 마셨다. 밖에서 여자들 목소리가 들려왔다. 술 취한 남자들이 지나쳤고, 그 뒤로 낯선 침묵이 따라붙었다. 시계를 확인하니 아직 15분이나 남았다.

시간 되게 느리네, 고작 25분인데.

고작 25분이라니. 오빠 만들어질 때 몇 분이나 걸렸을 것 같아?

글쎄, 시간을 못 재봐서.

그 25분이 지금 오빠 나이만큼 이어졌다고 생각해봐. 모든 사람의 시간이 고작 25분에서 시작된 거라고 말이야.

시훈은 아무 말 없이 커피를 마시며 여자를 쳐다봤다. 눈에 붙어 있는 속눈썹이 무거워 보였다. 여자의 모든 것이 가벼운데, 그래서 하늘로 날아가야 하는데, 저 속눈썹이 그녀를 지상에 붙들고 있는 게 아닐까 싶을 정도였다. 시훈은 남은 커피를 꿀꺽꿀꺽 삼키고 캔을 찌그렸다.

시간이 끝나고 행보관이 나왔다.

또 놀러와, 그땐 좀 비싼 커피를 준비해둘게. 여자가 손을 흔들며 인사했다. 시훈도 손을 흔들었다.

시훈은 비틀대는 행보관을 부축했다. 미로는 아까보다 조금 더 시끄럽고, 조금 더 복잡했다. 행보관은 허리를 숙이고 먹은 것을 게워냈다. 시훈이 등을 두드려주었다.

여가 어디가?

입에 걸쭉한 침을 매단 행보관이 물었다. 시훈은 주변을 둘러보며, 잘 모르겠다고 대답했다. 그러고 보니 시훈도 궁금했다.

도대체 여긴 어디란 말인가.

*

책이 가지런히 꽂혀 있는 풍경은 언제나 마음을 편안하게 해주었다. 내용도, 장르도, 두께도 다른 책들이, 제목 첫 글자 자음에 따라 정리되어 있다는 점이 특히 그랬다. 도서관에 올 때마다 나일은 생각했다. 지식이 질서라면, 질서는 자음 위에 있는 것이라고. 나일은 책 한 권을 뽑았다. 고작 책 한 권의 부재로 질서는 무너지지 않는다. 그 견고함이 손가락에 고스란히 전해졌다. 그녀는 열람실 구석, 창과 면한 좌석에 앉았다. 진한 햇살이 종이 위로 비쳐들었다. 빛을 머금은 종이가 눈부셨다.

소설 속 주인공이 말했다.

도망칠 곳이 없다고. 우리는 여기서 죽게 될 거라고. 여자는 절망에 찬 목소리로 비명을 지르며 벽을 두드렸다. 벽은 단단했다. 그녀는 자신에게 찾아올 죽음을 예감하고 절망에 빠졌다.

나일은 이 상투적인 문장을 세 번이나 읽었다. 나일은 책에서 마음에 드는 문장이 나오면 반복적으로 읽는 습관이 있었다. 나일은 그 문단을 아주 작은 소리로 다시 읽었다. 작은 고동이 아래에서부터 전해졌다. 고동은 희미하고 희미한 파동을 만들어, 체액과 혈액을 흔들며 퍼져나갔다. 그녀는 책을 반납하고 도서관에서 나왔다.

하늘이 쾌청했다. 이대로 하늘로 날아가면 얼마나 멋질까. 그녀는 눈을 감고 상상했다. 풍선처럼 기우뚱 떠올라, 가방과 옷, 신발 따위를 까마득한 지상으로 후드득 떨어뜨리고, 알몸이 되어, 오로지 홀로 남겨져, 구름, 그 너머까지 올라가는 자신의 모습을. 나일이 눈을 뜬 건 아까보다 강해진 고동 때문이었다. 가파른 추락이 이어졌다. 그녀는 예감했다. 도망칠 곳이 없다고. 우리는 여기서 죽게 될 거라고.

버스는 좀처럼 오지 않았다. 괜찮다. 예약까지는 시간이 많이 남았으니까. 언제 오려나. 오면 어디로 가려나. 나일은 정류장 의자에 앉아 몸을 기댔다.

얼마 후 아지랑이 너머로 버스가 나타났다.

*

새끼는 다섯 마리였다. 호빵처럼 검은색이 두 마리, 노란색이 세 마리. 어미 품에서 꼬물거리는 새끼를 보기 위해 시간마다 병사들이 몰려들었다. 함부로 만지거나 소시지 따위를 먹이려는 병사들이 있어 상자를 창고 안으로 옮겼다.

태어난 지 사흘 만에 새끼 두 마리가 죽었다. 시훈은 죽은 고양이를 화단에 묻었다. 이틀 뒤 한 마리가 더 죽어, 남은 건 검정이와 노랑이였다. 덩치 작은 노랑이가 어미젖을 거의 먹지 못했다. 호빵은 그런 상황에 별 관심이 없는 듯했다. 시훈은 애가 탔다. 인터넷에서 고양이 초유를 구매하고, 의무대에서 가져온 전기방석을 박스 밑에 깔았다. 노랑이는 초유를 먹이기 시작한 다음날 죽었다. 시훈은 형제들 옆에 묻어줘야겠다는 생각에 모종삽을 들고 화단으로 갔다.

그곳엔 까치 대여섯 마리가 흙을 파헤쳐 고양이 새끼를 뜯어먹고 있었다. 시훈이 소리를 지르며 달려들자, 까치들이 일제히 날아올라 전깃줄에 내려앉았다. 까치들이 고개를 아래로 하고 시훈을 바라봤다. 시훈은 지나가던 병사에게 삽을 가져오게 했다. 무릎이 잠길 정도로 깊게 판 구덩이에 노랑이와 반쯤 썩어버린 사체를 넣고 흙을 덮었다. 호빵이 걸어왔다. 녀석은 시훈이 만든 구덩이에 눈길조차 주지 않고, 여느 때처럼 식당 입구에 배를 깔고 엎드렸다. 까치 100마리와 대적했던 그 장엄한 모습은 눈곱만큼도 찾아볼 수 없었다. 삽을 쥐고 있던 손에 힘이 들어갔다. 그때 2층 창문으로 고개를 내민 한중사가 소리쳤다.

이중사님, 대대장님이 찾으십니다.

시훈은 삽을 바닥에 던지고 대대장실을 찾아갔다. 주임원사도 함께였다. 대대장은 시훈에게 자리에 앉으라고 말했다. 옆에 앉은 주임원사가 어깨를 두드리며 축하한다고 말했다. 무슨 일이냐고 묻는 시훈에게, 대대장은 아직 확인 안 해봤느냐며 서류 하나를 내밀었다.

*

이름은 검정이야. 제 어미를 닮아 까맣고 발만 하얀색이야.

호빵처럼 이마에 동그란 무늬는 없어. 위험한 고비가 있었어. 수의사 말로는 어미에게 있던 바이러스 때문이래. 고양이도 이런 병에 걸린다는 걸 처음 알았어. 다른 녀석들도 그 바이러스 때문에 죽었나봐. 검정이는 무척 쾌활하고 용맹해. 조금 더 크면 쥐 같은 것도 사냥할 수 있을 거야. 물론 까치도 사냥하겠지. 검정이라면 이 일대 까치를 전부 죽일지도 몰라. 사실, 그날 검정이가 먹은 초유에는 내 피가 섞여 있었어. 일부러 그런 건 아니야. 손바닥 상처가 터졌거든. 그러니까 검정이는 내 피를 마시고 살아난 거야. 조금 이상한가. 그냥 그런 생각이 들었어.

시훈은 붕대 감긴 손을 매만지며 멋쩍은 듯 웃었다.

그동안 연락 못해서 미안해. 부대 일이 바빴어. 훈련이 있어서…… 아니, 아니야. 솔직히 말할게. 무서웠어. 그래서 널 혼자 내버려뒀어. 행보관에게 밉보여서 따돌림을 당했어. 널 혼자 둬서 벌 받았나봐. 이런 말 듣기 싫을 텐데, 미안해.

시훈은 싸구려 캔커피를 마신 뒤 말을 이었다.

계속 네 생각을 했어. 너와 함께 있으면 좋겠다고 말이야. 그래서 말인데, 우리 결혼할래? 이번에 장기 복무 합격했어. 혼인신고만 하면 아파트가 나오니까 바로 함께 살 수 있을 거야. 너랑 나랑 아기랑 검정이까지 이렇게 넷이 함께 살자. 이번에 해외 파병 가면 6개월 뒤에 돌아올 거야. 진급에도 도움이 되고 파병 수당도 많이 나와. 그 돈이면 결혼식을 올릴 수 있어.

나일은 시훈의 말을 잠자코 들었다. 그는 확신과 자신에 찬 목소리로 결혼과 아이, 고양이를 언급했다. 착하고 단순한 사람. 나일은 미소를 지었다. 시훈이 데려온 고양이가 동그란 눈으로 나일을 쳐다봤다. 시훈이 바닥에 간식을 던지자 오독오독 씹어 먹었다.

좋아, 결혼하자. 하지만 그전에 할일이 있어.

나일은 신발장 서랍에서 망치를 가져왔다.

이걸로 검정이 죽여.

시훈이 굳은 얼굴로 나일을 쳐다봤다.

6개월 기다릴게. 혼인신고하고 아파트도 받자. 하지만 아기는 없어. 아마 앞으로도 없을 거야.

시훈의 얼굴이 백지장처럼 창백해졌다. 손바닥만한 검은 고양이가 나일의 무릎 위로 올라왔다. 다리 사이에 얼굴을 비비며 가르릉거리는 모습이 정말 귀엽다고, 그녀는 생각했다.

그래도 죽여야 해. 나일이 고양이 등을 부드럽게 쓰다듬으며 말을 이었다. 꼭 망치로 하지 않아도 돼. 옥상에서 던지거나…… 욕조에 익사시키는 것도 괜찮겠다. 네 손으로 죽이기만 하면 방법은 아무래도 상관없어.

나일은 검정이를 들어 시훈 앞에 놓았다. 검정이는 시훈의 발가락을 툭툭 치고 깨물었다. 시훈은 그런 고양이를 한동안 말없이 바라봤다.

다른 방법은 없는 거야?

없어, 나와 계속 만나고 싶으면 무조건이야. 갈림길에 섰다고 생각해. 물론 나와 헤어지고 고양이와 사는 길도 있어. 어디로 갈지는 네가 정해.

검정이가 파리를 잡으러 뛰어다녔다. 시훈이 거울에 앉아있는 파리를 향해 휴대폰을 던졌다. 퍽 소리와 함께 거미줄을 닮은 균열이 거울에 새겨졌다. 시훈은 손으로 입 주변을 문질렀다. 구름이 해를 가렸다. 방이 어두워지고, 덩달아 시훈의 얼굴도 어두워졌다.

시훈은 고개를 숙이고 욕실로 들어갔다. 나일은 욕조에 채워지는 물소리를 들으며 침대에 누웠다. 낡은 벽지를 손톱으로 긁어 거스러미처럼 길게 찢었다. 시훈이 검정이를 안고 욕실로 들어갔다. 욕조를 본 검정이가 야옹거리며 발버둥쳤다. 시훈은 침을 꿀꺽 삼킨 뒤, 검정이를 욕조에 담갔다. 손에서 검정이가 꿈틀거렸다. 고개를 돌리고 싶은데, 그러지 못했다. 작은 공기 방울이 수면 위로 올라왔다. 시간이 얼마쯤 지나, 손바닥을 통해 전해지던 고동이 사라졌다. 손에 힘을 빼자, 검정이가 수면 위로 둥실 떠올랐다. 초점 잃은 눈동자가 허공에 흩어졌다.

순간 까치 울음소리가 들려왔다. 시훈은 놀라 고개를 들었다. 까치의 모습은 어디에도 없었다. 하지만 울음소리는 멈추지 않고 점점 더 크게 귓속을 파고들었다. 시훈은 귀를 막고 웅크려 비명을 질렀다. 어느새 다가온 나일이 시훈의 등을 안았다.

사랑해.

그제야 까치 울음이 멈췄다. 시훈은 바닥에 주저앉았다. 나일은 그런 시훈의 입술에 자신의 입술을 포갰다. 시훈의 체온이 혀끝에 전해졌다.

남겨진 고양이가 모서리에 고였다.

해설

이야기의 좌충우돌

서희원(문학평론가)

바야흐로 흥미로운 이야기의 시대이다. 지금처럼 인간의 오감과 상상력을 자극하는 이야기가 넘쳐나던 시대가 있었을까? 요즘 사람들은 재미있는 이야기 없이는 하루도 살 수 없는 사람처럼, 타인을 만날 때마다 자기가 모르고 있는 흥미로운 이야기를 알고 있는지 묻고, 있다면 이를 들려달라고 강하게 요구한다. 셀 수 없을 정도로 늘어난 텔레비전의 채널, 크리에이터라고 호칭되는 제작자들을 통해 제공되는 인터넷의 다양한 콘텐츠, 웹을 기반으로 제작, 소비되는 만화와 소설, 인터넷망을 통해 전 세계적으로 유통되는 OTT(Over The Top) 서비스에 거대한 도서관의 장서처럼 진열된 영상물 등은 이러한 이야기에 대한 강렬한 열망과 산업의 활황을 쉽게 짐작하게 한다. 이제 이야기는 인간들의 시간이 뜨겁게 타오르는 일상의 소각로가 되었다. 과거의 어느 세대보다 이야기를 갈구하는 현대의 술탄에게 있어 문제는, 이야기를 들려줄 셰에라자드가 없다는 것이 아니라, 오히려 이야기꾼이 너무 많아 그중 '진짜'를 고르는 것에 지나치게 많이 시간이 소비되고 있으며, 이야기를 탐닉할 밤이 너무 짧다는 것이다.

그렇기에, 바야흐로 이야기꾼들의 시대이다. 각각의 매체와 장르에서 독자의 시간을 놓고 무한 경쟁하는 이야기꾼들의 전성기가 펼쳐진 것이다. 거대한 이야기의 무대가 개장하면서 제일 먼저 달라진 것은 고급이라고 대우받던 것들과 저속하다고 비난받던 것 사이에 존재하던 엄격한 구분이 사라진 것이다. TV 드라마에서는 기존에는 편성하지 않던 스릴러, SF, 호러, 추리, 법정드라마, 타임리프 같은 다양한 하위 장르를 주제로 한 연속극들이 제작되기 시작했고, 예전에는 몇몇의 마니아 팬들에 의해 지지받던 좀비와 같은 호러의 서브 장르가, 과거의 Ⓚ 마크 같은 국가 인증을 받고 'K-좀비'라는 이름으로 불리며 한국을 넘어 세계적 명성을 얻고 있다. 이전까지는 지나치게 말초적이라고, 과도하게 폭력적이라고, 세상과 동떨어진 황당무계한 이야기라고 손가락질받으며 엘리트 평자들에 의해 가치 없는 것으로 취급당하던 대중적, 통속적 이야기들이 독자의 든든한 지원 속에서 당당하게 경쟁의 무대로 올라오고 있는 것이다. 마치 춘추전국시대의 백가쟁명처럼 시청률과 구독자 수, 베스트셀러라는 '천하통일'의 목표를 달성하기 위한 이야기꾼들의 차별 없는 경쟁이 시작된 것이다.

이상욱의 첫 소설집 『기린의 심장』은 지금까지의 한국문학사를 장식했던 작가들의 계보와 그 작품을 통해 연속적으로 이해하기보다는 21세기 현대인을 둘러싼 이야기 환경의 맥락에서 통시적으로 살펴보는 것이 더 정확한 감상에 유익하다. 지구를 점령한 외계인에 의해 감미로운 식재료로 전락한 지구인들의 이야기를 담은 「어느 시인의 죽음」, 육체를 동기화시키는 기술이 발전한 근미래를 배경으로 타인을 위해 육체를 트레이닝해야 하는 노동자들의 비극을 다룬 「라하이나 눈」, 환상의 동물원을 떠도는 삶의 지향 잃은 자들의 이야기 「기린의 심장」, 신화나 설화에 나올 법한 뱀으로 변신하는 인간들의 이야기 「허물」, 한국 땅에 강림한 '마왕'이라는, 게임에나 등장할 법한 캐릭터가 예언의 실행을 놓고 벌이는 소동극 「마왕의 변」 등 이상욱의 첫 소설집 『기린의 심장』은, 기존에는 하나에 담기기 어려웠던 다양한 소재와 장르들이 어우러진 이야기의 종합선물세트와 같다. 무엇이 이 다양한 이야기를 하나의 작품집 안에 담아내고 있는 근원적 이유인지는 말하기 어렵지만 한 가지만큼은 분명하게 지적할 수 있다. 그것은 흥미로운 이야기를 얘기하고 싶은, 그리고 한 번도 들어본 적이 없는 이야기를 듣고 싶은 욕망이다. 「기린의 심장」에서 경찰 K는 유치장에 들어온 소설가에게 다가가 "지금부터 이야기를 하나 들려드릴 거예요. 지금까지 누구에게도 말해준 적 없는 이야기죠"(69쪽)라고 속삭이며, 「연극의 시작」에서 은밀하고 불법적인 물건을 배달하는 영준을 납치한 노인은 그에게 살고 싶다면 "무엇이든. 날 설득하고 자네의 삶을 구원할 수 있는 이야기"(245쪽)를 하라고 요구한다. 그들은 무엇을 말하고 싶어하고, 어떤 이야기를 듣고 싶어하는가. 아니 그보다 "누구에게도 말해준 적 없는 이야기"나 "삶을 구원할 수 있는 이야기"라니, 이런 소개로 시작되는 이야기라면 누가 이를 마다할 것인가?

먼저, 「연극의 시작」을 읽어보자. 이야기는 칠흑 같은 어둠 탓에 어디인지 분간할 수 없는 공간에 결박당한 영준의 모습을 보여주며 시작한다. 영준은 자신이 왜, 어떻게, 이 공간으로 납치되었는가를 추론하지만 모든 것은 뭔가에 얻어맞은 뒤통수처럼 뻐근하고 아득하다. 영준은 일명 '트랜스포터'이다. 의뢰받은 물건을 안전하고 비밀스럽게 운반하는 것이 그의 일이다. 이런 의뢰의 일들이 대부분 그렇듯 그가 옮기는 물건들은 범죄와 연관된 불법적인 것이 대부분이다. 영준은 스스로가 "일종의 직업윤리"(232쪽)라고 부르는 원칙을 철저히 지키며, 자기 것이 아닌 것에는 흥미도 욕심도 부리지 않는다. 이런 노력 덕에 영준은 의뢰인들의 신뢰를 받으며 나름의 사업적 안정을 얻을 수 있었다. 영준은 제일 먼저 자신이 운반하는 물건 때문에 이런 일이 일어났다고 추론하지만 그가 만든 "물건과 정보, 마지막엔 자신을 보호할 수 있는 시스템"(240쪽)은 완벽했고, 거기에는 의심할 만한 오류가 없었다. 이런 영준 앞에 한 노인이 다가온다. 노인은 영준의 머리 위로 서치라이트를 켜고 극단적인 빛과 어둠의 경계를 만든 후 어둠 속에서 낮은 목소리로 대화를 시작한다. "모든 일에는 원인이 있다네. 자네는 원인에 대해 생각해본 적이 있는가?"(234쪽) 노인은 자신이 겪은 비극의 원인이 영준에 있다고 말한다. 영준으로부터 시작된 비극의 이야기는 이렇다. 2년 전, 영준은 인천에 자리잡은 화교 조직 '유화단'으로부터 약을 배달하는 일을 의뢰받은 적이 있었다. 영준과 함께 고용된 배달부들은 물건이 거래되는 것을 숨기기 위해 노숙자를 시켜 지하철에 불을 질렀고, 그 일로 아무 상관 없는 승객 "세 명이 사망"(243쪽)한 것이다. 노인의 딸은 그때 죽은 세 사람 중 한 명이었고, 노인은 복수를 맹세한 후 노숙자의 계좌를 추적하여 모든 일이 마약 범죄와 관련있다는 것을, 그 모든 일의 시작이 영준의 배달로부터 시작됐다는 것을 알아낸 것이다.

통제할 수 없는 우연한 계기로 일어난 비극과 여기에 휘말려 억울한 죽음을 당한 딸의 복수를 진행하는 주인공의 이야기는 사실 그리 새롭다고 말할 수 없을 것이다. 「연극의 시작」이 전해주는 흥미는 인물들의 사연에 있는 것이 아니라 노인이 행하는 복수의 방식, 좀더 정확하게 말하자면 노인이 만들어가는 복수의 서사와 그 완성에 있다. 노인은 영준을 바로 처단하지 않고 모든 상황이 "우주의 탄생부터 정해진 운명"(234쪽)이라 설명하며, 지금이 바로 운명의 서사가 시작되는 "영화의 첫 장면, 소설의 첫 페이지"(235쪽)라고 말한다. 그리고는 영준에게 삶의 모든 것을 이야기해보라고 요구한다.

> "자, 이제 이야기를 계속해보게."
> "무슨 이야기를 할까요?"
> "무엇이든. 날 설득하고 자네의 삶을 구원할 수 있는 이야기." (245쪽)

목숨을 부지하기 위해 술탄에게 매일 밤 이야기를 해야 했던 『아라비안나이트』의 셰에라자드처럼 영준은 노인에게 평범한 공장 노동자였던 자기가 왼손을 잃게 된 사고의 전말, 먹고살 일이 막막해져 공장 선배의 소개로 배달일을 시작한 사연, 안정적인 배송을 위해 잠적과 은닉이 가능한 시스템을 만들어낸 사업 스토리, 그리고 딸을 잃은 노인이 꾸는 악몽처럼 자신이 자주 꾸고 있는 "혼자가 되는 꿈"(246쪽)까지 솔직하게 이야기한다. 하지만 노인은 그 모든 이야기를 듣고도 영준을 용서하지 않고 그의 눈을 칼로 그어 앞을 보지 못하게 만든다. 그리곤 고통에 찬 비명을 내지르는 영준에게 "막이 올랐"(250쪽)다는 알 수 없는 말을 한다. 노인의 말처럼 잔혹한 복수극은 눈먼 영준의 앞에서 이제 시작된다. 노인은 결박당한 영준이 배우처럼 놓인 무대 위로 매일 새로운 대상자를 데리고 와서 죽인다. "두 명의 배달부와 유화단의 말단 조직원, 말단 조직원의 상급자, 상급자의 상급자…… 마침내 유화단의 늙은 보스와 불을 지른 노숙자까지."(251쪽) 노인은 영준에게 했던 것처럼 그들에게 "나를 설득할 수 있는 이야기를 해보게"(251쪽)라고 말을 한 후 그들의 이야기를 경청하고, 죽인다. 모든 복수를 마친 노인은 영준에게 "연극이 끝날 시간이라네"(252쪽)라고 말하고는 관객석에 놓인 휘발유 통을 보여준다. 노인이 말한 마지막이 무대를 불태우는 장엄한 결말이라는 것을 짐작한 영준은 다른 사람들처럼 염화칼슘을 혈관에 주사하는 방식으로 빠르게 죽여달라고 간청하지만 노인은 영준이 "이 연극의 시작이자 끝"(252쪽)이라고 말하며 불을 지르고 사라진다.

「연극의 시작」에는 크게 두 명의 이야기꾼이 등장한다. 하나는 나비효과처럼 연관된 사연 때문에 잡혀 온 영준이다. 그는 자신의 사고와 상실, 그리고 혼자가 된 것과 같은 고통을 진솔하게 고백하며 이를 통해 자신의 삶을 구원하려고 한다. 다른 한 명은 노인이다. 그는 딸을 잃은 거대한 상실감을 타인의 죽음으로 채우려는 헛된 열망에 빠진 사람이다. 노인은 자신이 납치한 사람들의 이야기를 들으며 그 사연이 자신을 설득할 수 있는가를 묻는 사람이다. 언뜻 읽으면 「연극의 시작」은 두 명의 배우가 서로의 사연을 주고받으며 하나의 이야기를 만들어가는 구조로 해석되지만, 좀더 세밀하게 들여다보면 그들의 역할이 서로 다르다는 것을 알게 된다. 영준은 무대 위의 배우이고, 노인은 그 무대를 연출하는 사람이다. 영준의 어떠한 노력이나 간청도 정해진 이야기의 시작이나 중간, 그리고 끝을 바꾸지는 못한다. 노인은 이야기를 듣는 사람이 아니라 자신의 이야기를 만드는 사람, 그리고 그 이야기를 완성하기 위해 어떠한 것이라도 희생할 각오가 되어 있는 사람이기 때문이다. 노인이 영준에게 "자네가 이 연극의 시작이자 끝"이라고 언급한 것은 중요하다. 노인은 이미 이 복수극을 시작할 때부터 결박당한 영준으로 시작하고, 무대와 같이 불타 사라지는 영준의 모습으로 끝나는 수미상관 방식의 구조로 구상했기 때문이다.

「연극의 시작」은 하나의 이야기로서도 좋은 완성도를 가졌지만 이를 『기린의 심장』 전체를 관통하는 작가의 이야기로 읽어도 충분히 흥미롭다고 생각한다. 소설가가 이야기를 구상하고 그것을 구체적으로 쓰기 시작하면 곧 하나의 어려움과 만나게 된다. 소설가가 구상한 이야기의 인물이 상상에서 문장의 세계로 내려오면 대부분은 고분고분하게 작가의 명령을 수행하기보다는 자신이 살아가고 있는 현실의 논리와 관계에 따라 행동하기를 원하기 때문이다. 작가의 이야기는 상상 속에서 배양되지만, 인물은 그 세계에서 타인들과 관계하며 살아가는 사람이기 때문에 작가가 미처 구상하지 못한 삶의 디테일을 가질 수밖에 없다. 그렇기 때문에 소설을 쓰는 과정은 작가와 인물이 충돌하는 갈등의 연속이며, 이를 해소하기 위한 협상 혹은 대화이기도 하다. 어떤 소설가는 충분한 대화와 토론을 통해 개연성과 필연성이라는 서사의 원칙을 구현하는 것을 통해 독자가 납득할 만한 이야기를 만들어낸다. 하지만 어떤 소설가는 민주적이라고 말하는 조정의 과정보다는 자신이 세운 서사적 목표를 중요하게 여기며, 마치 신이나 최고의 권력자처럼 인물을 부리고 상황을 마음껏 사용한다. 이런 이야기는 독자들을 놀라게 하고 당황스럽게 한다.

「어느 시인의 죽음」이 좋은 예가 될 것이다. 독자는 소설이 시작하자마자 자신이 살고 있는 시대의 개연성과는 전혀 다른 별개의 이야기가 시작됐다는 것을 알게 된다. 외계인 '가브'족이 등장하고 지구의 문명은 마법처럼 보이는 놀라운 기술을 가진 그들에게 백기투항한다. 가브족은 지구인들에게 노예제나 조공, 멸망과 같은 일반적인 요구를 하지 않는다. "우리가 지금까지 먹어본 것 중 너희가 제일 맛있었다. …… 우리는 한 번의 축제를 위해 너희를 멸종시키는 것이 옳은 일인지 고민했다. 이렇게 훌륭한 식재료는 생일이나 결혼기념일처럼 특별한 날에만 먹자는 의견이 있었고 우리는 동의했다. 최고의 식재료들이여. 스스로에게 자부심을 가져도 좋다."(11쪽) 정성껏 키운 소에게 경의를 바치는 목축업자의 마음으로 얘기하는 가브들에게 지구인은 경악하고, 지구의 대표는 인간 복지를 고려한 '인육 공급 시스템'을 만들겠다는 것으로 타협을 본다. 이것이 1980년의 일이고, 서사적 현재가 이상욱이 상상한 지구의 현실이며, '약육강식', '적자생존' 같은 생태계의 법칙이 사회의 규칙이 되어버린 진짜 이유이다. 주인공 대수는 "한국 미래유지사업부 시민안전관리처 산하 청소년 관리청"(15쪽)에서 근무하는 공무원이지만 그가 실제로 하는 일은 가브족에게 제공될 인간을 찾아가 이 일을 알리고 동의를 얻으며, 그 대가로 연금을 제공하는 것이다. 하지만 가브족의 식재료로 선택된 고등학생 용천의 시를 듣고 감명해 그를 대신해 죽음을 선택하는 대수의 행동은 그 희생의 숭고함마저 느끼기 어려울 정도로 즉흥적이고 돌발적이다.

예술을 창작하고 향유하는 세계의 원리로 가장 합당한 것은 민주주의겠지만, 예술을 창작하는 방식 특히 작가와 작중인물의 관계에 있어 가장 미적인 형태를 보장하는 기반은 꼭 협의와 숙의일 수는 없다. 어떤 작가의 경우 고대의 파라오처럼 가혹하게 인물을 부리며, 상황을 개연적이지 않은 극단으로 몰아붙이지만 작품의 미적인 완성도는 다른 것과 비교할 수 없을 정도로 높은 경우가 왕왕 발생한다. 사막 위에 건설

된 피라미드가 그렇고, 산 정상에 정교하게 만들어진 마추픽추가 그렇지 않은가. 끝없이 펼쳐진 모래사막의 지평선을 고려할 때 피라미드는 일말의 개연성도 없는 당혹스러운 건축물이며, 구름과 맞닿은 산 정상의 마추픽추는 이해할 수 없는 노력의 결정체이다. 이렇게만 말하면 오해의 여지가 있을 수 있어 부기하자면, 피라미드와 마추픽추의 세계는 보편적이기보다는 예외적이다. 그리고 피라미드와 마추픽추는 외롭고 높고 쓸쓸한 세계이다. 그곳에는 이젠 누구도 살지 않는다. 다만 그 돌연함을 즐기러 다녀갈 뿐이다. 이상욱 작가의 행보가 어디로 향할지 모르지만, 외롭지 않기를 바란다. 문학은, 그것을 한다는 이유만으로도 충분히 쓸쓸하다.

작가의 말

처음 습작을 시작한 건 스물여섯 살 때였다. 그해 5월, 나는 대학 때부터 사귀던 여자친구와 결혼했고, 소형차를 샀으며, 작은 아파트에 신혼집을 꾸렸다. 타인이 내 삶에 깊숙이 들어왔고, 나 역시 타인의 삶에 깊숙이 들어갔다. 여자친구도 나도 처음 겪는 일이었다.

갓 결혼한 스물여섯의 나, 왜 소설 같은 걸 쓰기로 했는지 기억나지 않는다. 공허함이 채워졌기 때문일 수도 있고, 생애 처음으로 서재가 생겨서일 수도 있다. 어쩌면 불면의 밤이 무료했던 건지도 모르겠다. 확실한 건, 어느 유명 작가처럼 타자가 2루타를 치는 순간 '나도 소설을 쓸 수 있겠다'라는 식의 계시는 없었다는 거다.

계시도 받지 못한 나, 퇴근 후 서재에 틀어박혀 글을 쓰기 시작했다. 특별한 일이 없는 한 아홉시부터 자정까지 책상 앞을 떠나지 않았다. 모니터 전원이 꺼지면, 검은 유리 너머로 공허한 눈을 한 남자가 비난하듯 나를 쳐다보고는 했다. 그게 나라는 걸 알기까지 제법 긴 시간이 필요했다. 그렇게 7년을 보내고 나서야 등단했고, 다시 8년이 지나서 이 책을 출간하게 되었다. 그사이 스물여섯 청년은 마흔한 살이 되었다. 시간은 무뚝뚝한 지게꾼을 닮은 듯하다.

자정이 넘어 침대에 누우면, 아내는 가끔 외롭다고 말했다.

미안한 일이다.

출판사로부터 작가의 말을 써달라는 연락이 왔다. 설거지를 마치고, 곧장 책상 앞에 앉았다. 화면 속 커서가 쉬지 않고 깜빡였다. 눈이 아팠다.

이 소설은 어떤 소설인가? 소설의 의도는 무엇인가? 독자에게 어떻게 읽혔으면 좋겠는가? 나는 어떤 작가를 지향하는가? 앞으로 쓰고 싶은 소설은 무엇인가? 질문이 비처럼 쏟아지는데, 대답할 수 있는 게 거의 없었다. 모니터만 보기가 지루해 〈AD ASTRA〉를 한번 더 봤다. 주인공과 아버지가 20년 만에 만났다. 그것도 해왕성에서. 그런 아들에게 아버지는 말한다. "Let me go, son. Let me go." 두번째라 괜찮을 줄 알았는데, 또 울고 말았다.

영화를 끄고 1층에 내려가 담배를 피웠다. 새벽 한시였고, 아파트 단지 대부분이 어둠에 잠겨 있었다. 두번째 담배에 불을 붙였을 때, 멀리서 구급차 사이렌이 새벽을 흔들었다. 나는 소리 나는 쪽으로 고개를 돌려, 손닿지 않는 세계에 고여든 어둠과 마주했다. 그 깊이만큼이나 농밀한 어둠이었다. 그 어둠 속에서, 나는 이름도, 얼굴도 모르는 당신을 떠올렸다. 어쩌면 당신은 거짓말이라고 할지 모르겠다. 이 꿈꾸는 듯한 고요도, 새침한 달과 바람에 흔들리는 나뭇가지마저도 전부 거짓말, 거짓말이라고 말이다.

사랑하는 가족과 친구, 문우 사색, 김종광 작가, 교유서가 신정민 대표와 이 책이 나올 수 있도록 도움을 주신 모든 분께 깊이 감사드린다.

이상욱
1980년 수원 출생
2013년 「어느 시인의 죽음」으로 〈문학의 오늘〉 신인상 수상
2015년 단편소설 「경계」로 한국문화예술위원회 차세대문학 선정

기린의 심장

초판 1쇄 2021년 4월 19일
초판 2쇄 2021년 5월 3일

지은이 이상욱 | 펴낸이 신정민

편집 이희연 신정민 | 디자인 윤종윤 이주영
마케팅 정민호 김경환 | 저작권 김지영 이영은
홍보 김희숙 김상만 함유지 김현지 이소정 이미희 박지원
제작 강신은 김동욱 임현식 | 모니터링 정소리 | 제작처 상지사

펴낸곳 (주)교유당
출판등록 2019년 5월 24일 제406-2019-000052호

주소 10881 경기도 파주시 회동길 210
문의전화 031) 955-8891(마케팅), 031) 955-3583(편집)
팩스 031) 955-8855
전자우편 gyoyudang@munhak.com

ISBN 979-11-91278-36-1 03810

교유서가는 (주)교유당의 인문 브랜드입니다.